**SUPERBESTSELLER**
**709**

Della stessa autrice

*Fine dell'estate*
*Palomino*
*Una perfetta sconosciuta*
*Stagione di passione*
*Una volta nella vita*
*Un amore così raro*
*Due mondi due amori*
*Incontri*
*La tenuta*
*Ritratto di famiglia*
*Svolte*
*Promessa d'amore*
*Menzogne*
*Ora e per sempre*
*L'anello*
*Giramondo*
*Amarsi*
*Amare ancora*
*Cose belle*
*Il cerchio della vita*
*Il caleidoscopio*
*Zoya*
*Star*
*Daddy-Babbo*
*Messaggio dal Vietnam*
*Batte il cuore*
*Nessun amore più grande*
*Gioielli*
*Le sorprese del destino*
*Scomparso*
*Scontro fatale*
*Cielo aperto*
*Fulmini*
*La promessa*
*Cinque giorni a Parigi*
*Brilla una stella*
*Perfidia*
*Silenzio e onore*
*Il ranch*
*Un dono speciale*
*Il fantasma*
*La lunga strada verso casa*
*Immagine allo specchio*
*Dolceamaro*
*Forze irresistibili*
*Le nozze*
*La casa di Hope Street*
*Il viaggio*
*Granny Dan - La ballerina dello zar*
*Aquila solitaria*
*Atto di fede*
*Un uomo quasi perfetto*
*Il bacio*
*Il Cottage*
*Tramonto a Saint-Tropez*
*Una preghiera esaudita*

DANIELLE STEEL

# IL REGALO

SPERLING
PAPERBACK

*Traduzione di Sofia Mohamed*
*A cura di Guado - Milano*
The Gift

*I edizione «Superbestseller» Paperback novembre 1998*

*ISBN 88-8274-372-1*
*86-I-06*

VIII EDIZIONE

*Visitate i siti www.daniellesteel.com e www.sperling.it*

*Ai doni che mi sono stati concessi*
*mio marito John e i miei figli,*
*e agli angeli incontrati nell'arco della vita*
*per la felicità che mi hanno dato.*
*Con tutto il mio amore*

d.s.

# 1

Annie Whittaker amava tutto del Natale. La stagione, gli alberi illuminati negli ingressi delle case, le sagome di Babbo Natale sui tetti. Adorava i canti natalizi, l'attesa di Babbo Natale, la cioccolata calda dopo essere andata a pattinare, addobbare l'albero con la madre e poi restare a bocca aperta ad ammirarlo. La madre invece guardava incantata quel visino stupefatto illuminato dalle luci dell'albero.

Elizabeth Whittaker aveva quarantun anni quando nacque Annie cogliendo tutti di sorpresa. Elizabeth aveva ormai rinunciato da tempo al sogno di avere un'altra creatura. Lei e il marito ci avevano provato per anni, ma quando Tommy aveva compiuto i dieci si erano rassegnati all'idea che rimanesse figlio unico. Tommy era un bambino delizioso e Liz e John si erano sempre ritenuti fortunati. Giocava a football e baseball nella lega giovanile e ogni inverno si confermava puntualmente come miglior giocatore della squadra di hockey. Era un bravo ragazzo sotto tutti i punti di vista; andava bene a scuola, era affettuoso con loro. Le marachelle che ogni tanto combinava, inoltre, lo rendevano un bambino assolutamente normale. Aveva i capelli biondi della madre e gli occhi azzurri del padre. Era dotato di senso dell'umorismo e di una mente acuta e, dopo lo choc iniziale, si era perfettamente adattato all'idea di avere una sorellina.

Negli ultimi cinque anni e mezzo, da che era nata Annie, per Tommy il sole sembrava sorgere e tramontare con lei. Annie era un esserino delizioso dal sorriso incantevole, e ogni volta che lei e Tommy erano insieme le loro risate risonavano per tutta la casa. Annie aspettava tutti i giorni con ansia il ritorno del fratello da scuola, poi si rintanavano in cucina a mangiare biscotti e a bere latte. Dopo la nascita di Annie, Liz aveva smesso di lavorare a tempo pieno come insegnante. Affermava di volersi godere ogni istante della sua piccola. E di fatto era così, visto che erano inseparabili.

Liz era persino riuscita a lavorare come volontaria all'asilo nido della figlia per due anni e adesso collaborava con la scuola materna frequentata da Annie. Durante il pomeriggio madre e figlia preparavano pane, biscotti e altri dolciumi o Liz le leggeva storie per ore nella grande e accogliente cucina. Erano una famiglia felice e si sentivano protetti e al sicuro da quegli eventi spiacevoli che sembravano affliggere gran parte delle persone. Avevano una splendida casa nel miglior quartiere della città e John non faceva loro mancare nulla. Era il maggior produttore agricolo dello stato, attività che era stata del padre e del nonno prima di lui. Non erano ricchi, ma erano sempre usciti indenni dalle avversità, meteorologiche o meno, che spesso colpivano quelli del settore. John Whittaker era un uomo dolce e affettuoso, la sua più grande speranza era che un giorno anche Tommy entrasse a far parte dell'azienda. Prima però doveva andare all'università. E anche Annie. Voleva che diventasse intelligente e istruita come Liz. Annie aspirava a essere un'insegnante come la madre, ma John sognava di vederla medico o avvocato. Nel 1952 questi erano sogni piuttosto ambiziosi, ma lui aveva già messo da parte il denaro necessario per garantire un'istruzione ai figli. John credeva nei sogni. Sosteneva sempre che non c'era nulla che non si potesse ottenere se lo si desiderava veramente e si era disposti a lavorare sodo. E lui era sempre stato un indefesso lavoratore. Liz gli era stata di grande aiuto, ma adesso era felice che stesse a casa. Gli piaceva rientrare dal lavoro e trovarla rannicchiata da qualche parte con Annie, o osservarle giocare con le bambole nella stanza della piccola. Quelle immagini gli riempivano il cuore di gioia. A quarantanove anni si considerava un uomo felice. Aveva una moglie meravigliosa e due splendidi bambini.

«Dove siete tutti?» urlò quel pomeriggio rientrando in casa. Si spazzolò la neve dal cappello e dal cappotto, scacciando la cagna che scodinzolava cercando di non scivolare sulle pozze d'acqua che aveva creato sul pavimento. Bess era un grosso setter irlandese che doveva il suo nome alla moglie del presidente. Liz inizialmente aveva protestato sostenendo che era una mancanza di rispetto nei confronti della signora Truman, ma il nome le stava così bene che tutti avevano preso a chiamarla così, e ormai nessuno sembrava più ricordare perché le era stato dato.

«Siamo qui», rispose di rimando Liz, e John le trovò in soggiorno intente ad appendere omini di pan di zenzero all'albero. Avevano passato tutto il pomeriggio ad addobbarlo, e Annie aveva ritagliato le decorazioni di carta mentre i biscotti erano nel forno.

«Ciao, papà, non è stupendo?»

«Lo è davvero.» Le sorrise con affetto prima di sollevarla da terra e prenderla in braccio. Era un uomo forte con i tratti somatici dei suoi antenati irlandesi. A quasi cinquant'anni aveva ancora i capelli corvini e gli occhi azzurri erano gli stessi che avevano ereditato i suoi figli. Liz, nonostante i capelli biondi, aveva gli occhi castani. Annie aveva preso da lei quei capelli così biondi da sembrare quasi bianchi. E quando alzò la testa e gli sorrise dopo aver scherzosamente strofinato il nasino contro la sua guancia, gli sembrò un angelo. La lasciò scivolare dolcemente sul pavimento e si allungò a baciare la moglie con espressione affettuosa.

«Com'è andata la tua giornata?» gli chiese con tenerezza. Erano sposati da ventidue anni e nonostante i momenti difficili che a volte la vita impone, sembravano più innamorati che mai. Si erano sposati due anni dopo la laurea di Liz, all'epoca lei già insegnava. C'erano voluti sette anni prima che Tommy si decidesse a venire al mondo. Avevano quasi perso ogni speranza e il vecchio dottor Thompson non era mai riuscito a spiegare perché fosse così difficile per lei restare incinta o portare avanti una gravidanza. Aveva avuto tre aborti prima che Tommy nascesse. L'arrivo di quel tanto sospirato figlio era sembrato loro un miracolo, e un miracolo ancora più grande era stato avere Annie dieci anni più tardi. Era difficile per loro non ammettere di essere delle persone fortunate, e i figli davano loro la gioia più grande.

«Sono arrivate le arance dalla Florida», rispose John prendendo la pipa e sedendosi. Il camino era acceso, la casa profumava di pan di zenzero e pop corn. «Domani ne porto un po' a casa.»

«Vado matta per le arance!» Annie batté le mani entusiasta e gli si arrampicò in grembo. Bess, cercando di fare altrettanto, appoggiò le zampe sulle ginocchia di John, che la respinse gentilmente. Liz scese dalla scala, gli diede un altro bacio e gli offrì un bicchiere di sidro caldo.

«Mi alletta troppo per rifiutare.» Sorrise, poi la seguì in cucina tenendo Annie per mano e ammirando fra sé l'aspetto ben curato della moglie. Pochi minuti dopo si sentì sbattere la porta d'ingresso e Tommy entrò con i pattini in mano e il volto arrossato.

«Mmm... che profumino... ciao, mamma... ciao, papà... ehi, piccola, cos'hai combinato oggi? Hai mangiato tutti i biscotti della mamma?» Le scompigliò i capelli e la strinse a sé, bagnandole tutto il viso. Fuori si gelava e nevicava sempre più forte.

«Anch'*io* ho fatto i biscotti... e se proprio vuoi saperlo ne ho mangiati solo quattro», precisò in tono petulante e tutti scoppiarono a ridere. Era così deliziosa che era difficile resisterle, soprattutto per il fratello e i genitori che stravedevano per lei. Ma non era viziata, era solo una bambina amata che affrontava il mondo e ogni sfida forte di quell'amore. Voleva bene a tutti, adorava ridere, divertirsi, correre con i capelli al vento, giocare con Bess... ma la sua più grande passione era il fratello. Lo guardò con occhi adoranti e poi posò lo sguardo sui pattini logori. «Domani andiamo a pattinare, Tommy?» C'era un laghetto vicino a casa e spesso il sabato mattina la portava lì.

«Se smette di nevicare. Se continua così non saremo neanche in grado di trovare il lago.» Addentò uno degli squisiti biscotti della madre. Tommy riteneva che non ci fosse niente di più buono al mondo. Liz si tolse il grembiule. Indossava una bella camicetta e una gonna grigia; a John faceva sempre piacere constatare che aveva la stessa figura di quando si erano incontrati per la prima volta alle scuole superiori. Lei era al primo anno e lui all'ultimo. Per molto tempo aveva tenuto nascosti i suoi sentimenti perché lo imbarazzava ammettere di essere innamorato di una ragazza così giovane, ma in seguito se n'erano accorti tutti. All'inizio li avevano presi in giro, poi si erano abituati all'idea. L'anno successivo lui era andato a lavorare con il padre e lei aveva terminato gli studi dopo sette anni e per due aveva lavorato come insegnante. John l'aveva aspettata per tutto quel tempo, ma ne era valsa la pena. Tutto ciò che avevano veramente desiderato, compresi i figli, era arrivato loro con il tempo. Non c'era nulla che non fosse valsa la pena di attendere. Adesso erano felici. Si erano realizzati tutti i loro desideri.

«Domani pomeriggio ho una partita», buttò lì Tommy in tono casuale, trangugiando un altro paio di biscotti.

«Il giorno prima della vigilia?» chiese la madre, stupita. «Non pensano che la gente sia presa con i preparativi?» A meno che qualcosa di importante glielo impedisse andavano sempre ad assistere alle sue partite. Anche John era stato giocatore di hockey su ghiaccio e football ed era ancora un appassionato. Liz ne era un po' meno entusiasta, più che altro perché temeva che Tommy potesse farsi del male. Un paio di ragazzi avevano perso i denti durante le partite di hockey, ma Tommy ci stava attento e fino a quel momento era stato fortunato. Non si era mai rotto niente, solo qualche storta e molti lividi, cose che stando a suo padre facevano parte del divertimento.

«Santo cielo, è un ragazzo, non puoi tenerlo nella bambagia per sempre», le ripeteva spesso. Ma in cuor suo era proprio quel che avrebbe voluto fare. I suoi figli e John erano così preziosi per lei che mai avrebbe voluto che gli succedesse qualcosa. Era una donna fortunata e ci teneva a restarlo.

«Oggi era il tuo ultimo giorno di scuola?» domandò Annie con interesse. Tommy annuì con un ghigno. Aveva tanti progetti per le vacanze natalizie, e molti di questi includevano Emily, una ragazza su cui aveva messo gli occhi dal giorno del Ringraziamento. Sua madre era infermiera e suo padre medico. Si erano trasferiti da Chicago a Grinnell quell'anno, e lei era decisamente carina. Così carina che Tommy l'aveva invitata più volte ad assistere alle sue partite di hockey. Ma fino a quel momento non si era spinto oltre. Aveva intenzione di domandarle di andare al cinema con lui la settimana seguente, e magari fare qualcosa per Capodanno, ma non aveva ancora avuto il coraggio di chiederglielo.

Annie sapeva che gli piaceva Emily. Se n'era accorta dal modo in cui la fissava un giorno che l'avevano incontrata per caso al laghetto. Era lì a pattinare con alcune amiche e una delle sue sorelle. La trovava carina, ma non capiva perché Tommy avesse perso la testa per lei. Aveva lunghi, lucenti capelli neri ed era una discreta pattinatrice, ma non gli aveva quasi neanche rivolto la parola. Solo quando stavano per andarsene si era messa a fare un mucchio di smancerie ad Annie.

«Lo ha fatto solo perché le piaci», gli aveva spiegato in tono pratico mentre tornavano a casa.

«Cosa te lo fa pensare?» le aveva chiesto Tommy, cercando di non far trasparire il proprio nervosismo.

«Ti ha fatto gli occhi dolci per tutto il tempo mentre pattinavi.» Annie aveva gettato i lunghi capelli dietro le spalle con il fare di chi la sa lunga.

«Che cosa vuoi dire con fare gli occhi dolci?»

«Lo sai perfettamente. È pazza di te. Ecco perché è stata così carina con me. Anche lei ha una sorellina, ma non le fa mai tutte quelle smancerie. Credimi, le piaci da matto.»

«Sei troppo sveglia, Annie Whittaker. Alla tua età non dovresti giocare con le bambole o qualcosa del genere?» Aveva cercato di mostrarsi indifferente, ma poi si era dato dello stupido perché stava a preoccuparsi di quel che pensava la sua sorellina di cinque anni.

«E anche a te piace, non è vero?» lo aveva punzecchiato, ridacchiando.

«Perché non ti fai gli affari tuoi?» aveva replicato in tono stizzito, cosa che capitava di rado, ma Annie non ci aveva fatto caso.

«Trovo che sua sorella maggiore sia molto più carina.»

«Me ne ricorderò nel caso decidessi di uscire con una ragazza più grande.»

«Cosa c'è che non va con le ragazze più grandi?» Annie sembrò sconcertata da questa sua osservazione.

«Niente, a parte il fatto che ha diciotto anni», aveva replicato. Annie aveva annuito, soddisfatta da quella spiegazione.

«È troppo vecchia. In questo caso credo che Emily vada bene.»

«Grazie.»

«Di niente», aveva risposto lei seria. Arrivati a casa si erano preparati una cioccolata calda per riscaldarsi. Nonostante i commenti che faceva sulle sue ragazze, a Tommy piaceva trascorrere del tempo con sua sorella. Annie lo faceva sentire profondamente amato e incredibilmente importante. Aveva una venerazione per lui e non ne faceva mistero. E lui nutriva gli stessi sentimenti per lei.

Prima che andasse a dormire se l'era presa in grembo e le aveva letto alcune delle sue fiabe preferite. Quando Liz l'aveva accompagnata nella sua camera, lui era rimasto a chiacchierare con il padre. Avevano discusso dell'elezione di Eisenhower il mese prima, chiedendosi quali cambiamenti avrebbe comportato. Poi, come sempre, avevano parlato di lavoro. Suo padre voleva che si laureasse in agraria e che seguisse anche dei corsi di economia. Entrambi credevano in valori semplici ma importanti come la famiglia, il matrimonio, l'onestà e l'altruismo. Erano molto amati e rispettati all'interno della loro comunità. La gente diceva sempre di John Whittaker che era un buon marito, un brav'uomo e un imparziale datore di lavoro.

Quella sera Tommy uscì con alcuni dei suoi amici. Nevicava così forte che non chiese neanche di prendere la macchina, andò a piedi alla casa del suo migliore amico e per le undici e mezzo era già di ritorno. Non aveva mai dato preoccupazioni ai suoi genitori. Il massimo della trasgressione per lui era stato ubriacarsi di birra un paio di volte a quindici anni e vomitare in macchina quando il padre era andato a prenderlo. Per i Whittaker non era stato piacevole, ma non ne avevano neanche fatto un affare di stato. Tommy era un bravo ragazzo e alla sua età certe cose erano piuttosto normali. John aveva fatto anche di peggio, soprattutto quando Liz era via per l'università. Di tanto in tanto lei lo stuzzicava ancora al riguardo, ma lui insisteva sempre che era stato un modello di virtù. Lei si limitava a inarcare un sopracciglio e a schioccargli un bacio.

Quando l'indomani mattina si svegliarono e sbirciarono fuori della finestra, gli sembrò di guardare una cartolina di Natale. Era tutto bianco e bellissimo. Per le otto e mezzo Annie era già riuscita a trascinare fuori Tommy per aiutarla a costruire un pupazzo di neve. Si era anche impossessata del berretto da hockey preferito del fratello, e quando lui le spiegò che doveva «prestarglielo» per la partita di quel pomeriggio, Annie replicò che ci avrebbe pensato. A quella risposta la gettò nella neve, poi si sdraiò accanto a lei e cominciarono a sventolare le braccia fingendosi degli angeli.

Nel pomeriggio andarono tutti alla partita di Tommy e, anche se la sua squadra perse, lui rimase ugualmente di buonumore. Anche Emily era venuta a vederlo, ma gli fece intendere che era lì perché le sue amiche volevano assistere alla partita e avevano insistito perché si unisse a loro. Indossava una gonna scozzese, un paio di mocassini, i lunghi capelli neri erano raccolti a coda di cavallo e, stando ad Annie, era truccata.

«Come lo sai?» le domandò stupito e divertito allo stesso tempo, mentre tornavano a casa. Emily se n'era già andata con il suo gruppetto di amiche.

«A volte metto i trucchi di mamma», rispose Annie in tono deciso e John e Tommy sogghignarono guardando quella fatina che camminava al loro fianco.

«La mamma non si trucca», replicò Tommy.

«Invece sì. Mette la cipria e il fard, a volte anche il rossetto.»

«Davvero?» Tommy sembrò sorpreso. Sapeva di avere una bella madre, ma mai aveva sospettato che facesse ricorso al trucco.

«A volte si mette anche della roba nera sulle ciglia, ma non mi piace perché mi fa piangere gli occhi», spiegò Annie e Liz scoppiò a ridere.

«Anche a me, per questo non uso mai il rimmel.»

Poi parlarono della partita e di altre cose. Quella sera Tommy uscì di nuovo con i suoi amici, una sua compagna di classe fece da baby sitter ad Annie in modo che Liz e John potessero prender parte a un party natalizio organizzato dai vicini.

Quando rientrarono a casa, Annie dormiva profondamente nel suo letto. La mattina dopo però si svegliò all'alba eccitatissima. Era la vigilia di Natale e non riusciva a pensare ad altro che ai regali che aveva chiesto a Babbo Natale. Voleva disperatamente la bambola Madame Alexander, ma non era affatto sicura che le sarebbe arrivata. Desiderava anche una nuova slitta e una bicicletta, però decise che per quest'ultima forse era meglio aspettare il suo compleanno in primavera.

Quel giorno c'era una miriade di cose da preparare per Natale. Aspettavano alcuni amici per l'indomani pomeriggio, e sua madre era indaffarata con gli ultimi preparativi. A mezzanotte sarebbero andati a messa. Ad Annie piaceva quel rito, anche se non ci capiva gran che. Adorava andare a messa con loro di notte e sonnecchiare stretta fra i suoi genitori ascoltando i canti e aspirando l'odore dell'incenso. In chiesa c'era anche un bellissimo presepe con Giuseppe e Maria circondati da tanti animali. A mezzanotte compariva sulla mangiatoia anche Gesù Bambino. Per Annie e sua madre era una sosta obbligatoria finita la messa.

«Proprio come noi due, eh, mamma?» chiedeva stringendosi a Liz, mentre la madre si chinava a baciarla.

«Proprio come noi», rispondeva Liz con dolcezza, ringraziando ogni volta Dio per la sua felicità. «Ti voglio bene, Annie.»

«Anch'io ti voglio bene.»

Come sempre, anche quella sera andò a messa con loro e si addormentò seduta fra i suoi genitori. La chiesa era così calda e confortante, la musica sembrava cullarla fino a farla addormentare. Non si svegliò neanche per andare a guardare il presepe. Ma quando stavano per andarsene volle andare a vedere Gesù Bambino. Sorrise nel vedere la statuina, poi alzò lo sguardo verso sua madre e le strinse forte la mano. A Liz salirono le lacrime agli occhi. Annie era un dono speciale che era stato inviato loro perché portasse gioia e serenità.

Era ormai l'una quando tornarono a casa e per prima cosa portarono a letto Annie che era più addormentata che sveglia. Quando Tommy andò a darle il bacio della buonanotte, stava già leggermente russando. Gli sembrò che avesse la fronte calda, ma non ci fece tanto caso. Non ritenne opportuno dirlo alla madre. Sembrava così serena che non prese neanche in considerazione l'idea che qualcosa non andasse.

Per la prima volta, però, da quando era grandicella Annie si svegliò tardi la mattina di Natale e sembrò anche insolitamente stordita. La sera prima Liz aveva messo fuori il piatto di carote e sale per le renne e i biscotti per Babbo Natale al posto di Annie perché lei era troppo assonnata per farlo. Al mattino, comunque, non si dimenticò di controllare se avessero mangiato. Era più insonnolita del solito, disse di avere mal di testa, ma Liz pensò che stesse covando un'influenza. Il tempo era stato piuttosto rigido nei giorni prima di Natale, poteva aver preso freddo giocando nella neve con Tommy. Per l'ora di pranzo sembrò che stesse bene. Era eccitatissima perché Babbo Natale le aveva portato la bambola Madame Alexander, la nuova slitta e altri giocattoli. Nel pomeriggio andò fuori a giocare per un'oretta con Tommy e quando rientrò per l'abituale cioccolata calda, le guance arrossate erano quelle di una bambina in ottima salute.

«Allora, principessa, Babbo Natale è stato generoso con te?» le domandò con un sorriso felice suo padre, tirando dalla nuova pipa olandese regalatagli da Liz.

«Più che generoso. La mia nuova bambola è così bella, papà.» Gli sorrise come se sapesse chi doveva ringraziare veramente per quel regalo. Ma non era così, perché lei credeva a Babbo Natale. Avevano fatto di tutto perché continuasse a crederci, anche se alcuni dei suoi amici sapevano già come stavano le cose. Liz le aveva spiegato che Babbo Natale esaudiva tutti i desideri dei bambini buoni e a volte anche di quelli che non lo erano del tutto nella speranza che migliorassero. Non mancava però mai di ricordarle che per tutti lei rientrava fra i bambini buoni.

Nel pomeriggio arrivarono gli amici che attendevano, tre famiglie che vivevano nelle vicinanze e due colleghi di John con mogli e figli. Nel giro di un attimo la casa si riempì di risate gioiose. C'era anche qualche coetaneo di Tommy, e a lui non sembrò vero di poter mostrare la sua nuova canna da pesca. Non vedeva l'ora che arrivasse la primavera per poterla usare.

Trascorsero un piacevolissimo pomeriggio e dopo che tutti se ne furono andati consumarono una tranquilla cenetta. Liz preparò una zuppa con brodo di tacchino, poi mangiarono gli avanzi del pranzo e le leccornie portate dagli ospiti.

«Credo che non mangerò più per un mese», dichiarò John, stiracchiandosi contro lo schienale della sedia. Sua moglie gli sorrise, poi notò che Annie era stranamente pallida, aveva gli occhi lucidi e le guance talmente rosse che pensò avesse di nuovo giocato con il fard.

«Hai usato ancora il mio fard?» le domandò Liz in un tono fra il preoccupato e il divertito.

«No... mi è caduto nella neve... poi io...» Sembrò confusa, poi alzò lo sguardo verso Liz stupita, come se neanche lei si rendesse conto di quel che stava dicendo e l'idea la spaventasse.

«Stai bene, tesoro?» Le sfiorò la fronte con dolcezza: era in fiamme. Nel pomeriggio sembrava che stesse così bene, aveva giocato con la nuova bambola e i suoi amici, ogni volta che Liz si era ricordata di lei l'aveva sentita correre e gridare da qualche parte della casa. «Ti senti male?»

«Un po'.» Annie alzò le spalle e tutt'a un tratto sembrò piccola e indifesa. Liz la prese fra le braccia, le sfiorò la fronte e sentì che aveva la febbre. Pensò di chiamare il medico.

«Detesto l'idea di disturbarlo la sera di Natale», dichiarò pensierosa. C'era ancora un tempo terribile, era prevista una tempesta da nord e i meteorologi prevedevano forti nevicate per l'indomani.

«Stanotte si farà una bella dormita e domani starà bene», affermò John in tono placido. Lui era per natura meno ansioso di Liz. «Troppe emozioni per una personcina della sua età.» Fra la partita di Tommy, gli amici, i preparativi della vigilia e il giorno di Natale, c'era di che sentirsi tutti quanti esausti. Liz si convinse che John aveva ragione. Troppe cose erano successe anche per un cucciolo come Annie. «Che ne dici se papà ti porta a letto cavalcando sulle sue spalle?» L'idea le piacque, ma quando John la sollevò si mise a urlare che le faceva male il collo.

«C'è qualcosa che non va. Secondo te di che cosa si tratta?» domandò Liz quando uscirono dalla camera della piccola dopo che si fu addormentata.

«Un semplice raffreddore. Sono settimane che i miei dipendenti se ne stanno a casa con l'influenza, non vedo perché i bambini debbano esserne immuni. Si rimetterà», la rassicurò, dandole un colpetto affettuoso sulla spalla. Comprendeva le preoccupazioni di Liz, i virus della poliomielite e della tubercolosi erano una realtà. «Si rimetterà», ripeté. Sapeva che sua moglie era un soggetto difficile da rassicurare. «Sta' tranquilla, ti prometto che andrà tutto bene.»

Quando poco dopo andò lei stessa a vedere come stava Annie, si sentì meglio. Per quanto fosse ancora pallida e avesse gli occhi lucidi e la fronte calda, non denunciava niente che andasse al di là di un'influenza. John aveva ragione, forse l'eccitazione di quel giorno l'aveva stancata troppo. Probabilmente era solo un po' influenzata.

«Cerca di dormire, se non ti senti bene vieni da papà e mamma», le raccomandò, rimboccandole le coperte e dandole il bacio della buonanotte. «Ti voglio tanto, tanto bene, tesoro... e grazie per i bellissimi regali che hai fatto a papà e a me.» A Liz aveva regalato un disegno e a John un portacenere verde per la sua pipa perché era convinta che fosse il suo colore preferito.

Quando Liz si decise a lasciare la stanza Annie sembrava quasi addormentata. Dopo aver lavato i piatti e riordinato la cucina, andò di nuovo a vedere come stava la sua piccola. La fronte di Annie era bollente, si agitava e brontolava nel sonno, ma non si svegliò quando Liz la toccò. Erano le dieci di sera, ciononostante Liz decise di chiamare comunque il medico.

Fortunatamente era a casa. Gli spiegò che Annie aveva la febbre alta, ne era certa anche se non gliel'aveva misurata per timore di svegliarla. Gli menzionò anche il collo rigido, ma lui la tranquillizzò dicendole che certi sintomi non erano insoliti con l'influenza. Confermò la diagnosi di John. Probabilmente si era sovraeccitata per le festività e aveva preso freddo durante il fine settimana.

«Se domattina è sfebbrata portala da me, altrimenti vengo io. Chiamami appena si sveglia. Stai tranquilla, si riprenderà. Sai quanti pazienti ho nelle sue condizioni? L'influenza debilita un po', nient'altro. Tienila al caldo, può darsi che la febbre cali durante la notte.»

«Grazie, Walt.» Walter Stone era il medico di famiglia fin da prima che nascesse Tommy, ed era anche un caro amico. Come sempre, sentirlo la rassicurò. Aveva ragione lui. Non era niente.

Lei e John rimasero a lungo svegli a chiacchierare. Parlarono della loro vita, degli amici, dei figli, di quanto tempo fosse passato dal loro primo incontro, di quanto fossero fortunati. Decisero di essere grati alla vita e di avere fiducia.

Prima di andare a letto andò a controllare ancora una volta Annie, che scottava meno ed era più tranquilla. Giaceva immobile e aveva il respiro regolare. Bess era accovacciata ai piedi del letto. Né la bambina né la cagna si mossero quando Liz lasciò la stanza per tornare in camera sua.

«Come sta?» chiese John, infilandosi sotto le coperte.

«Sta bene», sorrise Liz. «Lo so, mi preoccupo troppo. È più forte di me.»

«È uno dei motivi per cui ti amo. Ti prendi cura di noi così bene. Non so cos'ho fatto per meritarti.»

«Sei stato abbastanza furbo da prendermi al laccio quando avevo quattordici anni.» Non aveva amato nessun altro uomo da allora. E nei successivi trentadue anni il suo amore per lui era stato un continuo crescendo.

«Sai, non dimostri molto più di quattordici anni adesso», sussurrò lui quasi timidamente, attirandola a sé. Le sbottonò lentamente la camicetta mentre lei sfilava la gonna di velluto che aveva indossato per il giorno di Natale. «Ti amo, Liz», le mormorò nell'incavo della spalla. Sentì il desiderio per lui crescere in lei mentre le sue mani scivolavano dalle spalle nude ai seni e le labbra si posavano sulle sue.

Giacquero a lungo, poi si addormentarono appagati e felici. Potevano ritenersi fortunati, avevano una vita piena di soddisfazioni ed erano uniti da un amore che si basava sul rispetto reciproco. Liz pensò proprio a questo prima di girargli le spalle per addormentarsi. John la strinse a sé, le braccia intorno ai fianchi, le ginocchia dietro quelle di lei, il volto sepolto nei soffici capelli biondi fino a scivolare in un sonno rigeneratore.

Appena si svegliò l'indomani mattina, Liz andò a vedere come stava Annie. Stava ancora dormendo. Non sembrava che stesse male, ma appena le si avvicinò vide che era mortalmente pallida e respirava a malapena. La scosse leggermente, ma lei non si mosse, emise solo un lieve gemito senza aprire gli occhi. Con il cuore che le martellava in petto, Liz la scosse con più decisione cominciando a urlare il suo nome. Tommy la udì prima di John e si precipitò in camera della sorella.

«Che cosa c'è che non va, mamma?» Aveva capito che era successo qualcosa nell'attimo stesso in cui l'aveva sentita urlare. Indossava ancora il pigiama, aveva i capelli arruffati e l'aria ancora mezzo addormentata.

«Non lo so. Di' a papà di chiamare il dottor Stone. Non riesco a svegliare Annie.» Iniziò a piangere mentre lo diceva. Accostò il volto a quello della figlia, respirava, ma era come svenuta e sicuramente aveva la febbre altissima. Liz non ebbe neanche il coraggio di lasciarla per andare a prendere il termometro in bagno. «Presto!» gridò a Tommy che si stava allontanando, poi cercò di far sedere la bambina. Questa volta s'irrigidì un po', emise un altro gemito, ma non diede cenno di svegliarsi. Sembrava non rendersi conto di quello che le stava succedendo intorno. Liz la tenne stretta fra le braccia piangendo sommessamente. «Ti prego, piccola... ti prego, svegliati... su... ti voglio bene... Annie, ti prego...» Stava singhiozzando quando John arrivò di corsa seguito da Tommy.

«Walt viene subito. Che cos'è successo?» Era preoccupatissimo, anche se non gli piaceva l'idea di ammetterlo davanti a Liz. Tommy piangeva silenziosamente alle spalle del padre.

«Non lo so... ha una febbre da cavallo... non riesco a svegliarla... oh, Dio... oh, John...» Singhiozzava tenendo stretta a sé la piccola, cullandola, ma Annie questa volta non emise neanche un gemito. Tutti loro fissavano quel corpicino inanimato fra le braccia di Liz.

«Si riprenderà. Capita con i bambini, gli viene un febbrone e dopo due ore stanno meglio di prima. Lo sai.» John cercava di rassicurarla per nascondere il proprio panico.

«Non venirmi a dire quello che già so», sbottò Liz. «Ora come ora so solo che sta malissimo.»

«Walt ha detto che la porterà in ospedale se sarà necessario.» Ma ormai era più che evidente che sarebbe stato necessario. «Perché non vai a vestirti?» le suggerì con dolcezza. «Starò io con lei.»

«Non la lascio», ribatté Liz in un tono che non

ammetteva repliche. Adagiò di nuovo Annie sul letto e le accarezzò i capelli. Tommy guardava la sorellina terrorizzato. Era così pallida che sembrava morta, il suo respiro era quasi impercettibile. Era difficile credere che potesse svegliarsi da un momento all'altro ridendo come sempre, eppure lui voleva crederci con tutte le sue forze.

«Come ha fatto ad ammalarsi così in fretta? Ieri sera sembrava che stesse bene», osservò Tommy, sconvolto.

«Stava male, ma io ho pensato che non fosse niente.» Fulminò John con lo sguardo, come se fosse colpa sua se il medico non era venuto la sera prima. Provò un'ondata di nausea al pensiero che avevano fatto l'amore mentre Annie stava perdendo conoscenza. «Avrei dovuto dire a Walt di venire.»

«Non potevi immaginare una cosa del genere», la rassicurò John. Lei non replicò.

Finalmente sentirono bussare. John si precipitò ad aprire la porta al medico. Fuori si gelava, la prevista tempesta era arrivata. Stava nevicando, l'atmosfera era fredda e ovattata quanto quella nella stanza di Annie.

«Cos'è successo?» chiese Walt, dirigendosi velocemente verso la camera della bambina.

«Non lo so. Liz sostiene che ha una febbre da cavallo e non riusciamo a svegliarla.» Walt entrò nella stanza e senza quasi neanche salutare Liz e Tommy andò dritto da Annie. Le toccò la fronte, cercò di muoverle la testa, le esaminò le pupille. Dopo averle sentito il polso e verificato alcuni riflessi, si voltò a guardarli con un'espressione che non presagiva nulla di buono.

«La porto in ospedale, voglio prelevarle del midollo spinale. Credo si tratti di meningite.»

«Oh, mio Dio.» Liz non sapeva quali conseguenze ci sarebbero state, ma non era affatto ottimista, soprattutto considerate le condizioni di Annie. «Si rimetterà?» domandò in un sussurro, aggrappandosi al braccio di John. Tommy, che piangeva sulla soglia fissando l'adorata sorellina, fu momentaneamente dimenticato. Il cuore le batteva con tale forza mentre aspettava la risposta del medico che temette potesse uscirle dal petto. Walt era loro amico sin dai tempi della scuola, ma in quel momento era il nemico, il giudice che doveva pronunciare la sentenza sul destino di Annie.

«Non lo so», rispose lui in tutta onestà. «Sta molto male. Devo portarla in ospedale immediatamente. Uno di voi può venire con me?»

«Veniamo tutt'e due», replicò John. «Dacci solo un secondo per vestirci. Tommy, stai tu con il dottore e Annie.»

«Papà...» Aveva un tale groppo in gola che faticava a parlare. Le lacrime gli scendevano copiose lungo le guance. «Voglio venire anch'io... io... voglio esserci...»

John stava per dirgli di no, ma poi annuì. Lo capiva. Sapeva quanto Annie significasse per lui, per tutti loro. Non potevano perderla.

«Vai a vestirti.» Dopodiché si rivolse al medico: «Saremo pronti in un minuto».

Liz era già in camera a vestirsi. Infilò una vecchia gonna, un maglione, un paio di stivali, diede un colpo di spazzola ai capelli, afferrò cappotto e borsetta e tornò di corsa nella stanza di Annie.

«Come sta?» domandò senza fiato.

«Nessun cambiamento», asserì il medico in tono calmo. L'aveva tenuta costantemente sotto controllo. Aveva il polso debole, la pressione troppo bassa, stava entrando in coma. Doveva portarla in ospedale immediatamente, anche se per esperienza sapeva che c'era ben poco da fare contro la meningite.

Un attimo dopo comparve John vestito a casaccio seguito da Tommy nella sua divisa di hockey. Era la prima cosa che aveva trovato aprendo l'armadio.

«Andiamo», li incitò John, sollevando Annie dal letto mentre Liz l'avvolgeva in due pesanti coperte. La testa della piccola scottava quasi come una lampadina incandescente. Aveva le labbra bluastre. Raggiunsero di corsa la macchina del medico, con Annie sempre in braccio John prese posto sul sedile posteriore e Liz gli scivolò accanto. Tommy salì davanti. Annie si mosse leggermente ma non emise alcun suono. Nessuno di loro proferì parola durante il tragitto per l'ospedale. Liz non le staccò gli occhi di dosso neanche per un attimo, continuò ad accarezzarle i capelli. Un paio di volte si chinò a baciarla sulla fronte, rabbrividì ogni volta che le sue labbra sfiorarono la fronte bollente.

Appena arrivarono John si diresse al pronto soccorso, dove le infermiere stavano già aspettando. Walt aveva telefonato prima di partire da casa. Liz rimase con la sua bambina e le tenne la mano mentre le prelevavano il midollo spinale. Il personale medico le aveva consigliato di lasciare la stanza, ma lei si era rifiutata categoricamente.

«Non mi muovo di qui», aveva replicato in tono deciso. Le infermiere si erano scambiate un'occhiata, poi avevano guardato il medico che aveva annuito.

Nel tardo pomeriggio i timori di Walt vennero confermati. Annie aveva la meningite. Nelle ore successive al prelievo la febbre era terribilmente aumentata e tutti i loro sforzi per abbassarle la temperatura si erano rivelati vani. I genitori e il fratello non si allontanarono neanche per un istante, ma a parte qualche gemito di tanto in tanto, non si mosse né si svegliò. Quando il medico la visitò di nuovo, il collo era completamente rigido. Non sarebbe vissuta a lungo a meno che la febbre non fosse calata o avesse ripreso conoscenza, ma non c'era nulla che potessero fare al riguardo. Era tutto nelle mani del destino. Annie era arrivata come un dono cinque anni e mezzo prima portando con sé gioia e amore nella loro famiglia, adesso non c'era nulla che potessero fare, solo pregare e sperare che quel dono non venisse loro sottratto. Continuarono a supplicarla di non lasciarli, ma lei sembrava non udire nulla. Liz non lasciò mai il suo capezzale, tenne sempre fra le sue la manina di Annie sfiorandole di tanto in tanto con un bacio la fronte bollente. John e Tommy tenevano a turno l'altra manina e, quando toccava a uno, l'altro andava in corridoio a piangere. Nessuno di loro si era mai sentito così impotente. Liz non volle neanche saperne di allontanarsi dalla sua bambina, era come se lasciandola deponesse le armi ancora prima di iniziare la battaglia. Non avrebbe mai permesso che la sua piccola venisse inghiottita dall'oscurità così facilmente, si sarebbe aggrappata a lei e l'avrebbe trattenuta con tutte le sue forze.

«Ti vogliamo bene, piccola... ti vogliamo tutti tanto bene... papà, Tommy, io... devi svegliarti... apri gli occhi... ti prego, tesoro... ti prego... so che puoi farcela. Starai benone... Non permetteremo certo a questo stupido virus di farti star male, vero?... dai, Annie... dai, tesoro... ti prego...» Continuò a parlarle per ore, neanche nel tardo pomeriggio si allontanò da lei. Quando infine accettò una sedia, le restò sempre accanto, a momenti in silenzio, a momenti parlandole. John ogni tanto si allontanava perché non sopportava quella scena straziante. All'ora di cena le infermiere portarono via Tommy che non resisteva più a vedere sua madre che supplicava Annie di vivere e l'adorata sorellina che giaceva inanimata. Era troppo per tutti loro. Non aveva fatto che piangere per tutto il tempo, e Liz non aveva avuto neanche la forza di confortarlo. Lo abbracciò per un breve istante prima che le infermiere lo portassero via. Annie aveva bisogno di lei, non poteva lasciarla per stare con Tommy. Più tardi glielo avrebbe spiegato.

Tommy se n'era andato da un'ora quando Annie emise un gemito, poi le ciglia parvero muoversi. Per un attimo sembrò che stesse per aprire gli occhi, ma non fu così. Gemette di nuovo, questa volta però strinse leggermente la mano della madre, poi, come se si svegliasse da una bella dormita, spalancò gli occhi e guardò Liz.

«Annie?» sussurrò lei, incredula. Fece cenno a John di avvicinarsi. Era rientrato in camera ed era in piedi accanto alla porta. «Ciao, piccola... Io e papà siamo qui e ti vogliamo tanto bene.» John si fermò all'altro lato del letto. Annie non riusciva a muovere la testa, ma era evidente che li vedeva entrambi chiaramente. Richiuse di nuovo gli occhi come se stesse per riaddormentarsi, poi li riaprì lentamente e sorrise.

«Vi voglio bene», mormorò in un soffio impercettibile. «Tommy?...»

«C'è anche lui.» Liz cominciò a piangere copiosamente e le sfiorò la fronte con un bacio. Anche John stava piangendo, ormai non provava più nessuna sorta di imbarazzo. Adoravano la loro bambina. Perché doveva capitarle una cosa del genere?

«Voglio bene a Tommy», sussurrò ancora. «...vi voglio bene...» Poi sorrise e sembrò più bella e perfetta che mai. Era lì davanti a loro quella deliziosa creatura dai capelli biondi e gli occhioni azzurri e le guanciotte rosee che tanto amavano baciare. Sorrideva come se fosse a conoscenza di un segreto che loro ignoravano. Tommy entrò in quell'attimo nella stanza. Annie guardò verso i piedi del letto e sorrise anche a lui. Lui pensò che stesse di nuovo bene e cominciò a piangere per il sollievo. Poi, come se volesse renderli tutti partecipi, bisbigliò: «... Grazie...» Senza smettere di sorridere chiuse gli occhi e un minuto dopo dormiva, esausta per quello che per lei era stato un grosso sforzo. Tommy, più raggiante che mai, lasciò di nuovo la stanza. Liz però non era affatto tranquilla. Sentì che qualcosa non andava, che le cose non stavano come aveva sperato. Sentì che se ne stava andando. Il dono che le era stato dato le veniva tolto. L'avevano avuta per così poco tempo. Liz continuò a tenerle la mano, mentre John andava avanti e indietro. Tommy si era addormentato su una sedia nel corridoio. Era quasi mezzanotte quando infine se ne andò. Non aveva più riaperto gli occhi. Non si era più svegliata. Lo aveva fatto solo per dire a ciascuno di loro quanto li amasse... li aveva persino ringraziati... ringraziati per quei brevi, bellissimi cinque anni... Liz e John erano con lei quando morì, entrambi le tenevano la mano, non per trattenerla ma per ringraziarla a loro volta per tutto ciò che aveva dato loro. Ormai avevano capito che non c'era più niente da fare, ma volevano essere con lei mentre se ne andava.

«Ti voglio bene», sussurrò Liz per l'ultima volta. «Ti voglio bene...» Ormai era solo un'eco. Il loro angelo se n'era andato, gliel'avevano portata via. Annie Whittaker era spirito. Tommy prima di addormentarsi in corridoio aveva pensato a lei... a quanto l'amava... solo alcuni giorni prima si erano sdraiati sulla neve fingendosi degli angeli, adesso lei lo era veramente.

# 2

Il funerale fu una vera e propria tortura, la peggior esperienza che una madre potesse vivere. Ebbe luogo due giorni prima della vigilia di Capodanno. C'erano tutti, parenti, amici, le maestre d'asilo, i soci e i dipendenti di John, le colleghe insegnanti di Liz. C'era anche Walter Stone. Il medico confessò loro di sentirsi in colpa per non averla visitata la sera in cui Liz gli aveva telefonato. Aveva pensato che si trattasse di un raffreddore o di una semplice influenza, e riteneva di essere stato un po' troppo precipitoso nella sua diagnosi. Aggiunse però che anche se fosse intervenuto immediatamente, non sarebbe stato comunque in grado di cambiare le cose. La meningite era quasi sempre una malattia letale per i bambini. Liz e John lo pregarono di non biasimarsi per questo, ma anche loro non potevano fare a meno di sentirsi in colpa, lei per non aver insistito perché il medico venisse, lui per aver detto alla moglie che non era nulla di grave. Entrambi non riuscivano a perdonarsi di aver fatto l'amore mentre la loro bambina cadeva in coma. Persino Tommy si rimproverava per quella morte. Ognuno di loro era convinto che avrebbe potuto fare qualcosa, ma le cose non stavano così.

Annie era stata, come disse il prete quel giorno, un dono inviatogli per un breve periodo, un angioletto prestato da Dio perché insegnasse loro l'amore e li tenesse uniti per sempre. Ed era ciò che aveva fatto. Ciascuno dei presenti ricordava il sorriso birichino, i grandi occhi azzurri, il visino luminoso e la sua allegria contagiosa. Nessuno aveva dubbi sul fatto che fosse stata mandata loro come un dono d'amore. Il problema adesso era come avrebbero fatto a continuare a vivere senza di lei. La morte di un bambino portava a riflettere sui propri peccati e sull'ineluttabilità della morte. Era la perdita di tutto, della speranza, del futuro, della vita. E degli affetti più cari. Non c'erano persone più sole di Liz, John e Tommy Whittaker in quel freddo mattino di dicembre. Se ne stavano lì congelati, circondati dagli amici, incapaci di allontanarsi dalla sua tomba, incapaci di accettare di lasciarla sola dentro quella piccola bara sommersa di fiori.

«Non posso», balbettò Liz a John al termine del servizio funebre, lui capì immediatamente quel che intendeva e la sostenne in un abbraccio temendo che potesse avere una crisi isterica. Aveva paventato quella reazione per giorni, adesso Liz sembrava sul punto di cedere. «Non posso lasciarla qui... non posso...» Singhiozzò e nonostante le sue resistenze John la strinse a sé con forza.

«Lei non è più qui, Liz, se n'è andata... adesso sta bene.»

«Non sta bene. Lei è mia... la rivoglio... la rivoglio», ribatté senza smettere di singhiozzare. Gli amici si allontanarono un po' impacciati, non sapendo come aiutarla. Non c'era niente che si potesse dire o fare per alleviare il loro dolore. Tommy guardava i suoi genitori cercando di lottare contro la propria disperazione.

«Va tutto bene, figliolo?» gli chiese il suo allenatore di hockey, asciugandosi gli occhi pieni di lacrime. Tommy fece per annuire, poi scosse la testa e si gettò fra le braccia dell'omone piangendo. «Lo so... lo so quello che provi... io ho perso una sorella di quindici anni quando ne avevo ventuno... fa male... fa molto male. Aggrappati ai ricordi... era una bambina così deliziosa», mormorò, piangendo insieme con Tommy. «Aggrappati ai ricordi che hai di lei, figliolo. Tornerà a te attraverso le piccole gioie della tua vita. Gli angeli ci concedono simili doni... a volte non ce ne accorgiamo neanche. Ma ci sono. E c'è anche lei. Parlale di tanto in tanto quando sei da solo... ti sentirà... e anche tu la sentirai... non ti abbandonerà mai.» Tommy lo guardò per un attimo sconcertato, chiedendosi se fosse pazzo, poi annuì. Notò in quel momento che suo padre era finalmente riuscito ad allontanare Liz dalla tomba, anche se con notevole sforzo. John, così pallido da sembrare grigio, condusse a fatica la moglie che si reggeva a malapena sulle gambe fino alla macchina. Nessuno di loro pronunciò una parola durante il tragitto.

Nel pomeriggio vennero parecchie persone a portare cibo e le loro condoglianze. Alcuni si limitarono a lasciare dei fiori all'ingresso, temendo di disturbare. Ci fu un continuo viavai di gente, ma taluni non si fecero neanche vedere, come se toccando i Whittaker potessero contrarre la stessa malattia. Come se la loro tragedia potesse essere contagiosa.

Liz e John, per quanto esausti e annichiliti dal dolore, si sforzarono di accogliere gli amici, ma fu un sollievo per loro quando infine restarono soli e il telefono smise di squillare. Tommy era rimasto per tutto il tempo nella sua stanza senza vedere nessuno. La vista della camera della sorella al di là del corridoio gli era così insopportabile che chiuse la porta della sua. Non riusciva a togliersi dalla mente l'immagine di lei come l'aveva vista poche ore prima che li lasciasse. Era così pallida, completamente inanimata. Gli era difficile ricordare l'aspetto di quando stava bene, quando lo stuzzicava o rideva come una matta. Tutto quello che riusciva a rammentare era il suo viso in quel letto d'ospedale, gli ultimi istanti in cui aveva mormorato «grazie» prima di morire. Era ossessionato da quegli ultimi minuti e non riusciva a darsi una spiegazione per quella morte. Perché era dovuta succedere una cosa del genere? Perché era morta? Perché non era toccato a lui invece che a Annie? Quegli interrogativi erano una vera e propria tortura, ma non condivise con nessuno i propri sentimenti. Di fatto, nessuno dei Whittaker si rivolse la parola per il resto della settimana. I suoi genitori dovettero sforzarsi di farlo con gli amici, ma lui non ci pensò neanche.

Capodanno arrivò e passò come un qualunque altro giorno. Due giorni dopo Tommy tornò a scuola, ma nessuno sfiorò l'argomento con lui. Sapevano tutti cos'era successo. Il suo allenatore fu molto gentile, ma non nominò più sua sorella né Annie. Tutti evitavano di parlare con lui dell'evento e lui non aveva nessuno con cui dividere il proprio dolore. Persino Emily, la ragazza con cui flirtava da qualche mese, aveva improvvisamente perso tutto il suo fascino perché aveva discusso di lei con Annie. Non riusciva più a sopportare qualunque cosa gli ricordasse ciò che aveva perso. Il dolore era diventato una costante, era come avere un arto amputato e non riuscire ancora a rendersene conto. Detestava l'espressione di pietà che vedeva negli occhi degli altri. Magari pensavano che fosse strano, forse per questo non gli rivolgevano la parola. Si sentiva terribilmente solo. E così anche i suoi genitori. Dopo l'andirivieni dei primi giorni, avevano smesso di frequentare gli amici. Avevano quasi smesso di vedersi anche fra di loro. Tommy non mangiava più con loro. Non sopportava di stare a tavola senza Annie, né di tornare a casa nel pomeriggio e non poter spartire con lei latte e biscotti. Ormai odiava anche stare in quella casa senza di lei. Prolungava gli allenamenti più che poteva, poi una volta tornato a casa consumava frettolosamente la cena che la madre gli aveva messo da parte. Il più delle volte assaggiava appena il cibo prima di gettarlo nella spazzatura. Spesso saltava del tutto la cena, al massimo si portava in camera un bicchiere di latte e una manciata di biscotti. Liz sembrava che non mangiasse affatto, John rientrava sempre più tardi dal lavoro e neanche lui aveva mai appetito. La cena sembrò diventare un ricordo del passato, era come se stando insieme l'assenza di Annie fosse più tangibile e questo era troppo doloroso per ciascuno di loro. Così si evitavano a vicenda.

Il ricordo di Annie era come un nervo esposto, qualunque cosa lo sfiorasse provocava uno spasmo, un dolore così acuto che andava al di là di ogni sopportazione.

L'allenatore si rese conto di quello che stava succedendo a Tommy e gli insegnanti cominciarono a parlarne fra di loro. Per la prima volta in tutta la sua carriera scolastica cominciarono a fioccare voti bassi, a lui però sembrava non importare nulla. Niente aveva più importanza senza Annie.

«Tommy Whittaker mi preoccupa», disse la coordinatrice agli studi all'insegnante di matematica un giorno mentre pranzavano in mensa. «Avevo intenzione di telefonare alla madre la settimana scorsa, ma poi l'ho incontrata in centro. Sembra in condizioni peggiori del figlio. Deve essere stato davvero un colpo terribile la morte della bambina.»

«Per chi non lo sarebbe stato?» replicò la professoressa di matematica in tono comprensivo. Anche lei aveva dei figli e non riusciva a immaginare neanche lontanamente come avrebbe reagito alla loro scomparsa. «La situazione è così grave? Rischia di essere bocciato in qualche materia?»

«È ancora presto per dirlo, ma non nego che una possibilità del genere possa verificarsi», ammise in tutta onestà. «Era uno degli studenti migliori. So quanto ci tengano i suoi genitori. Suo padre vuole addirittura mandarlo in una delle prestigiose università dell'Est, ammesso che si diplomi con il massimo dei voti. Ora come ora ha poche speranze al riguardo.»

«Si riprenderà. Sono passati solo tre mesi. Dagli una possibilità. Ritengo che la cosa giusta per il momento sia lasciarlo tranquillo e vedere quello che succede alla fine dell'anno scolastico. Possiamo sempre far intervenire i genitori se la cosa ci sfugge di mano.»

«Non sopporto di vederlo arrendersi in questo modo.»

«Forse non ha un'altra alternativa. Forse in questo momento sta solo cercando di sopravvivere a quello che gli è successo. Magari sta combattendo la battaglia più importante della sua vita. Per quanto a volte mi sia difficile ammetterlo, so che ci sono cose più importanti della trigonometria nella vita. Diamo al ragazzo il tempo di riacquistare il proprio equilibrio.»

«Sono già passati tre mesi», le ricordò. Era la fine di marzo. Eisenhower era alla Casa Bianca da due mesi, il vaccino di Salk contro la poliomielite si era rivelato un successo e Lucille Ball aveva finalmente messo al mondo il tanto atteso e pubblicizzato bambino. Il mondo si stava rapidamente trasformando, ma non per Tommy Whittaker. Il tempo per lui sembrava essersi fermato con la morte di Annie.

«Be', se dovessi perdere un figlio, credo che non mi basterebbe l'intera vita per riprendermi», ribatté la più comprensiva delle due.

«Ti capisco.» Le due insegnanti restarono in silenzio, ognuna pensando ai propri cari. Alla fine del pranzo entrambe furono d'accordo che Tommy aveva ancora bisogno di un po' di tempo. Ma tutti a scuola si erano accorti di come era cambiato. Sembrava non interessarsi più a nulla. Nonostante gli sforzi dell'allenatore per convincerlo, quella primavera decise di non giocare a pallacanestro e a baseball. A casa le cose non andavano meglio. La sua stanza era sempre in disordine, non faceva neanche finta di riordinare, e per la prima volta in vita sua si scontrava con i genitori quasi quotidianamente.

Ma del resto anche loro litigavano di continuo. Non facevano che discutere e uno accusava sempre l'altro di qualche mancanza. A seconda dei casi il pomo della discordia era il non aver fatto benzina, portato fuori la pattumiera o il cane, pagato le bollette, comprato il caffè o spedito una lettera. Tutte cose insignificanti che davano loro un buon pretesto per litigare. Suo padre non era mai a casa. Sua madre non sorrideva mai. Mai che si rivolgessero una parola gentile. Ormai non sembravano più neanche tristi, solo arrabbiati. Arrabbiati con se stessi, con il mondo, con la vita e il destino crudele che aveva portato via Annie. Ma nessuno ammetteva le ragioni della propria rabbia. Ci si limitava a sfogarla lamentandosi di cose senza importanza come la bolletta della luce troppo alta.

Data la situazione, per Tommy risultò più facile stargli lontano. Quando era a casa, trascorreva la maggior parte del tempo in giardino a pensare. Aveva cominciato a fumare. Qualche volta era arrivato anche a scolarsi un paio di birre. Gli dava un certo sollievo starsene da solo sotto l'incessante pioggia che non dava tregua quel mese alternando sorsi di birra a boccate di Camel. Quell'improvviso senso di libertà lo faceva sentire più grande, una volta arrivò persino a sorridere nel pensare a quel che avrebbe detto Annie se avesse potuto vederlo. Sicuramente lo avrebbe rimproverato. Ma lei non poteva più farlo, e neanche i suoi genitori, visto che si disinteressavano di lui. D'altro canto, a sedici anni si era abbastanza grandi per assumersi le proprie responsabilità. Ormai era un adulto.

«Non m'importa un accidente se hai sedici anni, Maribeth Robertson», sbottò il padre di quest'ultima una sera di marzo a Onawa, una cittadina dell'Iowa a quattrocento chilometri di distanza dal giardino in cui Tommy si stava ubriacando sotto la pioggia che infieriva sui fiori di sua madre. «Tu non andrai da nessuna parte con indosso quella specie di pellicola trasparente che chiami vestito e tutto quel trucco. Vai a lavarti la faccia e a cambiarti.»

«Ma papà, è il ballo di primavera. Truccarsi e vestirsi in un certo modo è normale.» La ragazza che suo fratello aveva portato al ballo due anni prima era vestita più succintamente di lei, eppure suo padre non aveva avuto nulla da ridire. Ma lei, nonostante avesse sedici anni, aveva il privilegio di essere la ragazza di Ryan, il che faceva la differenza. Ryan poteva permettersi qualunque cosa. Era un maschio.

«Se vuoi uscire vai a metterti un vestito decente, altrimenti stai a casa ad ascoltare la radio con tua madre.» Per un attimo fu fortemente tentata di starsene a casa, poi si disse che quel ballo scolastico era un'occasione che non si sarebbe mai più ripetuta nella sua vita. Non le sorrideva l'idea di andarci alle condizioni del padre, soprattutto se doveva vestirsi come una suora, ma non le andava neanche di rimanere a casa. Si era fatta prestare il vestito dalla sorella maggiore di una sua amica e, per quanto le stesse un po' largo, lo trovava davvero incantevole. Era un abito di taffettà blu pavone con scarpe dello stesso colore che le stavano massacrando i piedi perché troppo strette. Era senza spalline e il corpetto aderente metteva bene in evidenza quel che le aveva dato in dono madre natura. Era quest'ultimo particolare che non andava giù a suo padre, nonostante il bolerino.

«Papà, prometto di tenere addosso il bolerino tutta la sera.»

«Bolerino o no, tu non vai da nessuna parte con quel vestito. Se vuoi partecipare al ballo, faresti meglio ad andare a cambiarti. Altrimenti te ne starai qui, il che francamente non mi dispiace affatto. Al giorno d'oggi voi ragazze vi vestite come puttane. Non hai bisogno di mettere in mostra il tuo corpo per farti notare dai ragazzi, Maribeth. Prima te lo metti in testa meglio è, altrimenti finirai per portarmi a casa il peggiore dei buoni a nulla. Ricordati queste parole», sentenziò in tono sprezzante. Noelle, la sorellina minore, alzò gli occhi al cielo. Aveva solo tredici anni, ma possedeva un carattere decisamente più ribelle. Erano entrambe delle brave ragazze, la minore però non era disposta a rinunciare ai divertimenti della vita. Alla sua età già le luccicavano gli occhi ogni volta che un ragazzo le fischiava dietro. Maribeth invece, che di anni ne aveva sedici, era molto timida e più timorosa nell'affrontare il padre.

Alla fine, Maribeth andò in camera sua e si gettò sul letto a piangere. Poco dopo entrò sua madre per aiutarla a cercare un vestito da mettersi. Non che ne avesse molti, ma quello blu con il colletto bianco e le maniche lunghe era carino, e Margaret Robertson era certa che suo marito l'avrebbe trovato adatto. Maribeth scoppiò di nuovo in lacrime solo a vederlo. Era orribile.

«Mamma, sembrerò una suora. Rideranno tutti di me.» Assunse un'espressione disperata nel guardare l'abito che sua madre aveva scelto per lei. Lo aveva sempre odiato.

«Non tutti indosseranno vestiti simili, Maribeth», tentò di rincuorarla, indicando quello di taffettà che le avevano prestato. Era un bel vestito, doveva riconoscerlo, ma inquietava un po' anche lei. Faceva sembrare Maribeth una donna. Sua figlia a sedici anni, per fortuna o sfortuna, aveva già seni pieni, un vitino da vespa e un paio di lunghe e splendide gambe. Neanche gli abiti normali riuscivano a nascondere la sua bellezza. Era più alta della maggior parte delle sue amiche e si era sviluppata molto presto.

Ci volle più di un'ora per convincerla a indossare l'odiato vestito. Nel frattempo il padre nel salotto stava sottoponendo a un terzo grado il suo cavaliere. Il ragazzo conosceva a malapena Maribeth e sembrava estremamente nervoso mentre il signor Robertson gli domandava che tipo di lavoro volesse fare una volta finita la scuola, cosa che lui non aveva ancora deciso. Bert Robertson gli spiegò che un po' di duro lavoro non faceva mai male e neanche un po' di disciplina nell'esercito. David O'Connor annuiva con decisione, ed era quasi in preda alla disperazione quando Maribeth infine entrò nella stanza indossando l'odiato vestito e il filo di perle della madre per ravvivarlo un po'. Le scarpe di raso con il tacco alto erano state sostituite con un paio più basse, ma visto che sovrastava David comunque, si disse che non aveva importanza. Sapeva di essere orribile, con quel vestito scuro che tanto contrastava con il rosso acceso dei suoi capelli. Non si era mai sentita così brutta. Salutò David.

«Sei molto carina», disse quest'ultimo in tono poco convinto. Indossava il completo scuro del fratello maggiore di parecchie misure più grande. Cercò di appuntarle il mazzolino di fiori che le aveva portato, ma le mani gli tremavano così forte che dovette aiutarlo la madre di Maribeth.

«Divertitevi», augurò loro sentendosi un po' in colpa. Da un lato le dispiaceva che Maribeth avesse dovuto rinunciare al suo vestito. Le stava così bene. Ma era inutile discutere con Bert una volta che aveva preso una decisione. Inoltre era particolarmente apprensivo nei confronti delle figlie. Due delle sue sorelle erano state costrette a sposarsi e lui aveva sempre detto a Margaret che mai avrebbe permesso che accadesse la stessa cosa alle sue bambine. Sarebbero state delle ragazze perbene e avrebbero sposato dei bravi ragazzi. Aveva sempre dichiarato apertamente che in casa sua non voleva ragazze dai facili costumi, viavai di maschietti e men che meno sesso illecito. Solo a Ryan era permesso fare ciò che voleva. Dopotutto era un ragazzo. Aveva diciotto anni e lavorava già con il padre. Bert Robertson possedeva la miglior officina di riparazioni di Onawa e visto che gli affari gli andavano a gonfie vele aveva tutte le ragioni di esserne orgoglioso.

A Ryan piaceva lavorare con lui, sosteneva di essere un meccanico bravo quanto suo padre. Si trovavano così d'accordo che qualche fine settimana se ne andavano a caccia e a pesca lasciando a casa le donne. Quando capitava, Margaret portava al cinema le ragazze o stava a casa a ricamare. Non aveva mai lavorato, e anche di questo Bert andava fiero. Non era ricco ma poteva camminare a testa alta in città; a nessuna delle sue figlie avrebbe permesso di metterlo in imbarazzo facendosi prestare un vestito per andare a un ballo conciata come una prostituta. Maribeth era una bella ragazza ma questa era una ragione in più per tenerla sotto controllo e impedirle così di fare la stessa fine delle sue sorelle.

Lui aveva sposato una ragazza semplice. Margaret O'Brien voleva diventare una suora prima di incontrarlo, da quasi vent'anni però era la sua devota moglie. Non l'avrebbe mai sposata se avesse avuto certe fantasie per la testa come Maribeth o un carattere ribelle come Noelle. Era convinto che fosse molto più facile crescere un maschio che una femmina, per quanto le sue figlie non gli avessero mai dato dei problemi. Certo Maribeth aveva delle strane idee su quello che le donne potevano e non potevano fare. I suoi insegnanti le avevano messo in testa che era troppo intelligente per non andare all'università. Non c'era nulla di male sul fatto che una ragazza avesse un'istruzione purché fosse sempre consapevole delle priorità nella vita di una donna. Bert ripeteva spesso che non c'era bisogno di andare all'università per imparare a cambiare un pannolino. Se avesse studiato un po' di contabilità per aiutarlo negli affari non avrebbe avuto nulla da ridire, certe sue idee però erano fuori del mondo. Bert non riusciva neanche a immaginare una donna medico, ingegnere o avvocato. A volte gli era proprio difficile capire i ragionamenti di sua figlia. Secondo lui una ragazza seria per non rovinarsi la vita doveva sposarsi e mettere al mondo un certo numero di figli. Il suo compito nella vita era prendersi cura del marito, della prole e della casa. Aveva messo in guardia anche Ryan al riguardo. Gli aveva consigliato di non sposare una ragazza che avesse troppi grilli per la testa, e di guardarsi bene dal mettere incinta una che non aveva intenzione di sposare. Per le femmine però la questione era diversa. Loro dovevano comportarsi bene... non andare fuori mezzo nude o tirar scemi i propri genitori con stravaganti concetti sulle donne. A volte si chiedeva se certe stupidaggini non le imparavano dai film che Margaret le portava a vedere. Sicuramente non era la madre a inculcare loro certe idee. Margaret era una donna tranquilla e non gli aveva mai dato problemi. Non poteva dire lo stesso di Maribeth. La figlia era una brava ragazza, ma era convinto che le sue idee moderne le avrebbero causato un mucchio di guai.

Maribeth e David arrivarono al ballo con un'ora di ritardo. Gli altri sembravano divertirsi un mondo. Per quanto fosse vietato bere alcolici, alcuni dei ragazzi sembravano già ubriachi, e anche qualcuna delle ragazze. Al parcheggio aveva notato che alcune coppie si erano già appartate in macchina, ma aveva finto di non accorgersene. Era imbarazzante guardare con David al suo fianco. Si conoscevano a malapena, ma era stato l'unico a invitarla al ballo e lei ci teneva troppo per rifiutare. Era stanca di essere sempre tagliata fuori da tutto. Si sentiva sempre goffa, inadeguata. Per anni era stata la migliore della sua classe, alcuni dei suoi compagni l'avevano odiata per questo, tutti gli altri si erano limitati a ignorarla.

I suoi genitori la mettevano in imbarazzo ogni volta che venivano a scuola. Sua madre era timidissima, suo padre un prepotente che diceva a tutti quello che dovevano fare, soprattutto alla moglie. Lei non era mai stata capace di tenergli testa. Era così terrorizzata da lui che gli dava sempre ragione, anche quando aveva torto marcio. Suo padre non aveva certo peli sulla lingua quando si trattava di esprimere i propri giudizi, in particolare sulle donne e il loro ruolo nella vita. E per sottolineare la supremazia maschile o l'inutilità dell'istruzione, citava sempre se stesso come esempio. Lui era cresciuto orfano e aveva avuto successo nonostante non fosse andato oltre la quinta elementare. Secondo lui era più che sufficiente come titolo di studio, e il fatto che suo fratello avesse finito le superiori era un vero e proprio miracolo. Era stato un pessimo studente, era stato sospeso praticamente un giorno sì e un giorno no, ma finché si trattava di Ryan e non delle ragazze, suo padre trovava la cosa persino divertente. Ryan sarebbe probabilmente finito in Corea come marine se non fosse stato riformato per i piedi piatti e il ginocchio che si era rotto giocando a football. Maribeth e suo fratello avevano poco o niente in comune. A volte era già un mistero per lei che fossero nati sullo stesso pianeta, figuriamoci nella stessa famiglia.

Era un bel ragazzo, molto arrogante e poco intelligente. «Cosa ti interessa di più nella vita?» gli aveva chiesto un giorno, forse nella speranza di trovare qualche punto in comune. L'aveva guardata perplesso, come se gli avesse posto una domanda idiota.

«Le macchine, le ragazze... la birra... divertirmi... Papà mi fa sempre una testa così riguardo al lavoro. Be', la cosa mi sta bene... purché continui a lavorare con le macchine e non mi ritrovi a fare l'impiegato in una banca, in una compagnia di assicurazioni o qualcosa del genere. Credo che sia una vera fortuna lavorare per papà.»

«Lo credo anch'io», aveva convenuto lei, sforzandosi di provare un po' di rispetto per lui. «Non hai mai desiderato di fare qualcos'altro?» gli aveva chiesto spalancando gli occhioni verdi.

«Che cosa, per esempio?» Ancora una volta era sembrato sconcertato.

«Qualunque cosa. Come andare a Chicago o a New York, magari frequentare l'università o fare un lavoro diverso da quello di papà...» Quelli erano i suoi sogni. Lei voleva così tanto dalla vita, purtroppo non aveva nessuno con cui condividere i propri sogni. Persino le sue compagne erano diverse da lei. Loro non capivano perché le piacesse tanto studiare e avere dei buoni voti. Dopotutto faceva qualche differenza? E poi a chi importava? A lei. Questo l'aveva tagliata fuori, non aveva amici e per andare a un ballo doveva accontentarsi di ragazzi come David.

Nessuno, però, poteva toglierle i suoi sogni. Neanche suo padre. Voleva studiare, trovare un bel lavoro e fare carriera, vivere in una città interessante, e magari in seguito sposarsi con un uomo che amava e rispettava. Non riusciva neanche a immaginare una vita con qualcuno che non ammirava. Non riusciva a immaginare un'esistenza come quella di sua madre, sposata a un uomo che non le prestava la minima attenzione, un uomo a cui non importava quel che pensava né l'apprezzava. Lei voleva molto di più. Aveva tanti sogni, tanti progetti che tutti ritenevano folli tranne i suoi insegnanti; loro sapevano quanto fosse dotata e volevano aiutarla a liberarsi dalle catene che la tenevano prigioniera. Sapevano quanto fosse importante per lei avere un'istruzione completa. Le uniche volte in cui riusciva ad aprire un po' il suo animo era quando scriveva per il giornale della scuola, allora tutti la lodavano... ma solo per un breve momento. Non aveva mai parlato con nessuno delle sue idee.

«Vuoi del punch?» le offrì David.

«Uh...» La sua mente era a mille miglia di distanza. «Scusami... stavo pensando a qualcos'altro... mi dispiace che tu ti sia dovuto sorbire un sermone da mio padre stasera. Abbiamo litigato perché non voleva che indossassi il vestito che avevo scelto, così sono stata costretta a cambiarmi.» Si sentì ancora più goffa nel fare quella confessione.

«Questo è molto carino», osservò lui, ma dal suo nervosismo era evidente che stava mentendo. Non che non lo capisse. Quel vestito era così brutto che le ci era voluto parecchio coraggio per indossarlo. Ma del resto era abituata a sentirsi diversa dagli altri, a volte persino ridicola. Essere l'ultima ruota del carro era ormai diventata per lei una consuetudine. Ecco perché David O'Connor non si era fatto problemi a invitarla al ballo. Sapeva che non lo avrebbe fatto nessun altro. Era una bella ragazza, ma tutti la trovavano strana. Era alta, aveva splendidi capelli rossi e un corpo fantastico, ma lei non si interessava a nient'altro che alla scuola. Per quel che ne sapeva nessuno le aveva mai chiesto un appuntamento. Era certo che avrebbe accettato il suo invito e aveva avuto ragione. Lui non praticava sport, era basso di statura e l'acne giovanile era stata spietata con lui. Quale altra ragazza poteva invitare se non Maribeth Robertson? Lei era la sua unica possibilità, a parte qualche bruttona con cui non sarebbe uscito neanche morto. E poi, Maribeth gli piaceva. Certo non stravedeva per suo padre. Il vecchio lo aveva fatto sudare freddo mentre l'aspettava. Cominciava a temere di passare lì tutta la sera quando finalmente lei era comparsa nel suo vestito blu con il colletto bianco. L'aveva trovata molto graziosa. Neanche quell'orribile vestito riusciva a nascondere le belle forme del suo corpo. E poi che differenza faceva? La sola cosa che voleva era ballare con lei, sentire il suo corpo stretto al suo. Bastava il solo pensiero a eccitarlo.

«Vuoi del punch?» ripeté e lei annuì. In realtà non lo voleva, ma non sapeva che altro dirgli. Adesso era pentita di essere andata al ballo. David era un ragazzo insignificante e vestita in quel modo non poteva certo sperare che qualcun altro la invitasse a ballare. Sarebbe stato meglio se se ne fosse stata a casa ad ascoltare la radio con la madre come le aveva consigliato il padre. «Torno subito», disse David prima di scomparire. Maribeth guardò le coppie che ballavano. La maggior parte delle ragazze le sembrarono bellissime nei loro vestiti dai colori sgargianti con la gonna ampia e il corpetto stretto come quello che avrebbe dovuto indossare lei.

Le sembrò che fossero passati dei secoli quando infine David tornò. Sorrideva come se custodisse chissà quale segreto. Appena assaggiò il punch capì anche il perché. Aveva un sapore troppo strano per non essere stato «corretto».

«Che cosa c'è dentro?» domandò, annusando e bevendo un altro sorso per avere conferma dei suoi sospetti. Aveva assaggiato bevande alcoliche solo poche volte, ma era sicura che ce ne fosse nel punch.

«Giusto qualche goccio per allentare la tensione», sogghignò. Tutt'a un tratto le sembrò più basso e brutto di quando le aveva chiesto di uscire. Era un vero idiota e il modo in cui le sbavava dietro era davvero disgustoso.

«Non voglio ubriacarmi», replicò lei, pentendosi di essere andata al ballo con lui. Come al solito, si sentì un pesce fuor d'acqua.

«Andiamo, Maribeth, cerca di divertirti un po'. Non ti ubriacherai. Bevi solo qualche sorso. Ti sentirai più rilassata.»

Guardandolo più attentamente, si rese conto che lui doveva averne bevuti un po' mentre era via. «Mi sembra che tu abbia già bevuto abbastanza.»

«Quelli del terzo anno hanno un paio di bottiglie di rum dietro la palestra e Cunningham ne ha una di vodka.»

«Grandioso. Davvero fantastico.»

«Già.» Sorrise felice. Non aveva neanche colto il sarcasmo nella sua voce. Lo guardò con disgusto, ma lui non sembrò accorgersi neanche di questo.

«Torno subito», disse in tono freddo sentendosi più vecchia di lui di anni. L'altezza e il suo aspetto solitamente la facevano sembrare più grande della sua età, accanto a lui però pareva un gigante. Era alta solo un metro e settanta, ma David era più basso di lei di dieci centimetri abbondanti.

«Dove vai?» Sembrava preoccupato. Non avevano fatto ancora neanche un ballo.

«Al bagno delle ragazze», rispose gelida.

«Ho sentito che anche lì gira una bottiglia di rum.»

«Te ne porterò un po'», ribatté, prima di scomparire nella folla. L'orchestra stava suonando *In the Cool, Cool, Cool of the Evening* e le coppie ballavano guancia a guancia. Si sentì sopraffare da una grande tristezza. Passò accanto alla palestra: lì era radunato un gruppo di ragazzi, i quali si affrettarono a nascondere la bottiglia appena la videro. Ma non potevano certo nascondere gli effetti dell'alcol, pochi passi più in là un paio di loro stava vomitando l'anima. Ma lei ci era abituata con suo fratello. Si allontanò da loro più che poté, si sedette su una panchina dall'altra parte della palestra, cercando di riordinare le idee prima di tornare da David. Lui aveva tutta l'intenzione di ubriacarsi e lei non si stava affatto divertendo. Forse la cosa migliore da fare era tornarsene a casa. Dopo qualche bicchiere David non si sarebbe neanche accorto della sua assenza.

Rimase a lungo seduta sulla panchina nella fredda aria notturna. Non la infastidiva minimamente. Anzi, era piacevole stare lontano da David, dai suoi compagni e dagli altri studenti che non conosceva, soprattutto quelli ubriachi. Era piacevole anche essere lontano dai suoi genitori. Per un attimo desiderò rimanere seduta lì per sempre. Allungò le gambe e appoggiò la testa sulla panchina e chiuse gli occhi, lasciandosi accarezzare dall'aria fredda.

«Bevuto troppo?» domandò sommessamente una voce facendola sobbalzare. Aprì gli occhi e vide un volto familiare. Era un ragazzo dell'ultimo anno, nonché l'acclamata star della squadra di football. Sicuramente non aveva la minima idea di chi fosse lei. Non capiva cosa ci facesse lì, né perché si prendesse la briga di parlarle. Forse l'aveva scambiata per qualcun'altra. Si sedette meglio e scosse la testa, sperando che se ne andasse.

«No. Troppa gente. Non ci sono abituata, suppongo.»

«Anch'io volevo starmene un po' solo», disse, sedendosi accanto a lei senza aspettare il suo invito. Anche al chiaro di luna, era impossibile non notare la sua bellezza. «Odio la folla.»

«Mi è difficile crederci», replicò lei divertita. Stranamente, si sentiva a suo agio con lui anche se era una specie di eroe a scuola. Ma in quel momento tutto le sembrava così irreale. «Sei sempre circondato da un mucchio di persone.»

«E tu come fai a saperlo?» Sembrava affascinato. «Chi sei?»

«Sono Cenerentola. La mia Buick si è appena trasformata in una zucca, il mio cavaliere è ubriaco fradicio, e io sono venuta qua fuori a cercare la mia scarpetta di vetro. Per caso l'hai vista?»

«Può darsi. Ma come faccio a sapere che sei veramente Cerentola?» Era davvero divertente. Si chiese come mai non l'avesse notata prima. Il vestito era orribile, fisicamente però era splendida e inoltre aveva il senso dell'umorismo. «Sei dell'ultimo anno?» Improvvisamente sembrò interessato, anche se faceva coppia fissa con Debbie Flowers da quando erano al secondo anno. Girava addirittura la voce che si sarebbero sposati subito dopo il diploma.

«No, sono solo al secondo anno», rispose con un sorriso ironico. Non era il tipo da fingersi quello che non era, neanche davanti a un principe azzurro.

«Ecco perché non ti ho mai notato», ribatté lui. «Però sembri più grande.»

«Grazie, lo prendo come un complimento.» Gli

sorrise, pensando che era arrivato il momento di tornare da David oppure avviarsi verso casa. Non poteva starsene lì tutta sola con uno dell'ultimo anno. Ma in un certo senso si sentiva più al sicuro con lui che altrove.

«Mi chiamo Paul Browne. E qual è il tuo nome, Cenerentola?»

«Maribeth Robertson.» Gli sorrise e si alzò in piedi.

«Dove vai?» Aveva un'espressione delusa. Era così bello con quei capelli neri e il sorriso scintillante.

«A casa.»

«Da sola?» Lei annuì. «Vuoi un passaggio?»

«No, grazie.» Non le sembrava vero che stesse rifiutando un passaggio da parte di Paul Browne, un famoso anziano. Chi ci avrebbe mai creduto se lo avesse raccontato? Sorrise fra sé: che passo da gigante per lei.

«Dai, lascia che ti accompagni almeno fino alla palestra. Hai intenzione di andare a dire al tuo accompagnatore che te ne stai andando?»

«Sì, suppongo di doverlo fare.» Tornarono pian piano verso la palestra, quasi fossero due vecchi amici. Mentre si avvicinavano, Maribeth vide David, ormai ubriaco fradicio, che divideva la bottiglia con un'altra mezza dozzina di ragazzi. C'erano dei sorveglianti, ciononostante gli studenti facevano quello che volevano. «Credo di non avere nulla da dirgli», disse Maribeth con tatto, fermandosi prima. Alzò lo sguardo verso Paul e gli sorrise. Era molto più alto di lei. «Grazie per la compagnia. Ora devo andare a casa.» La serata era stata un fiasco totale per lei. E, a parte le quattro chiacchiere scambiate con Paul Browne, si era annoiata da morire.

«Non puoi andare a casa da sola. Lascia che ti dia un passaggio. Cos'è, hai paura che anche la mia Chevy si trasformi in una zucca?»

«Non credo che succederà. Non sei il principe azzurro?» lo stuzzicò, ma appena lo disse si sentì imbarazzata. Lui era veramente il principe azzurro e lei non avrebbe dovuto metterla sullo scherzo.

«Lo sono?» la punzecchiò a sua volta. Era incredibilmente affascinante oltre che bello. La sua macchina era una Bel Air del 1951 tenuta in modo impeccabile. I sedili di pelle erano rossi.

«Mi piace la tua zucca, Paul», lo provocò di nuovo e lui scoppiò a ridere. Quando gli diede l'indirizzo di casa, lui suggerì di andare a mangiare un hamburger.

«Non ti sei divertita molto stasera. Quel verme che ti ha accompagnata... scusami, forse non avrei dovuto dire una cosa del genere... ma qualcosa mi dice che non ti ha prestato molta attenzione. Scommetto che non ti ha fatto ballare neanche una volta. Credo che te lo meriti un hamburger prima di tornare a casa. Che ne dici? È presto.»

Era vero, e lei non doveva tornare a casa prima di mezzanotte.

«D'accordo», acconsentì. Voleva stare con lui più di quanto fosse disposta ad ammettere. E chi al suo posto non l'avrebbe voluto? «Sei venuto solo al ballo?»

domandò, chiedendosi che fine avesse fatto Debbie.

«Sì. Sono di nuovo scapolo.» Dal modo in cui Maribeth gliel'aveva chiesto capì che sapeva di Debbie. Tutta la scuola ne era a conoscenza. Ma si erano lasciati due giorni prima perché Debbie aveva scoperto che era uscito con un'altra durante le vacanze di Natale, cosa che si guardò bene dal raccontare a Maribeth. «Una vera e propria fortuna per me, vero, Maribeth?» Le sorrise in modo disarmante, poi le fece un mucchio di domande sulla sua vita mentre andavano da *Willie*, il locale frequentato dai ragazzi più popolari a scuola. Quando arrivarono era pieno come un uovo e la musica del jukebox così assordante che era quasi impossibile parlare. C'erano più studenti lì che al ballo e tutt'a un tratto si sentì ancora più a disagio nel brutto vestito che era stata costretta a indossare dai suoi genitori. Era così impacciata che si sentì come se avesse meno di sedici anni. E pensare che Paul ne aveva quasi diciotto. Ma lui sembrò percepire la sua timidezza mentre la presentava agli amici. Qualcuno non mancò di lanciarle un'occhiata incuriosita, probabilmente si chiedevano chi fosse, ma nessuno ebbe nulla da ridire sulla sua presenza. Visto che era l'ospite di Paul, furono tutti molto gentili con lei e con suo grande stupore si divertì moltissimo. Dopo un cheeseburger e un frullato, fecero diversi balli, inclusi un paio di lenti. La teneva così stretta da toglierle il fiato. Sentiva i propri seni premuti contro il suo petto, il che la imbarazzò non poco, ma lui non le permise di ritrarsi. Si chinò su di lei e le sorrise.

«Dove sei stata negli ultimi quattro anni, ragazzina?» le domandò con voce roca. Lei contraccambiò il suo sorriso.

«Penso che tu fossi troppo occupato per accorgerti della mia esistenza», rispose, e lui apprezzò la sua sincerità.

«Hai ragione e sono stato uno stupido. Questa deve essere la mia serata fortunata.» La strinse di nuovo a sé sfiorandole i capelli con le labbra. C'era qualcosa in lei che lo eccitava. Non si trattava del suo corpo né dei magnifici seni premuti contro il suo petto, era il modo in cui lo guardava, il modo in cui gli rispondeva. Sembrava una ragazza intelligente e sicura di sé, come se non temesse nulla. Sapeva che era solo una ragazzina, e una del secondo anno doveva come minimo essere intimidita da uno dell'ultimo, eppure non lo era. Non aveva paura di lui, né di dire quello che pensava, era questo a piacergli. La rottura con Debbie aveva ferito il suo ego e Maribeth era il rimedio di cui aveva bisogno.

Tornarono alla macchina. Ma lui invece di mettere in moto si voltò a guardarla. Non voleva riportarla a casa. Gli piaceva troppo stare con lei. Gli piaceva tutto di lei. Per quanto riguardava Maribeth il solo stare con lui era già un'esperienza inebriante.

«Ti va di fare un giretto? Sono solo le undici.» Avevano lasciato il ballo così presto, e da *Willie* avevano avuto tutto il tempo di chiacchierare e ballare.

«Forse farei meglio a tornare a casa», rispose lei cautamente mentre avviava la macchina, ma lui si diresse verso il parco invece che a casa sua. Non era preoccupata, solo non voleva rientrare troppo tardi. Però con quel ragazzo si sentiva al sicuro. Si era comportato da perfetto gentiluomo per tutta la sera, molto più di David.

«Solo un giretto, poi ti porto a casa, lo prometto. È solo che vorrei che questa serata non finisse mai. È stata molto speciale per me», dichiarò in tono eloquente, mandandola in estasi. Era davvero Paul Browne il ragazzo con lei? E se faceva sul serio? E se avesse finito per fare coppia fissa con lei invece che con Debbie Flowers? Non poteva crederci. «Sono stato bene, Maribeth.»

«Anch'io. Mi sono divertita molto più che alla festa», rise. Continuarono a chiacchierare tranquillamente, poi lui parcheggiò in un punto appartato vicino al lago e si voltò verso di lei.

«Sei una ragazza speciale, Maribeth», disse, e lei non dubitò neanche per un attimo della sua sincerità. Aprì il vano portaoggetti e tirò fuori una bottiglia di gin. «Vuoi un sorso?»

«No, grazie. Non bevo.»

«Come mai?» Sembrò stupito.

«Non mi piace.» La cosa gli sembrò piuttosto strana e glielo offrì di nuovo. Lei rifiutò, lui insisté, alla fine ne bevve un sorso per farlo contento. Il gin le scese come fuoco liquido in gola facendole lacrimare gli occhi e lasciandole una sensazione di calore in bocca. Si sentiva le guance in fiamme. Paul l'attirò fra le braccia e la baciò.

«Preferisci questo al gin?» le chiese con voce sensuale. Lei sorrise e annuì, sentendosi un po' in colpa ma anche viva come non mai. Lui era così incredibilmente bello, così incredibilmente eccitante. «Anch'io», mormorò, reclamando di nuovo le sue labbra. Questa volta cominciò a sbottonarle il vestito, lei cercò di riallacciarlo, ma le mani di lui erano più veloci ed esperte. Nel giro di qualche secondo le stava già accarezzando i seni, baciandola appassionatamente. Avrebbe voluto fermarlo ma non sapeva come.

«Smettila, Paul... ti prego...» sussurrò, in tono tutt'altro che convinto. Sapeva quel che doveva fare, ma era così difficile respingerlo. Ancora prima che se ne rendesse conto le aveva slacciato il reggiseno e le stava baciando i seni. Un attimo dopo la baciava sulla bocca titillandole i capezzoli. Suo malgrado si ritrovò a gemere quando la mano di lui riuscì abilmente a crearsi un varco fra le gambe che teneva serrate. Si disse che non doveva permetterglielo, che doveva temere quello che le stava facendo, eppure non era minimamente spaventata dalla sua irruenza. Trovava tutto deliziosamente eccitante, ma in un barlume di lucidità capì la portata di quel che stava accadendo e lo respinse. Con la mente ancora annebbiata e il fiato corto lo guardò con espressione dispiaciuta e scosse la testa. Lui sembrò comprendere.

«Non posso. Mi dispiace, Paul.» Era ancora così sconvolta che le girava la testa.

«Va tutto bene», la tranquillizzò lui in tono gentile. «So che non avrei dovuto farlo... mi dispiace...»

Mentre pronunciava queste parole riprese a baciarla e ricominciarono tutto da capo. Questa volta fu ancora più difficile fermarsi, e cercando di staccarsi da lui vide che aveva la cerniera dei pantaloni aperta. Ne fu sconvolta. Lui le prese la mano e la condusse su di sé, lei tentò di far resistenza, ma ne era troppo affascinata. Stava accadendo quello che l'avevano sempre ammonita di non fare, ma era più forte di lei. Senza quasi rendersene conto lo stava già accarezzando. Lui abbassò lo schienale, la sospinse giù e si sdraiò su di lei baciandola. «Oh, Dio... Maribeth, ti desidero tanto... oh, piccola... ti amo...» In preda a un'incontrollabile eccitazione, le sollevò la gonna e si abbassò i pantaloni in un gesto quasi simultaneo. La cercò premendo il proprio corpo contro il suo. Ormai anche lei lo desiderava disperatamente. Un istante dopo entrò in lei procurandole una fitta di dolore che non attenuò il suo piacere. Lui si mosse a malapena, fu percorso da un lungo tremito e neanche un minuto dopo venne. «Oh Dio... oh Dio... oh Maribeth...» Poi mentre tornava lentamente in sé la guardò. Lei lo stava fissando con espressione scioccata, non riusciva a credere a quello che avevano appena fatto. Le accarezzò il volto con dolcezza. «Oh Dio, Maribeth, mi dispiace... eri vergine... non sono riuscito a trattenermi... sei così bella e io ti desideravo disperatamente... Mi dispiace, piccola...»

«Non importa», lo rassicurò. Era ancora dentro di lei e mentre si ritraeva lentamente si eccitò di nuovo, ma non osò provarci una seconda volta. Tirò fuori come per miracolo un asciugamano da sotto il sedile e l'aiutò a usarlo mentre lei cercava con tutte le sue forze di non mostrarsi imbarazzata. Poi Paul prese la bottiglia di gin, ne bevve un lungo sorso e gliela tese. Questa volta non rifiutò, si chiese se fosse stato quel sorso di gin a farla soccombere, o se ne era innamorata, e se quello che era successo adesso significava che era la sua ragazza.

«Sei davvero incredibile», disse lui, attirandola a sé e baciandola di nuovo. «Mi dispiace che sia accaduto in questo modo. La prossima volta sarà meglio, te lo prometto. Fra due settimane i miei genitori vanno fuori città, potrai venire a casa mia.» Non lo sfiorò neanche l'idea che lei potesse non volerlo più fare con lui. Lo dava per scontato e in parte aveva anche ragione, ma in realtà lei stessa era ancora molto confusa sui propri sentimenti. Tutto il suo mondo era stato sconvolto nel giro di pochi minuti.

«Tu e... Debbie... l'avete mai...» Ancora prima di pronunciare le parole si rese conto di quanto fosse stupida la sua domanda. Lui le sorrise con l'indulgente espressione di un fratello maggiore.

«Devi essere molto giovane. A proposito, quanti anni hai?»

«Ne ho compiuti sedici due settimane fa.»

«Be', adesso puoi considerarti una ragazza grande.» Vedendola tremare, si tolse la giacca e gliela mise sulle spalle. Maribeth sapeva che quel che avevano fatto poteva avere delle conseguenze e decise quindi di affrontare l'argomento.

«Può essere che io sia rimasta incinta?» Il solo pensiero la terrorizzava, ma l'atteggiamento di lui le sembrò rassicurante. Certo che aveva corso un bel rischio.

«Non credo. La prima volta non è così facile. È sempre possibile... ma non devi preoccuparti, Maribeth. E la prossima volta starò attento.» Non aveva idea di quel che comportava stare attenti, ma di una cosa era certa: se fosse successo di nuovo, il che era probabile se avessero fatto coppia fissa, avrebbe preteso delle precauzioni. L'ultima cosa che desiderava in quel momento era un bambino. Anche la più remota possibilità che ciò potesse accadere la faceva rabbrividire. Ancora meno voleva essere costretta a sposarsi come le sue due zie. Improvvisamente le tornarono in mente i discorsi di suo padre.

«Come farò a sapere se sono incinta o meno?» gli chiese ingenuamente mentre lui avviava il motore. Paul si voltò a guardarla, stupito da tanta innocenza. E pensare che gli era sembrata così matura all'inizio della serata.

«Non lo sai?» domandò un po' sbalordito. Sincera come sempre, lei scosse la testa. «Ti salteranno le mestruazioni.» Provò imbarazzo nel sentirgli pronunciare quella parola, tuttavia annuì come se avesse capito. In realtà avrebbe voluto saperne di più. Decise però di non fargli altre domande per non sembrargli troppo stupida.

Restò quasi in silenzio mentre tornavano a casa, e quando fermò la macchina davanti all'ingresso, si guardò intorno prima di chinarsi a baciarla. «Grazie, Maribeth. Ho passato una bellissima serata.» Per qualche motivo la infastidì sentir definire semplicemente «bellissima» la sera in cui aveva perso la verginità, forse si aspettava qualcosa di più, ma sapeva di non avere il diritto di pretendere altro da lui. Era stato un errore da parte sua andare a letto con lui la prima sera che si erano conosciuti, riteneva di doversi considerare già fortunata se la vicenda avesse avuto un seguito. Dopotutto aveva detto di amarla.

«È stata una bellissima serata anche per me», disse in tono cauto ed educato. «Ci vediamo a scuola», aggiunse speranzosa. Gli restituì la giacca, scese dalla macchina e salì di corsa i gradini di casa. La porta era aperta. Mancavano due minuti a mezzanotte. Fu un vero sollievo per lei che tutti fossero già a letto. Non se la sentiva di dare spiegazioni né di rispondere a nessuna domanda. Una volta in bagno, lavò la gonna del vestito e lo appese, cercando di non piangere. Nel caso la madre si fosse accorta di qualcosa, poteva sempre dirle che qualcuno le aveva rovesciato addosso del punch.

Infilò la camicia da notte tremando come una foglia, poi si mise a letto. Stava troppo male per addormentarsi, così restò sveglia a riflettere su quel che era successo nel buio della stanza che divideva con Noelle. Magari quello era l'inizio di un'importante relazione, cercò di rassicurarsi. Ma non era così facile, in fin dei conti non sapeva se Paul Browne avesse delle intenzioni serie nei suoi confronti. Si chiese se era stato sincero nel dirle tutte quelle belle parole. Lo sperava, anche se aveva sentito parecchie storie di ragazze che erano andate fino in fondo e poi erano state gettate via come stracci dai ragazzi con cui l'avevano fatto. Ma Paul non l'aveva costretta a «fare» niente. Era soprattutto questo a spaventarla. Lei aveva desiderato farlo. Aveva voluto fare l'amore con lui. Più ci pensava e più lo trovava sconvolgente. Era bastata qualche carezza per farla capitolare. E, per quanto incredibile, non era neanche pentita. Solo spaventata dalle possibili conseguenze. Restò per ore con gli occhi spalancati terrorizzata solo all'idea, pregando di non essere rimasta incinta.

L'indomani mattina a colazione la madre le chiese se si era divertita. Lei si limitò ad annuire. La cosa più assurda era che nessuno sembrava sospettare nulla mentre, dal modo in cui si sentiva, si aspettava che tutti si accorgessero che era una persona diversa. Adesso era una donna. L'aveva fatto. Inoltre era innamorata del ragazzo più meraviglioso della scuola. Non riusciva a credere che nessuno notasse la differenza.

Ryan era di cattivo umore, Noelle aveva litigato con la madre per qualcosa che aveva combinato la sera prima, suo padre era al negozio anche se era sabato e sua madre aveva il mal di testa. Tutti loro avevano la propria vita, erano troppo concentrati su se stessi per notare che Maribeth si era trasformata da bruco in farfalla e come Cenerentola aveva incontrato il suo principe azzurro.

Restò al settimo cielo per tutto il fine settimana, ma il lunedì ripiombò violentemente sulla terra quando a scuola vide Paul abbracciato a Debbie Flowers. Per mezzogiorno tutti erano al corrente di quel che era successo. Lui e Debbie si erano lasciati dopo un litigio, ma quando qualcuno le aveva riferito di averlo visto con un'altra ragazza durante il fine settimana, Debbie ci aveva ripensato. Nessuno conosceva la ragazza in questione, però tutti sembravano sapere che domenica Debbie e Paul avevano fatto pace ed erano tornati di nuovo insieme. Per Maribeth fu come se il mondo intero le fosse crollato addosso. Non incontrò Paul fino a mercoledì. Stava riponendo qualcosa nel suo armadietto quando le si fermò accanto, aveva sperato di evitarlo ma le era andata male. La stava cercando da giorni e sembrò veramente felice di averla trovata. Fu molto gentile con lei.

«Possiamo andare a parlare da qualche parte?» sussurrò con la sua voce sensuale.

«Non posso... mi dispiace... ho una lezione e sono in ritardo. Forse più tardi.»

«Non cercare di darmela a bere.» L'afferrò gentilmente per un braccio. «Senti, sono veramente dispiaciuto per quel che è successo... davvero... non l'avrei fatto se... Mi dispiace sul serio... Debbie è un po' matta... ma stiamo insieme da molto tempo. Non volevo farti del male.» Lei quasi scoppiò in lacrime quando si rese conto che era sincero. Accidenti a lui, perché era così gentile? Ma forse sarebbe stato peggio se si fosse comportato da carogna.

«Non ti preoccupare per me. Io sto bene.»

«No, non è vero», la contraddisse lui in tono infelice, sentendosi ancora più in colpa nei suoi confronti.

«Sì, invece.» Poi improvvisamente sentì le lacrime pungerle gli occhi e rimpianse che le cose non fossero andate diversamente. «Senti, lascia perdere.»

«D'accordo. Solo ricordati, se avrai bisogno di me, io ci sarò.» Maribeth si chiese perché se ne fosse uscito con una frase del genere. Per tutto il mese successivo cercò con tutte le sue forze di dimenticarlo. Sfortunatamente lo incontrava dappertutto, nei corridoi, in palestra, fuori della scuola. Tutt'a un tratto era diventato praticamente impossibile evitarlo. I primi di maggio, sei settimane dopo che Maribeth e Paul avevano fatto l'amore, lui e Debbie annunciarono il loro fidanzamento e il matrimonio che avrebbe avuto luogo in luglio, dopo il diploma. Quello stesso giorno, Maribeth scoprì di essere incinta.

Era in ritardo solo di due settimane, ma continuava a vomitare e il suo corpo aveva subito una trasformazione. I seni le si erano ingrossati improvvisamente, i fianchi sembravano più larghi e ogni giorno era costantemente assalita dalla nausea. Non riusciva a credere che il suo corpo potesse essere cambiato così nel giro di poco tempo. Ma ogni volta che si ritrovava seduta sul pavimento del bagno dopo aver vomitato pregando che nessuno la sentisse, si ripeteva che non poteva nascondere il suo stato in eterno.

Non sapeva cosa fare, con chi confidarsi, men che meno voleva parlarne con Paul. Poi, verso la fine di maggio, si decise ad andare dal medico di sua madre. Lo supplicò di non dire niente ai suoi genitori. Era così disperata che alla fine lui acconsentì, anche se con riluttanza. Le analisi confermarono che era incinta di due mesi. Paul si era sbagliato, si poteva restare incinte anche «la prima volta». Si domandò se le avesse mentito intenzionalmente o se semplicemente ne sapesse quanto lei. Forse entrambe le cose. Certo che a lei era stata negata la fortuna del principiante. Rimase lì stringendo con forza il bordo del lettino con le lacrime che le scendevano copiose lungo le guance. Il ginecologo le domandò che cosa avesse intenzione di fare.

«Sai chi è il padre del bambino?» chiese. Maribeth si sentì mortificata da quella domanda.

«Naturalmente», replicò con enfasi, provando umiliazione e dolore. Non c'era una via d'uscita a quel disastro.

«Ti sposerà?» Lei scosse la testa, i capelli rossi come la fiamma viva, gli occhi verdi come l'oceano profondo. L'idea non le era neanche passata per la mente, anche se la prospettiva di costringere Paul a sposarla era una forte tentazione.

«È fidanzato con un'altra», spiegò con voce rauca.

«Può darsi che riveda i suoi progetti, viste le circostanze. A volte gli uomini lo fanno.» Sorrise tristemente. Era dispiaciuto per lei. Era una ragazza così dolce, quell'esperienza l'avrebbe sicuramente cambiata per sempre.

«Non lo farà», mormorò Maribeth. Lei era stata la

classica ragazza di una notte, una che non conosceva neanche. Le aveva detto che poteva contare su di lui se ne avesse avuto bisogno. Be', adesso ne aveva bisogno. Certo non aveva inteso dire che era pronto a sposarla solo perché l'aveva messa incinta.

«Che cosa racconterai ai tuoi genitori, Maribeth?» le domandò seriamente. Lei chiuse gli occhi, terrorizzata solo all'idea di affrontare suo padre.

«Non lo so ancora.»

«Vuoi che gliene parli io?» Era un gesto gentile, ma non poteva permetterglielo. Toccava a lei affrontare la situazione.

«E se... e se me ne sbarazzassi?» trovò il coraggio di chiedere. Non sapeva neanche lei di che cosa si trattasse, aveva solo sentito dire che alcune donne si «sbarazzavano» dei loro bambini. Aveva udito sua madre e sua zia discutere di questo una volta, avevano sussurrato la parola «aborto». Sua madre aveva detto che la donna aveva quasi rischiato di morire, ma lei preferiva correre quel rischio piuttosto che affrontare suo padre.

Il medico corrugò immediatamente la fronte sentendo quelle parole. «Tanto per cominciare si tratta di un'operazione costosa, pericolosa e illegale. In secondo luogo non voglio più sentirti dire una cosa del genere, signorina. Alla tua età, la soluzione più semplice è mettere al mondo il bambino e darlo in adozione. È ciò che fa la maggior parte delle tue coetanee. Il bambino dovrebbe nascere a dicembre. Appena comincia a vedersi la pancia puoi andare dalle

Sorelle di Carità e stare con loro per tutto il periodo della gravidanza fino al parto.»

«Intende dire che potrei dare via il bambino?» Le sembrava troppo facile, per qualche motivo sospettava che la questione fosse molto più complessa.

«Esatto», rispose, sentendosi di nuovo dispiaciuto per lei. Era così giovane, così ingenua. Ma aveva il corpo di una donna fatta, ed era stato questo a metterla nei guai.

«Non avrai bisogno di nasconderti per un po'. La pancia non si vedrà fino a luglio o agosto, magari anche più tardi, però devi assolutamente dirlo ai tuoi genitori.» Maribeth annuì, si sentiva completamente stordita. Ma che cosa poteva dire ai suoi genitori? Che aveva fatto l'amore in macchina con un ragazzo che neanche conosceva? Un ragazzo che l'aveva messa incinta e non aveva nessuna intenzione di sposarla? Magari sua madre era anche capace di voler tenere il bambino. Il problema era che non riusciva a immaginare se stessa raccontare loro quel che era successo. Il medico promise di non dire nulla e lei gli credette. Si rivestì e lasciò lo studio.

Quel pomeriggio cercò Paul a scuola. Mancavano due settimane alla maturità, sentiva che non era giusto fargli pressione, dopotutto non poteva biasimare più lui di se stessa, o almeno così credeva, ma non riusciva a dimenticare quello che le aveva detto.

Passeggiarono nei dintorni della scuola finché non arrivarono alla panchina dove si erano conosciuti. Dopo che si furono seduti lei gli disse tutto.

«Oh, merda. Non può essere vero.» Si lasciò andare a un lungo e lento sospiro, sembrava disperatamente infelice.

«Invece sì. Mi dispiace, Paul. Non so neanche perché te l'ho detto. Ho semplicemente ritenuto giusto che tu lo sapessi.» Lui annuì, incapace di trovare le parole.

«Mi sposo fra sei settimane. Debbie mi ucciderà se lo viene a sapere. Le ho fatto credere che tutto quello che ha sentito sul tuo conto sono solo bugie e pettegolezzi.»

«Cos'ha sentito?» Maribeth era curiosa di sapere quello che Debbie aveva saputo sul suo conto.

«Che sono uscito con te quella sera. Tutti quelli che ci hanno visto da *Willie* sono andati a raccontarglielo. Abbiamo rotto. Più che comprensibile. Ho cercato di dirle che non era importante, che non significava nulla.» Per quanto non si fosse fatta illusioni, la ferì sentirglielo dire. Per lui contava Debbie, non lei.

«Davvero non ha significato niente?» lo incalzò Maribeth. Voleva sapere. Aveva il diritto di saperlo adesso. Stava per mettere al mondo suo figlio.

Lui la guardò per un lungo momento, pensieroso. «Allora sì. Forse non quanto avrebbe dovuto, ma ha significato qualcosa. Per me eri fantastica. Ma poi Debbie mi ha dato la caccia per tutto il fine settimana. Si è messa a piangere sostenendo che la trattavo come una pezza da piedi, che la tradivo, che le dovevo qualcosa dopo tre anni, così le ho promesso di sposarla dopo il diploma.»

«È quello che vuoi?» gli domandò Maribeth. Lo guardò con attenzione, chiedendosi chi fosse e che cosa volesse realmente. Era convinta che Debbie non fosse la donna giusta per lui, chissà se se ne rendeva conto.

«Non so che cosa voglio. Certo non un bambino.»

«Neanch'io.» Di questo era certa anche lei. Non sapeva se ne avrebbe voluti in futuro, ma sicuramente non lo voleva in quel momento, neanche da Paul. Lui non l'amava. Per quanto bello e affascinante potesse essere, non l'avrebbe mai costretto a sposarla, neanche se lo avesse voluto, il che era del tutto improbabile. Non voleva un bugiardo, qualcuno che negava di essere uscito con lei, qualcuno a cui non importava nulla di lei. Voleva un uomo che fosse orgoglioso di amarla e di avere il suo bambino, non uno che si sarebbe recato all'altare solo con una pistola puntata alla tempia.

«Perché non te ne sbarazzi?» le domandò in tono dolcissimo. Maribeth lo guardò tristemente.

«Vuoi dire darlo via?» Aveva seriamente preso in considerazione il suggerimento del medico.

«No. Voglio dire, perché non abortisci? Conosco una ragazza che si è diplomata l'anno scorso che l'ha fatto. Posso chiedere in giro. Posso anche racimolare un po' di soldi. So che è un'operazione costosa.»

«No, non è quello che voglio, Paul.» Il medico l'aveva scoraggiata in questo senso e una scelta del genere la metteva a disagio. Per quanto ne sapesse poco, l'aborto per lei equivaleva a un omicidio.

«Hai intenzione di tenerlo?» domandò preso dal panico. Come avrebbe reagito Debbie? Sicuramente l'avrebbe ammazzato.

«No. Voglio darlo in adozione», rispose. Ci aveva riflettuto molto e le era sembrata l'unica soluzione possibile. «Il medico dice che posso stare dalle suore finché non nasce, poi ci penseranno loro a darlo in adozione.» Si voltò verso di lui e gli fece una domanda che suonò strana anche a lei. «Vuoi toccarlo?» Lui scosse la testa e si voltò dall'altra parte. Odiava quella situazione, lei lo faceva sentire inadeguato, spaventato, arrabbiato. Sentiva di doverle qualcosa, ma non aveva abbastanza fegato per assumersi le proprie responsabilità. Oltre a questo, non voleva perdere Debbie.

«Mi dispiace, Maribeth. Mi sento un vero e proprio figlio di puttana.» Lo pensava anche lei, ma non riuscì a dirglielo. Avrebbe voluto dirgli che lo capiva, ma non era così, quindi non se la sentì di mentire. Lei stessa non ci capiva niente. Che cosa le era successo, perché avevano fatto l'amore, perché era rimasta incinta, perché aveva deciso di sposare Debbie e non lei, perché lei doveva nascondersi dalle suore per mettere al mondo suo figlio? Era tutto così assurdo.

Seguì un interminabile silenzio, poi lui se ne andò. Maribeth sentì che non si sarebbero più parlati. Lo incontrò una sola volta, il giorno prima del diploma. Lui non le rivolse neppure la parola. La guardò soltanto prima di voltarle le spalle e lasciarla in lacrime. Era così arrabbiata che non voleva più il suo bambino. La vita era così ingiusta. I giorni passavano e lei stava sempre più male.

La scuola era finita da una settimana. Un pomeriggio era inginocchiata sul water a vomitare l'anima quando suo fratello la colse di sorpresa. Si era dimenticata di chiudere a chiave la porta.

«Scusa, sorellina... oh, mio Dio... stai male?» Ryan si precipitò da lei preoccupato, poi gli bastò un istante per capire. «Cazzo, sei incinta.»

Era un'affermazione, non una domanda.

Lei rimase con la testa appoggiata sull'asse del water per quella che sembrò un'eternità. Infine si alzò. Suo fratello la stava fissando, con occhi accusatori in cui non vi era la minima traccia di comprensione. «Papà ti ammazza.»

«Che cosa ti fa pensare che io sia incinta?» ribatté lei in tono leggero, ma lui non ci cascò.

«Chi è lui?»

«Non sono affari tuoi», ribatté lei, prima di vomitare di nuovo, più che altro per la tensione e la paura.

«Chiunque sia, faresti meglio a dirgli di tirare fuori l'abito da cerimonia o di andare in esilio. Papà gli spaccherà il culo se non farà il suo dovere.»

«Grazie per il consiglio», biascicò lei, prima di uscire dal bagno. Ormai sapeva di avere i giorni contati e la sua previsione si rivelò esatta.

Ryan ne parlò con suo padre e quando questi arrivò a casa era così rabbioso che quasi buttò giù in un colpo solo la porta della sua camera. Lei giaceva sul letto, Noelle stava ascoltando dei dischi dipingendosi le unghie. Afferrò Maribeth per un braccio e la trascinò in salotto urlando a sua madre di raggiungerli. Maribeth si era scervellata per giorni su come dirglielo, ma adesso non era più necessario: ci aveva pensato Ryan.

Sua madre stava piangendo, Ryan aveva un'espressione cupa, come se temesse di aver commesso un errore. Noelle era stata costretta a rimanere in camera. Suo padre girava furiosamente per il salotto come un toro scatenato urlandole che era come le sue zie, una puttana che aveva disonorato tutti loro. Poi l'affrontò con aria minacciosa chiedendole chi l'avesse messa incinta. Maribeth si aspettava quella domanda. Potevano anche ammazzarla, ma lei non avrebbe rivelato il nome del padre di suo figlio.

Paul era un ragazzo meraviglioso, avrebbe dato qualunque cosa purché l'amasse, purché la volesse, ma lui amava un'altra al punto da volerla sposare nonostante tutto. Aveva sedici anni. L'ultima cosa che desiderava era cominciare la sua vita con il piede sbagliato rischiando di rovinarla per sempre. Preferiva portare a termine la gravidanza e dare in adozione suo figlio. Questo era un buon motivo per non rivelare loro il nome del padre.

«Chi è?» urlò suo padre fin quasi a spaccarle i timpani. «Non uscirai da questa stanza finché non me lo avrai detto.»

«Allora resterò qui fino alla fine dei miei giorni»,

replicò lei in tono tranquillo. C'era voluto un po' di tempo, ma adesso neanche suo padre le faceva più paura. Ormai c'era qualcos'altro che la spaventava di più. Era incinta. I suoi genitori lo sapevano. Poteva esserci qualcosa di peggio?

«Perché non vuoi dircelo? È un insegnante? Un ragazzo? È sposato? È un prete? È uno degli amici di tuo fratello? Insomma, chi diavolo è?»

«Non ha la minima importanza. Non ha intenzione di sposarmi», replicò con una calma che stupì lei per prima. La forza che le dava il coraggio di affrontare suo padre le era totalmente sconosciuta.

«Perché no?» ringhiò lui.

«Perché non mi ama e io non amo lui. Più chiaro di così...»

«A me non sembra così chiaro», ruggì il padre, mentre sua madre piangeva torcendosi le mani. Maribeth non sopportava di vederla stare così male. «A quanto pare sei andata a letto con qualcuno che neanche amavi. Come sei potuta cadere così in basso? Le tue zie almeno avevano l'attenuante di essere andate con uomini che amavano. E che le hanno sposate. Hanno avuto una vita decorosa e i loro figli sono stati riconosciuti. Tu che cosa pensi di fare con questo bambino?»

«Non lo so, papà. Pensavo di darlo in adozione, a meno che...»

«A meno che cosa? Non penserai di tenerlo e di svergognare tutta la famiglia, spero. Dovrai prima passare sul mio cadavere e quello di tua madre.» Sua moglie lanciò un'occhiata implorante alla figlia, quasi a pregarla di trovare una soluzione che lei non aveva il coraggio di proporre.

«Non voglio tenere il bambino, papà», piagnucolò infine. «Ho solo sedici anni, ho diritto a un futuro, e anche il mio bambino. Non mi sento di negare a entrambi questa possibilità. Entrambi abbiamo diritto a molto di più.»

«Molto nobile da parte tua», ribatté lui, più che altro furioso per le ultime parole da lei pronunciate. «Sarebbe stato meglio se tu avessi tirato fuori la tua nobiltà d'animo prima di tirarti su le sottane. Guarda tuo fratello, non è che gli manchino le ragazze, lui però non ne ha mai messa incinta una. E guarda te stessa: a sedici anni hai gettato la tua vita nel cesso.»

«Non trarre conclusioni affrettate, papà. Posso stare dalle suore finché non partorisco, poi tornare a scuola in dicembre. Magari possiamo aspettare fin dopo le vacanze di Natale. Possiamo sempre dire che sono stata malata.»

«Davvero? E a chi credi di darla a bere questa piccola messinscena? Pensi che la gente non parli? In men che non si dica lo saprà tutta la città. Sei una vergogna per tutti noi. Un disonore per la tua famiglia.»

«Allora che cosa vuoi che faccia, papà?» urlò lei, con gli occhi pieni di lacrime. Era meno facile di quanto avesse pensato, non c'erano soluzioni semplici da proporre. «Che cosa vuoi che faccia? Che mi ammazzi? Non posso cancellare quello che ormai esiste. Non so cosa fare. Vorrei rendervi le cose più facili, ma questo non è possibile.» Stava singhiozzando, ma suo padre era impassibile. Non l'aveva mai visto così freddo, glaciale.

«Metterai al mondo questo bambino e lo darai in adozione.»

«Questo vuol dire che dovrò andare a vivere con le suore?» chiese, sperando che lui le dicesse che poteva stare a casa. L'idea di ritrovarsi in un convento lontana dalla sua famiglia la terrorizzava. Ma se decideva così, non aveva altra scelta.

«Non puoi stare qui», rispose suo padre in tono deciso. «Vai dalle suore, metti al mondo tuo figlio, dopodiché puoi tornare a casa.» Poi le diede il colpo di grazia. «Fino ad allora non voglio più rivederti e non voglio che tu veda neanche tua madre e tua sorella.» Per un attimo pensò che quelle parole l'avrebbero uccisa.. «Tu hai mancato di rispetto a te stessa e alla tua famiglia, Maribeth. Leso la nostra dignità e la tua. Tradito la nostra fiducia. Sei la nostra vergogna, non dimenticartelo.»

«Che cos'ho fatto di così terribile? Non ti ho mai mentito. Non ti ho mai fatto del male. Non ti ho mai tradito. Mi sono comportata come una stupida, lo ammetto. Ma solo una volta. E mi sembra che la sto pagando cara. Non ti sembra abbastanza? Convivrò con questa irresponsabilità per il resto della vita. Sono costretta a rinunciare al mio bambino. Questo non è sufficiente per te? Quanto grande dovrà essere la mia punizione?» Maribeth singhiozzava disperata, ma suo padre era implacabile.

«Questa è una faccenda fra te e Dio. Non sarò io a punirti, ma lui.»

«Ma tu sei mio padre, eppure mi stai buttando fuori di casa. Mi dici che non vuoi più vedermi finché non avrò dato via il bambino... mi proibisci di vedere mia sorella e mia madre.» Conosceva abbastanza bene sua madre da sapere che non gli avrebbe mai disubbidito. Sapeva quanto fosse debole e incapace di contraddirlo. La sua famiglia le sbatteva la porta in faccia. Paul l'aveva già fatto. Ora era completamente sola.

«Tua madre è libera di fare quello che vuole», ribatté lui in tono poco convincente.

«Purché faccia piacere a te», lo sfidò Maribeth. Questo lo fece infuriare ancora di più.

«Io so solo che ci hai svergognati. Non pensare che ti permetta di alzare la voce con me, di fare quello che vuoi, di disonorarci portando qui il tuo bastardo. Non aspettarti nulla da me finché non avrai pagato i tuoi peccati e messo ordine nella tua vita. Se tu e questo ragazzo non volete sposarvi non c'è nulla che io possa fare per te.» Uscì dalla stanza e tornò dopo cinque minuti. Lei non aveva avuto neanche la forza di rintanarsi nella propria camera. Suo padre aveva fatto due telefonate, una al medico e l'altra al convento. Con ottocento dollari le suore le avrebbero garantito per sei mesi vitto e alloggio e assistenza durante il parto. Avevano assicurato al signor Robertson che sua figlia sarebbe stata in buone mani, avrebbe partorito nella loro infermeria assistita da un medico e da un'ostetrica. Il bambino sarebbe stato dato a una famiglia perbene e, salvo complicazioni, Maribeth sarebbe tornata a casa nel giro di una settimana.

Con un'espressione dura come l'acciaio Bert tese alla figlia la busta bianca in cui aveva già messo il denaro. La madre era scappata in lacrime in camera sua.

«Hai spezzato il cuore a tua madre», l'accusò, come se lui non avesse le sue colpe al riguardo. «Non devi dire nulla a Noelle. Tutto quello che deve sapere è che te ne vai e che tornerai fra sei mesi. Ti accompagnerò io stesso al convento domani mattina. Prepara le valigie, Maribeth.» Dal suo tono capì che stava parlando sul serio e sentì il sangue gelarsi nelle vene. Nonostante i problemi con il padre quella era pur sempre casa sua, lì c'era la sua famiglia, e ora veniva cacciata via. Nessuno l'avrebbe aiutata in quel difficile momento della sua vita. Chissà, magari se avesse insistito Paul avrebbe finito per sposarla. Ma ormai era troppo tardi. Suo padre la stava buttando fuori di casa.

«Che cosa dirò a Noelle?» Maribeth riuscì a malapena a pronunciare le parole. Era straziata dal dolore di dover lasciare la sua sorellina.

«Tutto quello che vuoi tranne la verità. È ancora troppo giovane per sapere certe cose. Dille che andrai a studiare in un'altra scuola.» Maribeth annuì come un automa, senza neanche la forza di rispondere.

Tornata in camera sua tirò giù l'unica valigia cercando di evitare lo sguardo di Noelle. Vi mise dentro poche cose, qualche camicetta, un paio di pantaloni e degli abiti. Si augurò che le suore le dessero qualche cosa da indossare. Di lì a qualche mese non sarebbe più entrata nei suoi vestiti.

«Che cosa stai facendo?» le domandò Noelle con una voce che tradiva il panico. Aveva cercato di origliare mentre litigavano ma non era riuscita a capire quello che dicevano. Maribeth si voltò verso la sorellina con un'espressione da funerale.

«Vado via per un po'», rispose sperando che la sua bugia fosse convincente. Ma era successo tutto così in fretta, era tutto così duro da mandar giù. Non sopportava l'idea di separarsi dalla sua famiglia, non aveva la forza di rispondere alla raffica di domande di Noelle. Alla fine le raccontò che sarebbe andata in una scuola speciale perché la media dei suoi voti non era più come una volta. Per tutta risposta Noelle si aggrappò a lei piangendo, spaventata al pensiero di perdere la sua unica sorella.

«Non te ne andare, ti prego... non gli permettere di cacciarti via... qualunque cosa tu abbia fatto non può essere così terribile... di qualunque cosa si tratti io ti perdono... ti voglio bene, Maribeth... non te ne andare...» Maribeth era l'unica con cui riuscisse a parlare. Sua madre era troppo debole, suo padre troppo ostinato, suo fratello uno stupido egoista. Maribeth era l'unica che ascoltasse i suoi problemi, e adesso non aveva più nessuno. Quella notte le due sorelle dormirono nello stesso letto abbracciate, piangendo fino a non avere più lacrime. Il mattino arrivò fin troppo presto. Alle nove suo padre caricò la valigia sul furgoncino. Maribeth guardò la madre sperando che trovasse la forza di impedire al marito di farle una cosa del genere. Ma lei non lo avrebbe mai sfidato e Maribeth lo sapeva. L'abbracciò a lungo chiedendosi perché non poteva restare, perché era stata così stupida o così sfortunata.

«Ti voglio bene, mamma», mormorò con voce strozzata. Margaret la strinse con più forza.

«Verrò a trovarti, Maribeth, te lo prometto.»

Le lacrime le impedivano di parlare, così si limitò ad annuire, poi abbracciò Noelle che stava piangendo a dirotto supplicandola di non lasciarli.

«Ssst... basta piangere...» balbettò Maribeth cercando di mostrarsi coraggiosa, ma anche lei stava singhiozzando. «Non starò via tanto. Tornerò per Natale.»

«Ti voglio bene, Maribeth», urlò Noelle mentre saliva sul furgoncino. Nel frattempo era uscito anche Ryan ma non disse una parola. Si limitò a salutare con la mano mentre si allontanavano.

Il convento le sembrò minaccioso scendendo dal furgoncino. Suo padre salì con lei i gradini che conducevano al portone.

«Abbi cura di te, Maribeth.» Non si sentì di ringraziarlo per quel che aveva fatto. Avrebbe potuto essere più delicato, più comprensivo. Avrebbe dovuto ricordare come si era da giovani, che nella vita si potevano commettere degli errori, ma non ne era capace. Come tutte le persone ottuse il padre non vedeva al di là del suo naso.

«Ti scriverò, papà», promise. Lui rimase in silenzio per un lungo momento, poi annuì.

«Dai tue notizie alla mamma. Starà in pensiero.» Avrebbe voluto chiedergli se anche lui sarebbe stato in pensiero, ma ormai non osava più fargli delle domande.

«Ti voglio bene», gli mormorò, mentre scendeva in fretta i gradini. Lui però non si voltò. Alzò solo la mano in un cenno di saluto mentre si allontanava con il furgoncino. Maribeth suonò il campanello del convento.

L'attesa le sembrò così lunga che ebbe la tentazione di ridiscendere i gradini e tornarsene a casa, ma non c'era più nessuna casa dove tornare. Sapeva che i suoi genitori non l'avrebbero ripresa finché non fosse stato tutto concluso. Infine arrivò una giovane suora che la fece entrare. Maribeth le spiegò chi era. Dopo un breve cenno con il capo la donna le prese la valigia e richiuse il portone alle loro spalle.

# 3

Il convento delle Sorelle della Carità era un luogo chiuso e tetro. Ben presto Maribeth scoprì che c'erano altre due ragazze nelle sue stesse condizioni. Venivano entrambe da città vicine e fu un sollievo per lei il fatto che non si conoscessero. A tutt'e due mancava poco al parto, infatti una di loro, una diciassettenne dal temperamento nervoso, diede alla luce una bambina due giorni dopo il suo arrivo. La piccola fu immediatamente affidata ai genitori adottivi che la stavano aspettando. La ragazza non vide mai sua figlia. A Maribeth tutto ciò sembrò molto crudele, come se il loro segreto fosse qualcosa di sporco che andava tenuto nascosto.

L'altra sua compagna di sventura aveva quindici anni e aspettava di partorire da un momento all'altro. Le due ragazze consumavano i pasti con le suore, andavano in chiesa con loro a pregare e a recitare i vespri e potevano parlarsi solo in determinate ore della giornata. Per Maribeth fu un vero e proprio choc scoprire che la ragazza era stata messa incinta da suo zio. Era molto infelice ed era terrorizzata per quello che l'aspettava dopo il parto.

Alla sua quinta sera in convento fu svegliata dalle urla della ragazza. Continuò così per due giorni, alla fine le suore si decisero a portarla in ospedale dove le venne praticato il taglio cesareo. Quando chiese sue notizie le fu risposto che non sarebbe più tornata. Seppe per caso che aveva messo al mondo un maschietto e che il piccolo stava bene. Ora che non c'erano più le due ragazze Maribeth si sentiva ancora più sola. Si augurò che arrivassero presto altre peccatrici altrimenti non avrebbe avuto nessuno con cui parlare.

Ogni volta che ne aveva la possibilità leggeva il giornale locale, e così due settimane dopo il suo arrivo al convento lesse la notizia del matrimonio di Paul e Debbie. Questo la fece sentire ancora più sola, loro erano in luna di miele e lei in quella prigione a scontare ciò che era successo una sera sulla Chevy di lui. Le sembrava terribilmente ingiusto che fosse lei la sola a pagare per quello sbaglio e più ci pensava più si diceva che non poteva restare nel convento.

Non sapeva neanche lei dove e da chi andare, ma non sopportava più l'opprimente santità che vi regnava. Non che avesse da ridire sulle suore, erano state gentili con lei. Aveva già dato loro cento dollari. Gliene restavano altri settecento e sei lunghi mesi davanti a sé. Non aveva idea di dove andare, sapeva però che non poteva più stare lì in attesa dell'arrivo di altre prigioniere contando i mesi che mancavano alla nascita del bambino che poi le sarebbe stato portato via. Starsene rinchiusa lì per tutto quel tempo era un prezzo troppo alto. Voleva condurre un'esistenza normale, avere un lavoro, degli amici. Aveva bisogno di stare all'aria aperta, in mezzo alla gente, qualcuno con cui chiacchierare. Lì si sentiva soffocare dal senso di colpa di essere una peccatrice. Aveva sbagliato, ma sentiva comunque di avere il diritto a un po' di felicità mentre aspettava la nascita di suo figlio. Non sapeva perché tutto ciò fosse capitato a lei, ma forse era il caso di reagire in modo costruttivo, forse poteva imparare molto da quell'esperienza. La situazione non era poi così terribile come la descrivevano le suore. Il pomeriggio seguente andò dalla madre superiora e la informò che lasciava il convento. Le spiegò che andava a stare da una zia. Che le credesse o meno, per lei non aveva nessuna importanza. Ormai nessuno l'avrebbe fermata.

Partì il giorno dopo all'alba con la sua valigetta, i soldi e un'incredibile sensazione di libertà. Non poteva tornare a casa, ma fuori l'aspettava un mondo tutto da scoprire, da esplorare. Non si era mai sentita così libera e così forte. Qualunque sofferenza l'aspettasse non poteva essere più grande del dolore che aveva provato nell'essere stata respinta dalla sua famiglia. Ora quello che doveva fare era trovare un posto dove stare finché non fosse nato il bambino. Decise che sarebbe stato più facile per lei se fosse andata in un'altra città, così si recò alla stazione degli autobus e comprò un biglietto aperto per Chicago. Chicago era la città più lontana che le fosse venuta in mente, ma se avesse deciso di fermarsi a metà strada, poteva comunque farsi rimborsare il resto del biglietto. La sola cosa che voleva era andarsene e trovare un posto dove vivere in attesa del suo bambino. Salì sull'autobus per Chicago e quando passò vicino alla sua città non provò nessun rimpianto. Tutto quello che sentiva era una grande eccitazione per il futuro. Il passato le aveva dato poco o niente, così come la sua città. Non aveva amici lì. Non c'era nessuno che le sarebbe mancato, a parte sua madre e Noelle. Aveva scritto una cartolina a tutt'e due dalla stazione degli autobus dicendo che avrebbe fatto sapere loro il suo indirizzo appena ne avesse avuto uno.

«Va a Chicago, signorina?» le domandò l'autista, mentre prendeva posto. Improvvisamente si sentì una persona adulta e indipendente.

«Può darsi», rispose con un sorriso. Poteva andare ovunque, fare qualunque cosa. Era libera. Adesso non doveva più rendere conto a nessuno, a parte a se stessa e al bambino che stava crescendo dentro di lei. Era di tre mesi e mezzo e, anche se la pancia non si vedeva ancora, stava ingrassando. Si chiese che cos'avrebbe detto alle persone del posto in cui si sarebbe stabilita. Una volta che si fossero accorti del suo stato, doveva spiegare loro perché era sola. Doveva trovare un lavoro. Non aveva molte possibilità. Poteva fare la donna delle pulizie, la baby sitter, lavorare in una biblioteca o magari come cameriera. Era disposta a fare qualunque cosa pur di cavarsela da sola. Nel frattempo, aveva ancora il denaro che le aveva dato suo padre per il convento.

Arrivarono a Omaha nel pomeriggio. Faceva caldo, ma c'era una leggera brezza. Il viaggio in autobus le aveva provocato la nausea, ma dopo aver mangiato un panino si sentì meglio. Gli altri passeggeri salivano e scendevano, la maggior parte senza andare molto lontano. Era l'unica passeggera sull'autobus sin dalla partenza quando quella sera si fermarono in una pittoresca cittadina pulita e graziosa. Era una cittadina universitaria, infatti c'erano parecchi studenti nel ristorante dove si fermarono per cena. Le fece un'ottima impressione. La donna che le servì il cheeseburger e il frullato che aveva ordinato aveva capelli scuri tagliati a caschetto e un gran bel sorriso. L'hamburger era delizioso e il conto che pagò davvero basso. C'era un'atmosfera così allegra e tranquilla che Maribeth provò una certa riluttanza all'idea di risalire sull'autobus. Stava per lasciare il ristorante quando lo vide in vetrina. Era un piccolo cartello che offriva lavoro a cameriere e aiutocameriere. Lo studiò per un lungo momento poi si decise. Chissà se l'avrebbero presa per pazza o creduto alla storia che si sarebbe inventata.

La cameriera che l'aveva servita l'accolse con un sorriso, chiedendosi se avesse dimenticato qualcosa.

Maribeth rimase immobile per qualche momento, esitante. «Mi chiedevo se... io... ho visto il cartello... mi chiedevo se il lavoro... intendo dire...»

«Intende dire che ha bisogno di un lavoro», le venne in aiuto l'altra con un sorriso. «Non c'è nulla di cui vergognarsi. La paga è di due dollari l'ora. Dieci ore al giorno per sei giorni la settimana. I turni sono flessibili per consentirci di stare un po' a casa con i figli. Sei sposata?»

«No... sì... be', lo ero. Sono vedova. Mio marito è morto in... Corea...»

«Mi dispiace.» Lo era sinceramente. Quella ragazza aveva davvero bisogno di un lavoro, inoltre le piaceva. Doveva essere giovanissima, ma non c'era nulla di male in questo, la maggior parte dei loro clienti lo erano.

«Grazie... A chi devo rivolgermi per il lavoro?»

«A me. Hai esperienza?» Maribeth esitò indecisa se mentire o meno, poi scosse la testa chiedendosi se dovesse dirle del bambino.

«Ho davvero bisogno di lavorare.» Le tremavano le mani per l'agitazione. Improvvisamente capì che voleva restare. Era un posto pieno di allegria e le piaceva.

«Dove abiti?»

«Per il momento da nessuna parte.» Sorrise, sembrava così giovane. La donna fu toccata dalla sua espressione. «Sono appena arrivata con l'autobus. Se mi prende a lavorare, vado a prendere la valigia e a cercarmi una stanza. Posso cominciare domani.» La donna, che si chiamava Julie, le sorrise. Maribeth le piaceva. Le sembrava una ragazza tranquilla, forte, dai sani principi. Poteva anche sbagliarsi nel giudicarla, però istintivamente le ispirava fiducia.

«Vai a prendere la valigia», disse Julie con un sorriso caloroso, «puoi stare da me stanotte. Mio figlio è andato a trovare mia madre a Duluth. Puoi stare nella sua stanza se non ti disturba trovarti in mezzo alla baraonda. A quattordici anni non ha ancora imparato che cosa sia l'ordine. Ho anche una figlia di dodici anni. Sono divorziata. Tu quanti anni hai?» domandò tutto d'un fiato. Maribeth rispose diciotto prima di correre a prendere la valigia. Tornò due minuti dopo ansimante e sorridente.

«Sei sicura che non ti creo troppo disturbo se resto da te stanotte?» Era eccitata e felice.

«Niente affatto.» Julie ridacchiò e le lanciò un grembiule. «Ecco, sei assunta. Puoi aiutarmi a servire i tavoli finché non smonto a mezzanotte.» Lavorò solo un'ora e mezzo, ma si rivelò veramente estenuante portare enormi vassoi e pesanti brocche. Maribeth non riuscì a credere di essere tanto stremata quando chiusero. Nel ristorante lavoravano altre quattro donne e alcuni ragazzi, perlopiù studenti. I ragazzi avevano quasi tutti l'età di Maribeth e le donne andavano dai trenta ai quaranta. Il proprietario aveva avuto un infarto e da allora veniva solo al mattino e qualche pomeriggio quando era necessario. Nonostante la malattia era lui al comando della nave e il cuoco era suo figlio. Julie c'era uscita qualche volta, lo riteneva una brava persona, ma non se l'era sentita di impegnarsi. Aveva troppe responsabilità nella sua vita per concedersi parentesi amorose. Aveva due figli e un ex marito che non le pagava gli alimenti da cinque anni. Doveva risparmiare ogni penny per garantire ai bambini tutto ciò di cui avevano bisogno, dalle scarpe al dentista.

«Crescere dei figli da soli non è uno scherzo», le disse mentre tornavano a casa. «Dovrebbero spiegartelo ben bene prima di un divorzio. Bisogna essere almeno in due, credimi. Se sei stanca, se ti ammali, non ha nessuna importanza perché loro possono contare solo su di te. È tutto sulle tue spalle. Io non ho la famiglia qui... le ragazze del ristorante sono molto carine e ogni tanto mi danno una mano. Se mi capita un appuntamento importante mi tengono loro i bambini. Il marito di Marta porta mio figlio a pescare ogni volta che può. Sono piccole cose ma aiutano. Non si può fare tutto da soli. Dio sa se ci ho provato. Ci sono momenti in cui penso che tanto lavoro finirà per uccidermi.»

Maribeth ascoltava attentamente, la saggezza di Julie era preziosa per lei. Ancora una volta fu tentata di dirle del bambino, ma non osò.

«Peccato che tu e tuo marito non abbiate avuto dei figli», continuò Julie, come se le avesse letto nel pensiero. «Ma sei giovane. Ti risposerai. A proposito, quanti anni avevi quando ti sei sposata?»

«Diciassette. Avevamo appena finito le superiori. Siamo rimasti insieme solo un anno.»

«Che sfortuna, tesoro.» Le diede un colpetto affettuoso sulla mano prima di parcheggiare nel vialetto. Viveva in un piccolo appartamento sul retro della casa. Sua figlia stava già dormendo profondamente quando entrarono. «Odio lasciarla da sola. Di solito c'è suo fratello con lei. Comunque i vicini me la tengono d'occhio. Fortunatamente è una bambina indipendente. A volte la faccio venire al ristorante se faccio tardi, ma storcono sempre il naso.» Stando all'esperienza di Julie era davvero difficile tirar su dei bambini per conto proprio. Lei era sola da dieci anni, sin da quando i piccoli ne avevano due e quattro. Aveva girovagato un po', ma poi aveva finito per stabilirsi lì. Sperava che lo facesse anche Maribeth. «È una cittadina tranquilla e gli abitanti sono delle brave persone. Ci sono anche parecchi studenti, quasi tutti in gamba. Vedrai, ti troverai bene.» Mostrò a Maribeth il bagno e la stanza del figlio. Jeffrey sarebbe stato via per due settimane e Julie disse a Maribeth che poteva fermarsi finché non avesse trovato una stanza. Se avesse avuto delle difficoltà, Jessica poteva dormire con lei e lasciare la sua stanza al fratello. Ma con tutti gli alloggi per studenti sicuramente avrebbe trovato qualcosa.

Aveva ragione. Il giorno dopo prese in affitto una deliziosa camera. Era una stanzetta, ma era accogliente e luminosa e, quel che più contava, l'affitto era ragionevole. Si trovava a soli sei isolati da *Jimmy D's*, il ristorante dove lavorava. Sembrava che ogni cosa si stesse incastrando nel modo giusto. Era in città solo da poche ore e tutto andava a meraviglia. Era come se fosse stata spinta lì dal destino.

Mandò una cartolina ai genitori con il suo nuovo indirizzo. Le passò per la mente anche Paul, ma si disse che era inutile continuare a rimuginarci sopra. Chissà se prima o poi sarebbe riuscita a toglierselo dalla mente.

Il suo primo giorno di lavoro una delle cameriere le diede un'uniforme rosa con i polsini bianchi e un grembiule bianco. Quello stesso pomeriggio cominciò a prendere le ordinazioni ai tavoli. Molti clienti continuavano a lanciarle occhiate, anche il cuoco, ma nessuno di loro disse una parola fuori posto. Erano tutti amichevoli ed educati e le sue colleghe avevano già sparso la voce che era vedova. Ci avevano creduto tutti.

«Come va, tesoro?» le chiese Julie più tardi, ben impressionata. Aveva lavorato sodo, era stata gentile con tutti ed era evidente che piaceva ai clienti. Alcuni di loro le avevano chiesto il nome e alcuni studenti erano sembrati veramente interessati a lei. Era piaciuta anche a Jimmy, il proprietario. Era sveglia, veloce e si capiva al primo sguardo che era onesta. Era anche molto graziosa, il che non guastava in un ristorante. A nessun cliente fa piacere una vecchia brontolona che sbatte il piatto sul tavolo. Jimmy voleva che tutte le sue cameriere, giovani o vecchie, fossero sempre sorridenti e allegre. Voleva che mettessero a loro agio le persone. Julie e le altre erano così, e anche Maribeth gli dava la stessa impressione. Si sforzava davvero di fare bene il suo lavoro e sembrava piacerle.

Ma alla sera quando tornava a casa era veramente esausta. Non mancava però mai di ricordarsi quanto fosse fortunata ad avere un lavoro e una casa. Ora poteva condurre una vita normale. Decise addirittura di riprendere gli studi. Avrebbe preso i libri in biblioteca. Non avrebbe permesso che quell'esperienza le rovinasse la vita. I mesi che l'aspettavano erano solo una breve deviazione, dopodiché sarebbe tornata nella direzione giusta.

La sera dopo stava servendo ai tavoli quando entrò un giovanotto serio che ordinò del polpettone. Julie le disse che veniva spesso a cena lì.

«Non saprei dirti il perché», commentò, «ma ho la sensazione che non gli piaccia cenare a casa sua. Non parla mai, non sorride mai. Però è sempre gentile. È un bravo ragazzo. A volte ho la tentazione di chiedergli perché viene qui. Forse non ha una famiglia e se ce l'ha è successo qualcosa. Ha gli occhi più tristi che io abbia mai visto. Perché non vai a servirlo tu?» La sospinse verso il punto in cui era seduto in fondo al bancone. Lui aveva dato solo un'occhiata al menu prima di decidere. Ormai conosceva tutti i loro piatti e sapeva già quali erano i suoi preferiti.

«Ciao. Cosa prendi?» chiese Maribeth timidamente, mentre lui le lanciava una furtiva occhiata di ammirazione.

«Il numero due, grazie. Polpettone e purè di patate.» Aveva le guance in fiamme. Gli piaceva quella ragazza dai capelli rossi ma fece di tutto per non farsi notare.

«Insalata, mais o spinaci?»

«Mais, grazie», rispose, guardandola di sottecchi. Non l'aveva mai vista prima, eppure veniva spesso lì. Cenava da *Jimmy D's* tre o quattro volte la settimana, ogni tanto anche nei fine settimana. Il cibo era buono, abbondante e il prezzo decisamente ragionevole. Era l'unico posto dove poteva mangiare decentemente quando sua madre non cucinava.

«Caffè?»

«No, latte. E come dolce una fetta di torta di mele», aggiunse, come se temesse che potesse finire. Maribeth sorrise.

«Riuscirai a mangiare tutta questa roba? Le nostre porzioni sono piuttosto abbondanti.»

«Lo so», replicò contraccambiando il suo sorriso. «Ceno quasi sempre qui. Tu sei nuova, vero?» Lei annuì, sentendosi timida per la prima volta con un cliente. Era un bel ragazzo, doveva avere più o meno la sua età.

«Sì, sono nuova. Mi sono appena trasferita in città.»

«Come ti chiami?» Era diretto, molto schietto. Julie aveva ragione, aveva uno sguardo infinitamente triste. Si aveva quasi paura a guardarlo negli occhi, eppure non si poteva farne a meno. C'era qualcosa in lui che l'attirava. Sentiva di volerlo conoscere meglio.

«Mi chiamo Maribeth.»

«Io sono Tom. Piacere di conoscerti.»

«Piacere.» Andò a ordinargli la cena e un attimo dopo tornò portandogli il bicchiere di latte. Julie ne aveva subito approfittato per stuzzicarla dicendole che non aveva mai parlato tanto con qualcuno.

«Da dove vieni?» le domandò e lei glielo disse. «Che cosa ti ha portato qui, se posso chiedertelo?»

«Troppe cose. Mi piace questa città, la gente è davvero gentile. Qui al ristorante mi trovo bene e ho affittato una stanza nelle vicinanze. Direi che le cose mi vanno piuttosto bene.» Sorrise, era stupita di quanto fosse facile parlare con lui. Quando gli servì la cena, sembrò più interessato a parlare con lei che a mangiare.

Ci mise un'eternità a finire e dopo ordinò un'altra fetta di torta e un bicchiere di latte, cosa che non aveva mai fatto prima. Le raccontò quanto gli piacesse la pesca con mosche artificiali e le chiese se ci avesse mai provato.

Lei ci era andata alcuni anni addietro con il padre e il fratello, ma non era mai stata brava a pescare. Le piaceva stare lì a leggere o a pensare mentre loro pescavano.

«Puoi venire con me qualche volta», le propose, poi arrossì. Stava parlando un po' troppo. Non era riuscito a toglierle gli occhi di dosso sin da quando l'aveva vista entrando.

Le lasciò una grossa mancia e si alzò con un'espressione impacciata. «Be', grazie di tutto. Ci vediamo.» Poi uscì dal ristorante. Maribeth non poté fare a meno di notare quanto fosse alto, aveva un fisico snello e un'andatura dinoccolata. Era un bel ragazzo ma non sembrava rendersene conto. Doveva essere molto giovane. Lo vedeva più come un fratello che un ragazzo a cui poteva interessarsi, ma anche se non l'avesse più rivisto era stato piacevole chiacchierare con lui.

Invece lui tornò il giorno dopo e il giorno dopo ancora e quando capitò al ristorante nel giorno libero di Maribeth ci rimase male. Si rividero dopo il fine settimana.

«Non ti ho visto l'altra sera», disse mentre ordinava pollo fritto. Era una buona forchetta, ordinava sempre un pasto completo. Probabilmente spendeva tutti i suoi soldi in cibo. Maribeth si chiese se vivesse con i genitori, alla fine glielo domandò.

«Vivi da solo?» chiese timidamente, riempiendogli di nuovo il bicchiere di latte. Non lo segnò sul conto. La seconda tazza di caffè era sempre gratis, dopotutto, e offrire un bicchiere di latte a un cliente abituale come Tommy non avrebbe certo mandato in rovina Jimmy.

«Non proprio. Vivo con i miei genitori. Ma loro... be', è come se ciascuno di noi facesse la sua vita. A mia madre non piace più cucinare. In autunno riprende a lavorare. È professoressa. Per molto tempo ha fatto la supplente, adesso però torna a insegnare a tempo pieno.»

«Che materia?»

«Letteratura inglese al liceo. È molto brava. Solo

che aggiunge sempre dei compiti a quelli che ho già», si lamentò alzando gli occhi al cielo, ma non dava l'impressione che la cosa gli pesasse poi tanto.

«Sei fortunato. Io ho dovuto lasciare gli studi per un po' e adesso cominciano a mancarmi.»

«Vai alle superiori o all'università?» domandò interessato. Non era ancora riuscito a definire la sua età. Sembrava più grande di lui, eppure aveva la sensazione che potessero essere coetanei. Maribeth esitò solo un momento prima di rispondere.

«Alle superiori.» Probabilmente era all'ultimo anno, pensò Tommy. «Ho intenzione di continuare per conto mio finché non riprendo la scuola dopo Natale.» Era sulla difensiva, stava per chiederle perché avesse lasciato la scuola, ma poi cambiò idea.

«Posso prestarti dei libri, se vuoi. Li posso chiedere anche alla mamma, a lei farà piacere. È una convinta sostenitrice dello studio per tutti. Ti piace la scuola?» Lei annuì e lui sentì che era sincera. Per Maribeth studiare era come mangiare e non saziarsi mai. Nel suo giorno libero era andata in biblioteca per potersi tenere in pari con lo studio.

«Qual è la tua materia preferita?» gli chiese, sparecchiando. Per dessert aveva ordinato una fetta di torta ai mirtilli. Era la sua preferita.

«Inglese», rispose mentre lei gli metteva davanti la torta ai mirtilli. Maribeth aveva mal di schiena, ma le piaceva troppo conversare con lui. Avevano sempre tante cose da dirsi. «Soprattutto la letteratura inglese. A volte penso che mi piacerebbe scrivere.

Mia madre ne sarebbe sicuramente felice. Papà invece si aspetta che io entri in affari con lui.»

«Che genere di affari?» domandò, affascinata. Era un ragazzo attraente, intelligente, eppure sembrava così solo. Non veniva mai con qualche amico e sembrava sempre non voler tornare mai a casa. Si chiese perché.

«Produzione agricola», spiegò. «È stato il nonno a iniziare l'attività. Prima erano agricoltori. Poi hanno cominciato a vendere i prodotti un po' dappertutto. È piuttosto interessante come lavoro, ma io preferisco scrivere. Mi piacerebbe anche fare l'insegnante come mia madre.» Alzò le spalle e sembrò di nuovo un ragazzino. Gli piaceva parlare con lei, non lo infastidiva rispondere alle sue domande. Anche lui avrebbe voluto fargliene qualcuna, ma decise di rimandare. Prima di andarsene, le chiese quale fosse il suo giorno libero.

«Venerdì.»

Chissà come avrebbe reagito se le avesse chiesto di andare a fare una passeggiata o una nuotata con lui. «Ti piacerebbe fare qualcosa insieme venerdì pomeriggio? In mattinata devo aiutare papà, ma posso passare a prenderti verso le due. Mi lascerà usare il furgoncino. Potremmo andare a nuotare al lago, o a pescare, se preferisci.» Aveva l'espressione ansiosa di chi pregava che le sue aspettative non venissero deluse.

«Mi va bene qualunque cosa. Decidi tu.» Aveva abbassato la voce così che nessuno potesse sentirla.

Poi gli diede il suo indirizzo. Non aveva avuto la minima esitazione. Le dava completa fiducia e si sentiva a suo agio con lui. Sentiva istintivamente che Tommy Whittaker sarebbe stato suo amico e non le avrebbe mai fatto del male.

«Gli hai dato un appuntamento?» chiese Julie con un sorrisetto quando se ne fu andato. Una delle cameriere aveva sentito che la invitava a pescare e adesso stavano ridacchiando tutte, facendo chissà quali supposizioni. Era così giovane che le volevano tutti bene. Anche il ragazzo piaceva a tutti. Era stato per loro un mistero fin da quando aveva cominciato a venire al ristorante l'inverno precedente. Non diceva mai nulla, si sedeva e ordinava la cena. Ma da quando aveva riacquistato il dono della parola con Maribeth sembrava non smettere mai di parlare.

«Naturalmente no», replicò Maribeth. «Non esco mai con i clienti», sottolineò, ma Julie non le credette neanche per un minuto.

«Puoi fare quello che vuoi, lo sai. Jimmy non avrebbe nulla da ridire. È un bel ragazzo, inoltre gli piaci.»

«È solo un amico, tutto qui. Sua madre odia cucinare, ecco perché viene qui a cena.»

«Be', non si può dire che non ti abbia raccontato la storia della sua vita.»

«Oh, per l'amor del cielo.» Maribeth sorrise scuotendo la testa e andò in cucina a prendere un vassoio di hamburger. Mentre portava il vassoio al tavolo, però, sorrise fra sé pensando a venerdì.

# 4

Il venerdì Tommy riuscì a liberarsi per le undici e passò a prendere Maribeth alle undici e mezzo. Lei lo stava aspettando. Indossava un paio di vecchi jeans, una camicia enorme che era stata del padre e un paio di scarpe basse. Aveva i jeans arrotolati fino alle ginocchia e i luminosi capelli rossi raccolti a coda di cavallo. Sembrava una quattordicenne e l'enorme camicia nascondeva la pancia che cominciava a crescere. Erano settimane che non riusciva più ad allacciare la cintura dei jeans.

«Ciao, sono riuscito a liberarmi prima. Ho detto a mio padre che andavo a pescare. L'idea l'ha entusiasmato tanto che mi ha lasciato andar via prima.» L'aiutò a salire sul furgoncino, poi si fermarono a un negozio lungo la strada per comprare dei panini per pranzo. Tommy ne prese uno al roast beef e lei al tonno. Erano così grossi che sembravano fatti in casa. Presero anche sei lattine di Coca Cola e una scatola di biscotti.

«Nient'altro?» chiese Tommy, eccitato di essere lì con lei. Era così carina, così piena di vita, e c'era in lei qualcosa che la faceva sembrare più matura. Forse questo dipendeva dal fatto che viveva da sola e aveva un lavoro.

Maribeth prese un paio di mele e una tavoletta di cioccolato. Tommy insisté per pagare. Lei gli propose di dividere la spesa, ma lui non volle saperne.

«Allora, che cosa ti ha portato ad andartene di casa così giovane?» le domandò una volta ripreso il viaggio verso il lago. La storia che era una vedova non era ancora arrivata alle sue orecchie. Il suo primo pensiero era stato che forse aveva perso i genitori o che le fosse successo qualcosa di altrettanto drammatico. La maggior parte dei loro coetanei non lasciava la scuola e se ne andava di casa. Sentiva che c'era dell'altro.

«Io... non lo so.» Guardò fuori del finestrino per un lungo momento, poi si voltò verso di lui. «È una lunga storia.» Alzò le spalle cercando di pensare com'era stato andarsene di casa e vivere in convento. Era il posto più deprimente in cui fosse mai stata e ogni giorno che passava si rendeva conto di quanto fosse stata giusta la scelta di andarsene. Almeno lì si sentiva viva, aveva un lavoro, era in grado di provvedere a se stessa, e adesso c'era anche lui. Magari sarebbero diventati amici. Finalmente sentiva di avere una vera e propria vita. Aveva telefonato un paio di volte a casa, non le avevano permesso di parlare con Noelle, e sua madre non aveva fatto altro che piangere. L'ultima volta che aveva chiamato le aveva detto di scrivere invece di telefonare. Erano felici di sapere che stava bene, ma suo padre era ancora molto arrabbiato con lei e non le avrebbe parlato finché il «problema non fosse stato risolto». Sua madre continuava a definire il bambino il «problema».

Maribeth sospirò e tornò a guardare Tommy. Aveva proprio dei bei lineamenti, notò. E poi era una persona con cui si poteva parlare. «Abbiamo avuto una terribile litigata e mio padre mi ha cacciata di casa. Mi ha buttata fuori ma voleva che restassi nella nostra città, io però dopo un paio di settimane ho deciso che non potevo più stare lì. Così sono venuta qui e ho trovato un lavoro.» Faceva sembrare tutto molto semplice, dalla sua voce non traspariva tutto il dolore e la rabbia che aveva provato.

«Però hai intenzione di tornare, non è così?» sembrava confuso, alcune sere prima gli aveva detto che sarebbe tornata a scuola dopo Natale.

«Sì. Devo tornare a scuola», rispose, confermando i suoi pensieri. La strada serpeggiava pigramente verso il lago. La sua attrezzatura da pesca era dietro nel furgoncino.

«Perché non stai qui?»

«Non posso», asserì senza dare ulteriori spiegazioni. Poi cercò di cambiare argomento. Era incuriosita dalla sua famiglia, si chiedeva perché lui sembrava non essere a suo agio con loro.

«Hai fratelli o sorelle?» gli domandò in tono casuale quando arrivarono in riva al lago. Lui spense il motore, si voltò verso di lei, poi seguì un lungo silenzio.

«Avevo una sorella», rispose infine. «Annie. È morta lo scorso Natale. Aveva cinque anni.» Scese dal furgoncino senza aggiungere altro e andò a prendere l'attrezzatura da pesca. Maribeth si chiese se era questa la causa della tristezza nei suoi occhi, se era questa la ragione per cui cercava di stare il meno possibile a casa con i genitori.

Scese a sua volta e lo seguì verso il lago. Trovarono un punto tranquillo in fondo alla spiaggia e lui si tolse i jeans e la camicia. Sotto portava dei calzoncini da bagno. Guardandolo spogliarsi per un attimo pensò a Paul, ma non c'era nessuna somiglianza fra di loro. Nessuna. Paul era sofisticato e azzimato, la classica vedette che ogni scuola ama sfoggiare. Ormai era sposato, apparteneva a un altro mondo. Tommy invece era assolutamente autentico. Era puro d'animo, incredibilmente gentile, e lei ogni volta si stupiva di quanto le piacesse.

Si sedette sulla sabbia accanto a lui mentre preparava l'esca.

«Com'era?» gli chiese quasi in un sussurro. Lui non alzò lo sguardo da quello che stava facendo.

«Annie?» Guardò verso il sole, chiuse gli occhi per pochi secondi e poi la guardò. Non aveva voglia di parlarne, eppure con lei era come se non potesse farne a meno. Sapeva che sarebbero diventati amici, lui però voleva molto di più. Aveva due splendidi occhi, gambe magnifiche, un sorriso che lo scioglieva, un corpo da favola. Però voleva anche essere suo amico. Esserci quando aveva bisogno di aiuto, come in quel momento, anche se non sapeva il perché. Vi era qualcosa di vulnerabile in lei.

«Annie era la bambina più dolce che sia mai esistita. Aveva capelli biondi, quasi bianchi, e due enormi occhi azzurri. Sembrava l'angioletto che si mette in cima all'albero di Natale... a volte però sapeva anche essere un diavoletto. Le piaceva stuzzicarmi, mi seguiva ovunque. Qualche giorno prima della sua morte avevamo costruito insieme un grande pupazzo di neve...» Gli occhi gli si riempirono di lacrime e scosse la testa. Era la prima volta che ne parlava con qualcuno e la cosa gli risultava difficile. Maribeth colse il suo turbamento. «Mi manca tanto», ammise con voce roca. Maribeth gli sfiorò dolcemente un braccio.

«Non aver paura di piangere... Sono certa che ti manca molto. È stata ammalata a lungo?»

«Due giorni. Pensavamo che fosse un'influenza o qualcosa del genere, invece era meningite. Non c'è stato niente da fare. Se n'è andata nel giro di poco tempo. Dopo ho continuato a pensare che dovesse toccare a me una cosa del genere. Voglio dire, perché lei? Era così piccola. Aveva solo cinque anni, non aveva mai fatto niente di male, ci ha solo resi felici tutti quanti. Avevo dieci anni quando è nata, era così divertente, così morbida e tenera da tenere in braccio, come un pupazzo.» Sorrise ripensando a lei, appoggiò la lenza sulla sabbia e si avvicinò a

Maribeth. Era buffo, ma era come se l'avesse riportata in vita per un momento parlando di lei. Dopo la sua morte non aveva più parlato con nessuno di lei. Neanche con i propri genitori.

«Dev'essere stato un vero e proprio colpo per i tuoi genitori», disse Maribeth, quasi gli avesse letto nella mente.

«Sì. È come se il mondo si fosse fermato quand'è morta. I miei genitori non parlano fra di loro e neanche con me. Non si dice più niente, non si fa più niente. Niente più sorrisi. Parlare di lei è diventato tabù. In realtà non si parla affatto. La mamma ormai non cucina più. Papà non torna mai a casa prima delle dieci di sera. È come se non sopportassimo di stare in casa senza di lei. Mamma riprenderà il lavoro a tempo pieno in autunno. È come se tutti noi avessimo rinunciato a vivere perché lei non c'è più. Con lei siamo morti anche noi. Odio tornare a casa. È così buia e deprimente. Odio passare davanti alla sua camera. Ha lasciato un vuoto incolmabile.» Maribeth aveva fatto scivolare la mano nella sua mentre ascoltava quello che diceva, entrambi avevano lo sguardo fisso sul lago.

«Quando pensi a lei la senti vicina?» gli chiese, sentendo l'intensità del suo dolore come se anche lei avesse conosciuto Annie. Le sembrava quasi di vedere quella bellissima bambina da lui tanto amata, di percepire la sofferenza devastante che la sua scomparsa aveva comportato.

«A volte. Prima di addormentarmi mi capita di

parlarle. So che è una cosa stupida, ma a volte ho la sensazione che possa sentirmi.» Maribeth annuì. Anche lei parlava con la nonna i primi tempi dopo la sua morte, ed era stato un grande conforto.

«Sono sicura che può sentirti, Tommy. Scommetto che non ha mai smesso di tenerti d'occhio. Può darsi che sia felice... Può darsi che certe persone non siano destinate a far parte della nostra vita per sempre. Forse alcuni sono solo di passaggio... forse compiono la loro missione prima di noi. Può darsi che queste persone non abbiano bisogno di vivere cent'anni per fare quello che va fatto. Vengono e in un batter d'occhio... è come se...» Cercò di trovare le parole giuste per spiegargli quel che aveva capito dopo lunghe riflessioni. «È come se alcune persone entrassero nella nostra vita per portarci qualcosa, un dono, una benedizione, una lezione di cui abbiamo bisogno per imparare. Scommetto che Annie ti ha insegnato qualcosa sull'amore, sul dare, sul fatto di avere a cuore qualcun altro... questo è stato il suo dono per te. Ti ha insegnato questo e poi se n'è andata. Forse era inutile che prolungasse il suo soggiorno qui. Una volta che ti ha consegnato il dono si è sentita libera di andarsene... era un'anima speciale... e il dono che ti ha lasciato sarà tuo per sempre.»

Tommy continuava ad annuire cercando di assorbire tutto quello che gli stava dicendo. Certo aveva senso, ma non alleggeriva la sua sofferenza. Però era un sollievo parlare con Maribeth, era come se lei capisse davvero quello che aveva passato.

«Vorrei tanto che fosse ancora viva», sospirò. «Vorrei tanto che ti avesse conosciuta.» Poi sorrise divertito. «Mi avrebbe fatto una testa così chiedendomi se mi piaci o meno, poi avrebbe detto sicuramente che sei più carina di chissà chi, e poi mi avrebbe detto se ti piacevo o meno. Esprimeva sempre le sue opinioni, anche quando non erano richieste. Il più delle volte mi tirava scemo.»

Maribeth scoppiò a ridere rimpiangendo di non averla conosciuta. Poi pensò che se Annie fosse stata viva forse non lo avrebbe mai incontrato. Di certo non sarebbe andato al ristorante tre o quattro volte la settimana, avrebbe cenato a casa con la sua meravigliosa famiglia.

«Che cos'avrebbe detto di noi?» lo stuzzicò, felice di essere lì con lui in quella bella giornata. Negli ultimi mesi aveva vissuto esperienze che le avevano insegnato che la fiducia poteva essere delusa, e lei si era ripromessa di non fidarsi più di nessuno, ma fin nella profondità del suo essere sapeva che Tommy Whittaker era diverso.

«Avrebbe detto che mi piaci.» Sorrise imbarazzato. Maribeth notò per la prima volta che aveva delle lentiggini sul naso, ma erano talmente minuscole che non le avrebbe viste se non ci fosse stato un sole così luminoso. «E avrebbe avuto ragione. Il che sarebbe stato insolito, non ci azzeccava mai sulle ragazze che mi piacevano.» Questa volta però, ne era certo, Annie avrebbe capito immediatamente che lei gli piaceva. Maribeth era molto più matura delle sue compagne di scuola, ed era la ragazza più bella che avesse mai visto in vita sua. «Sono convinto che avrebbe fatto follie per te.» Le sorrise con dolcezza e si sdraiò sulla sabbia lasciando trasparire tutta la sua ammirazione. «Che mi dici di te? C'è un ragazzo che ti aspetta da qualche parte?» Non era da lui essere così brutale, ma ci teneva a mettere le cose in chiaro. Maribeth non rispose subito. Per un attimo fu tentata di raccontargli tutto, ma non ci riuscì. Forse avrebbe dovuto dirgli del marito morto in Corea, ma non se la sentì. Gliel'avrebbe spiegato in seguito, se fosse stato necessario.

«No, non direi.»

«Neanche un filarino?»

Maribeth scosse la testa con decisione. «Una volta sono uscita con uno che pensavo mi piacesse, ma mi ero sbagliata. Comunque, lui adesso è sposato.»

Un uomo più grande di lei. Tommy sembrò affascinato. «Ci tieni ancora a lui?»

«Non credo.» Se c'era qualcosa che ancora la legava a lui, era quel che le aveva lasciato in eredità. Un bambino che non voleva ma che era costretta a tenere dentro di sé. Non era vero che non ci teneva al suo bambino, ma non se la sentiva di parlarne con Tommy.

«A proposito, quanti anni hai?»

«Sedici», rispose lei. Poi scoprirono che compivano gli anni a qualche settimana di distanza. Avevano la stessa età ma le loro vite erano diverse. Nonostante la crisi del momento, lui aveva una famiglia, una casa, e in autunno sarebbe tornato a scuola. Lei non aveva niente di tutto questo, e in meno di cinque mesi avrebbe messo al mondo il figlio di un uomo che non l'aveva mai amata. Era incredibilmente spaventoso.

Infine Tommy si decise ad andare a pescare nel lago e lei lo raggiunse. Dopo un po' lui si annoiò, lasciò la canna da pesca sulla spiaggia e si tuffò in acqua. Lei rimase ad aspettarlo sulla sabbia. Quando tornò le chiese perché non facesse il bagno. Era una giornata calda e l'acqua era piacevole. A lei sarebbe piaciuto nuotare con lui, ma non voleva che vedesse la pancia. Si era tolta i jeans per entrare in acqua mentre lui pescava, ma aveva tenuto la camicia del padre per tutto il tempo.

«Sai nuotare?» le domandò. Lei scoppiò a ridere, sentendosi stupida.

«Sì, è solo che oggi non mi va. Mi fa sempre senso nuotare nei laghi, non sai mai che cosa c'è nell'acqua.»

«È sciocco da parte tua. Perché non vai a farti un tuffo? Non c'è niente nel lago, neanche i pesci, hai visto tu stessa che non ne ho preso neanche uno.»

«Magari la prossima volta», tagliò corto lei, disegnando sulla sabbia. Pranzarono all'ombra di un grosso albero raccontandosi delle rispettive famiglie e della loro infanzia. Lei gli parlò di Ryan e Noelle, di come suo padre pensasse che ai maschi spettasse tutto e alle femmine solo di sposarsi e mettere al mondo figli. Lei invece ci teneva a diventare qualcuno un giorno, un'insegnante, un avvocato o una scrittrice; l'ultima cosa che voleva era sposarsi appena finito il liceo.

«Sembri mia madre», sorrise lui. «Ha fatto aspettare mio padre per sei anni una volta finito il liceo. È andata all'università, si è laureata e ha insegnato per due anni prima di decidersi. Ne sono passati sette prima che mettesse al mondo me e dieci prima che nascesse Annie. Credo che abbiano avuto delle difficoltà ad averci. L'istruzione è davvero importante per mia madre. Sostiene che le uniche cose di valore che uno possiede siano il cervello e l'istruzione.»

«Vorrei che la pensasse così anche mia madre. Lei fa solo quello che dice mio padre. È convinta che per le ragazze non sia necessario andare all'università. Infatti i miei genitori non vogliono che ci vada. A Ryan probabilmente l'avrebbero permesso, ma lui ha preferito lavorare con papà. Sarebbe in Corea se non fosse stato riformato. Papà lo considera un bravissimo meccanico. Sai», aggiunse cercando di spiegargli cose che non aveva mai confidato a nessuno prima, «mi sono sempre sentita diversa da loro. Le cose che io ho sempre desiderato a loro non interessano. Io voglio andare a scuola, imparare un mucchio di cose, mettere a frutto la mia intelligenza. Non voglio finire con il primo che capita e sfornare una nidiata di bambini. Voglio essere qualcuno. Tutti quelli che mi conoscono pensano che sia pazza.» Non lui però, lo sentiva, Tommy e la sua famiglia la pensavano esattamente come lei. A volte aveva la sensazione di essere nata nella famiglia sbagliata e di essere destinata a un'esistenza piena di incomprensioni. «Penso che mia sorella alla fine farà quello che vogliono loro. Fa la ribelle, ma è una brava ragazza. Ha tredici anni e già stravede per i ragazzi.» Quest'ultima osservazione le sembrò del tutto fuori luogo, visto che non era stata Noelle a farsi mettere incinta da Paul Browne.

«Penso che dovresti conoscere mia madre una volta o l'altra, Maribeth. Sono sicuro che ti piacerà.»

«Ne sono certa.» Poi gli lanciò un'occhiata incuriosita. «Io piacerei a lei? Le madri di solito sono sospettose nei confronti delle ragazze che escono con i loro figli.» In particolare lei, fra qualche mese. No, non era il caso di conoscere la signora Whittaker. Di lì a un mese non sarebbe più stata in grado di nascondere la gravidanza, avrebbe smesso di vedere anche Tommy. Non aveva ancora pensato a che cosa dirgli, ma avrebbe trovato una scusa. Tutt'a un tratto la storia del marito morto in Corea le sembrò stupida. Avrebbe preferito dirgli la verità, ma non poteva farlo. Sarebbe stato uno choc terribile per lui. Sicuramente non avrebbe voluto rivederla mai più. Fra qualche settimana gli avrebbe risparmiato lei la fatica dicendogli che usciva con qualcun altro. Poi lui avrebbe ripreso la scuola, sarebbe stato troppo impegnato per cercarla e, chissà, magari si sarebbe innamorato di una compagna di scuola, probabilmente una cheerleader, una che andasse a genio ai suoi genitori...

«Ehi... a che cosa stai pensando?» domandò lui, interrompendo il filo dei suoi pensieri. A tutte le ragazze di cui si sarebbe innamorato, ecco a che cosa stava pensando. «Hai un'espressione così triste, Maribeth. Qualcosa non va?» Sapeva che era così, ma la conosceva da troppo poco tempo per riuscire a farsi un'idea di che cosa si trattasse. Comunque avrebbe tanto voluto aiutarla.

Era l'unica persona che era riuscita a farlo sentir bene per la prima volta in tutti quei mesi dopo la morte di Annie e gli sarebbe piaciuto ricambiare il favore.

«Niente... stavo sognando a occhi aperti... niente di speciale, davvero...» Solo un bambino che sta crescendo dentro la mia pancia, tutto qui.

«Hai voglia di fare due passi?» Percorsero metà lago, passando sopra le rocce, nell'acqua, o ancora sulla sabbia. Quando decisero di ritornare, la sfidò a una corsa. Lei però, nonostante le lunghe gambe, non riuscì a tenere il passo con lui. Alla fine crollarono fianco a fianco sulla sabbia e restarono lì ansimanti a guardare il cielo.

«Sei piuttosto in gamba», concesse lui, facendola scoppiare a ridere. Per Maribeth, in un certo senso lui era come un fratello.

«Ti avrei raggiunto se non fossi inciampata.»

«Ma se ero chilometri avanti a te...»

«E hai anche barato perché sei partito prima...» La guardò ridere. I loro volti erano a pochi centimetri di distanza.

«Non è vero!» si difese, desiderando disperatamente di baciarla.

«È vero... la prossima volta ti batterò...»

«Già... sicuro... scommetto che non sai neanche nuotare...» Gli piaceva stuzzicarla, trovarsi sdraiato al suo fianco, stare con lei. Spesso si era chiesto come fosse fare l'amore con una donna. Gli sarebbe piaciuto scoprirlo con lei... ma era così femminile e così innocente allo stesso tempo che aveva paura di sfiorarla. Temendo che potesse accorgersi di quanto gli piacesse, si voltò a pancia in giù. Lei rimase supina e improvvisamente assunse una strana espressione. Sentì dentro di sé un movimento leggero come il battito delle ali di una farfalla. Era una sensazione del tutto sconosciuta, ma capì all'istante che erano i primi segnali di vita di suo figlio...

«Stai bene?» Tommy la stava guardando preoccupato. Maribeth aveva un'espressione così buffa, come se qualcosa l'avesse colta di sorpresa.

«Sì», sussurrò lei, effettivamente sbalordita da quel che le era appena successo. Improvvisamente fu consapevole del bambino, di quanto fosse reale, di come il tempo passasse, che lo volesse o meno. Aveva pensato di rivolgersi a un medico per essere certa che tutto andasse bene, ma oltre a non conoscerne non poteva neanche permetterselo.

«In certi momenti sembra che tu sia a mille miglia di distanza», osservò lui, chiedendosi a cosa pensasse quando assumeva quell'espressione. Gli sarebbe piaciuto sapere tutto di lei.

«Mi capita quando penso ai miei genitori... a mia sorella...»

«Li chiami ogni tanto?» Era davvero incuriosito da lei, era così misteriosa.

«Gli scrivo. È meglio che telefonare. Mio padre dà ancora i numeri se solo sente la mia voce.»

«Devi proprio averlo fatto arrabbiare tanto.»

«È una lunga storia. Un giorno te la racconterò. Magari la prossima volta che ci vediamo.» Ammesso che si fossero rivisti.

«Quand'è il tuo prossimo giorno libero?» Non vedeva l'ora di uscire di nuovo con lei. Gli piaceva tutto di Maribeth, il profumo dei suoi capelli, lo sguardo dei suoi occhi, il contatto con la sua pelle quando le teneva la mano o la sfiorava casualmente, le cose che gli diceva, le sue idee. Gli piaceva tutto di lei.

«Ho un paio d'ore domenica pomeriggio. Poi dovrò aspettare fino a mercoledì.»

«Che ne dici di andare al cinema domenica sera?» Lei sorrise. Non aveva mai fatto cose del genere prima. I ragazzi a scuola non si interessavano a lei, a parte i vermi come David O'Connor. Non era mai uscita sul serio con nessuno... neanche con Paul... Quello che stava avvenendo con Tommy era del tutto nuovo e le piaceva.

«Mi farebbe piacere.»

«Passerò a prenderti al ristorante se non hai nulla in contrario. E se ti va, mercoledì possiamo tornare qui. Ma possiamo fare anche qualcos'altro, se preferisci.»

«Qui mi piace», rispose, abbracciando con lo sguardo il panorama prima di posarlo su di lui.

Restarono lì finché il sole non cominciò a tramontare, dopodiché tornarono in città. Avrebbe voluto portarla fuori a cena, ma aveva promesso a sua madre di aiutarla a montare una nuova libreria. Inoltre avrebbe cucinato quella sera, il che capitava di rado negli ultimi tempi. Le aveva garantito che sarebbe stato a casa per le sette.

Alle sette meno venti parcheggiò davanti alla casetta dove viveva Maribeth. Lei scese dal furgoncino di malavoglia. Le dispiaceva non stare più con lui.

«Grazie di tutto, mi sono divertita molto.» Erano anni che non trascorreva un pomeriggio così felice e lui era il miglior amico che avesse mai avuto. Doveva essere stata la divina provvidenza a farlo entrare nella sua vita. «Mi è piaciuto moltissimo.»

«Anche a me.» Le sorrise. Era in piedi accanto a lei e la stava fissando nei luminosi occhi verdi. C'era qualcosa in quegli occhi che lo incantava. Moriva dalla voglia di baciarla. «Verrò a cena al ristorante domani sera. A che ora smonti?»

«Non prima di mezzanotte, purtroppo», disse in tono dispiaciuto. Le sarebbe piaciuto essere libera per poter andare ovunque con lui, almeno per il resto dell'estate. Dopo sarebbe cambiato tutto. Per il momento però poteva ancora fingere che fosse tutto normale. Quel pomeriggio aveva sentito il bambino, il che significava che aveva il tempo contato.

«Ti accompagno a casa domani sera dopo il lavoro.» I suoi genitori non ci avrebbero fatto caso, comunque poteva sempre dire loro che andava all'ultimo spettacolo al cinema.

«Mi farebbe piacere», rispose lei. Poi restò sui gradini a salutarlo con la mano mentre il furgoncino si allontanava. Quando Tom arrivò a casa era al settimo cielo, e stava ancora sorridendo quando entrò.

«Che cosa ti è successo? Hai pescato una balena oggi al lago?» domandò sua madre sorridendogli. Stava apparecchiando la tavola. Aveva preparato del roast beef, il piatto preferito di suo padre. Tommy ebbe la strana sensazione che si stesse sforzando di compiacerlo.

«No... non ho preso nessun pesce... solo un po' di sole sulla spiaggia e una bella nuotata.» In casa si sentiva un profumo delizioso. Aveva preparato anche panini al latte, purè di patate e mais dolce, la passione di tutti, compresa Annie. Ma il dolore che accompagnava sempre il pensiero di lei sembrò meno acuto quella sera. Parlare di lei con Maribeth lo aveva aiutato e desiderò poter condividere quell'esperienza con sua madre, ma sapeva di non poterlo fare. «Dov'è papà?»

«Ha detto che sarebbe tornato a casa per le sei. Suppongo che abbia avuto un contrattempo. Arriverà a minuti. Gli ho detto che avremmo cenato alle sette.» Ma un'ora dopo non era ancora arrivato, al lavoro non rispondeva nessuno e il roast beef era cotto più del dovuto. Le labbra serrate di sua madre tradivano quanto fosse furiosa.

Alle otto e un quarto lei e Tommy cenarono e alle nove John fece il suo ingresso. Era evidente che aveva bevuto qualche bicchierino di troppo.

«Bene, bene, la donnina di casa si è finalmente messa ai fornelli!» esclamò in tono scherzoso, cercando di baciarla, ma mancò nettamente la sua guancia. «Che cosa si festeggia?»

«Avevi detto che saresti stato a casa per le sei», gli rammentò, con espressione truce. «E se non sbaglio ti avevo detto che la cena sarebbe stata servita alle sette. Non stiamo festeggiando un bel niente, semplicemente ho ritenuto che fosse arrivato il momento che questa famiglia tornasse a cenare insieme.» Tommy si sentì cogliere dal panico vedendo la reazione di sua madre. Però non sembrava in vena di litigare, così decise di non preoccuparsi prima del dovuto.

«Dev'essermi sfuggito di mente. È passato tanto di quel tempo dall'ultima volta che hai cucinato che non me lo ricordo più.» Lo disse in tono vagamente contrito e cercò di mostrarsi più sobrio di quanto fosse in realtà nel sedersi a tavola. Non era da lui tornare a casa ubriaco, ma negli ultimi mesi aveva condotto una vita così deprimente che era diventato un sollievo per lui accettare il paio di whisky che gli offrivano i suoi dipendenti.

Liz gli servì la cena senza aggiungere un'altra parola. Lui guardò stupito il piatto davanti a sé.

«La carne è troppo cotta, sai che a me piace al sangue.» Liz afferrò il piatto, gettò il cibo nella pattumiera e poi lo scagliò nel lavandino senza nascondere il suo disappunto.

«Allora cerca di tornare a casa prima delle nove. Due ore fa la carne era al sangue, John», sibilò. Lui assunse un'espressione mortificata.

«Mi dispiace, Liz.»

Lei si voltò e guardò il marito come se Tommy non esistesse neanche. Ormai era come se fosse diventato trasparente. Sembrava fosse morto anche lui con Annie. I suoi bisogni non contavano più niente. Erano troppo distrutti dal dolore per accorgersi che aveva bisogno del loro aiuto.

«Ormai niente ha più importanza, non è così, John? Niente di niente. Neanche quelle piccole cose che ci davano tanta gioia sembrano contare più. Abbiamo rinunciato a tutto.»

«Non dobbiamo», intervenne Tommy con voce sommessa. Maribeth gli aveva ridato la speranza quel pomeriggio e, se non altro, voleva condividere questa speranza con loro. «Noi siamo ancora vivi. Annie soffrirebbe nel vederci così. Perché non proviamo a stare insieme come una volta? Non dico tutte le sere, solo qualche volta.»

«Dillo a tuo padre», replicò Liz freddamente, poi si voltò di nuovo verso il lavandino e cominciò a lavare i piatti.

«È troppo tardi, figliolo.» John gli diede un colpetto affettuoso sulla spalla e si ritirò in camera sua.

Finito di lavare i piatti, Liz montò con Tommy la nuova libreria. Ne aveva bisogno per i testi scolastici, visto che in autunno avrebbe ripreso a insegnare. Non parlò quasi con il figlio, se non per il lavoro che stavano facendo, e quand'ebbero finito gli augurò la buonanotte e andò in camera sua. Liz era così cambiata negli ultimi sette mesi, tutto il calore e la dolcezza in lei si erano come prosciugati per lasciar posto al dolore e alla disperazione. Probabilmente nessuno di loro si sarebbe mai più ripreso dalla morte di Annie.

Quando entrò in camera trovò John completamente vestito addormentato sul letto e lo fissò per un lungo momento prima di richiudere la porta. Ormai neanche quello che succedeva fra di loro sembrava avere più importanza. Alcuni mesi prima era stata dal medico che le aveva detto che non avrebbe più potuto avere figli. Non valeva neanche la pena provarci. La gravidanza di Annie aveva compromesso del tutto una situazione già molto delicata. Per lei era sempre stato difficile restare incinta, anche quand'era giovane, e adesso, a quarantasette anni, non le restava che rassegnarsi.

Non aveva più avuto rapporti con suo marito. Non la toccava più dalla notte in cui Annie era entrata in coma, la notte in cui entrambi erano stati convinti che si trattasse solo di un raffreddore. Non aveva ancora smesso di biasimare se stessa e il marito, e il solo pensiero di fare l'amore con lui le ripugnava. Non provava niente per nessuno, non soffriva neanche per la perdita di John e Tommy. Si era completamente allontanata da loro richiudendosi in se stessa e usava la freddezza per mascherare il dolore. John non era altrettanto bravo a nascondere il proprio dolore. Lui stava vivendo una vera e propria agonia. Sentiva disperatamente la mancanza non solo dell'adorata figlia, ma anche della moglie e di Tommy. Non aveva un posto dove andare, qualcuno con cui parlare, nessuno che gli desse un po' di conforto. Avrebbe potuto tradire Liz ma non era il sesso che cercava, quel che voleva era che tutto tornasse come prima. Voleva l'impossibile, voleva la loro vita di una volta.

Si svegliò sentendola muoversi. Lei andò in bagno, indossò la camicia da notte e quando tornò accese la luce.

«Vai a metterti il pigiama», disse, come se stesse parlando a un bambino o a un estraneo. Sembrava un'infermiera, non la donna che una volta l'aveva amato.

John si sedette sul bordo del letto per un lungo momento cercando di schiarirsi le idee, poi alzò lo sguardo su di lei. «Mi dispiace per stasera, Liz. Mi sono dimenticato della cena. Forse ero nervoso all'idea di tornare a casa e di ricominciare tutto da capo. Non lo so. Comunque, non volevo rovinare niente.» Ma era ciò che aveva fatto. Prima di lui però ci aveva pensato la vita a rovinare tutto. Gli aveva portato via la loro bambina e non gliel'avrebbe mai più restituita. Non avrebbero mai più rivisto la piccola Annie.

«Non fa niente», replicò in tono poco convinto.

«Ci saranno altre cene.» Ma non sembrava che lo pensasse sul serio.

«Davvero? Mi piacerebbe tanto. Mi manca la tua cucina.» Avevano tutti perso peso. Quei sette mesi di sofferenza avevano lasciato il segno. John era invecchiato, Liz era magra come un chiodo e aveva perso il sorriso, soprattutto da quando aveva la certezza di non poter avere altri figli.

John andò in bagno a cambiarsi e tornò tutto pulito e profumato. Si sdraiò accanto a lei, che gli voltava le spalle, fredda e distante.

«Liz?» la chiamò nell'oscurità. «Riuscirai mai a perdonarmi?»

«Non c'è niente da perdonare. Tu non hai fatto niente.» Dalla sua voce traspariva tutta l'infelicità che provava.

«Forse se avessimo fatto venire il dottore quella sera... se solo non ti avessi detto che si trattava di un raffreddore...»

«Il dottor Stone ha detto che non avrebbe fatto nessuna differenza.» Dal suo tono si capiva che non ci credeva.

«Mi dispiace», ripeté, sentendo le lacrime pungergli gli occhi. Le sfiorò una spalla con la mano, ma lei non si mosse. Anzi, sembrò irrigidirsi ancora di più. «Mi dispiace, Liz...»

«Anche a me», mormorò, senza voltarsi. Non vide le lacrime che gli scendevano copiose lungo le guance, né lui vide le sue che si riversavano sul cuscino. Erano due persone profondamente infelici che stavano annegando entrambi, ma in due oceani diversi.

Anche Tommy stava pensando a loro sdraiato nel suo letto. Ormai si stava convincendo che non c'erano più speranze che i suoi genitori si riavvicinassero. Annie aveva lasciato un vuoto incolmabile, un dolore così profondo dal quale non si sarebbero mai ripresi. Aveva perso non solo sua sorella ma anche entrambi i genitori. L'unica cosa che gli dava un po' di gioia era l'idea di rivedere Maribeth... pensò alle sue gambe lunghe e ai luminosi capelli rossi, alla buffa vecchia camicia che indossava e alla loro corsa in riva al lago... pensò a migliaia di cose prima di addormentarsi e sognare Maribeth che camminava sulla spiaggia tenendo per mano Annie.

# 5

Domenica passò a prenderla al lavoro e andarono a vedere *Da qui all'eternità* con Burt Lancaster e Deborah Kerr. Per tutto il film le tenne un braccio intorno alle spalle, mangiarono popcorn e caramelle, con lei che piangeva ogni volta che c'era una scena triste. Alla fine entrambi concordarono che era un bellissimo film.

Dopo il cinema la riportò a casa e insieme programmarono che cosa fare mercoledì pomeriggio. Si erano visti altre volte nel frattempo, ma Maribeth ricordò solo in quel momento di non avergli chiesto com'era andata la cena con i genitori.

«Non molto bene», rispose pensieroso. «Un vero schifo, a dire la verità. Mio padre si è dimenticato di tornare a casa. Credo che sia uscito con qualcuno dei suoi dipendenti. Per farla breve, il roast beef era stracotto, mia madre arrabbiata da morire e mio padre è tornato a casa ubriaco. Non è stata quella che si dice una serata perfetta.» Fece una smorfia, gli dava fastidio doverla prendere con filosofia. «Si comportano come se fossero arrabbiati l'uno con l'altra. In realtà è la frustrazione di non poter cambiare le cose che li porta a reagire in quel modo. Si allontanano invece di trovare un modo per aiutarsi a vicenda.»

Maribeth annuì come se avesse afferrato perfettamente la situazione. Rimasero per un po' seduti sui gradini a chiacchierare. L'anziana signora che affittava la stanza a Maribeth era contenta di vederla felice, quella ragazza le piaceva. Continuava a ripeterle che era troppo magra, Maribeth l'ascoltava paziente sapendo che ben presto non avrebbe più avuto nulla da ridire. Stava già cominciando a prendere peso e, per quanto riuscisse ancora a nasconderlo, il rigonfiamento sotto il grembiule che portava al lavoro cominciava a essere piuttosto visibile.

«Allora, che cosa facciamo mercoledì?» chiese Tommy con voce allegra. «Torniamo al lago?»

«Certo. Questa volta però lo preparo io il pranzo, d'accordo?»

«D'accordo.»

«Che cosa ti piacerebbe mangiare?»

«Qualunque cosa farai andrà bene.» Lui voleva solo stare con lei. Era perfettamente consapevole della vicinanza del suo corpo, avrebbe voluto chinarsi a baciarla ma qualcosa più forte di lui glielo impediva. Ne era profondamente attratto, il solo starle accanto lo faceva star male fisicamente, eppure non riusciva a prenderla fra le braccia e baciarla. Lei percepì la sua tensione, ma pensò che fosse dovuta a qualcosa che aveva a che fare con i suoi genitori.

«Forse è solo una questione di tempo», cercò di rassicurarlo. «Sono passati solo sette mesi. Dagli una possibilità. Magari quando tua madre riprende il lavoro le cose miglioreranno.»

«Può darsi che peggiorino», ribatté lui con espressione preoccupata. «Avrà una scusa per non tornare a casa. Quando c'era Annie lavorava solo part time. Adesso che sono rimasto solo io, non lo riterrà più necessario, e ha ragione. Non torno mai prima delle sei quando vado a scuola.»

«Non potrebbero avere un altro figlio?» domandò Maribeth, pur pensando che potevano esserci problemi di età. Tommy scosse la testa. Anche lui si era chiesto la stessa cosa, ma era convinto che non ci fossero possibilità in questo senso.

«Credo che per la mamma sia un po' troppo tardi. Ha quarantasette anni e ha già avuto grosse difficoltà ad avere Annie. E poi non so neanche se lo vorrebbero. Non si sono mai pronunciati in questo senso, perlomeno davanti a me.»

«I genitori non parlano mai di queste cose davanti ai figli.» Gli sorrise un po' imbarazzata.

«Già.» Confermarono il loro programma per mercoledì pomeriggio, lui le promise di passare comunque per cena al ristorante lunedì o martedì. Julie aveva ormai capito che Maribeth usciva con lui e insieme con le altre colleghe la stuzzicava un po', ma erano tutte felici che avesse trovato un amico delizioso come Tommy.

Le augurò la buonanotte un po' impacciato, si sentiva goffo, cosa che gli capitava di rado con lei. Non voleva essere troppo frettoloso né troppo lento, non voleva essere troppo sfacciato né darle l'impressione che non gli piacesse. Fu una vera e propria tortura starsene lì senza sapere come comportarsi, poi decise che quello non era il momento e si congedò da lei. Maribeth richiuse la porta e salì le scale pensierosa, chiedendosi come e quando gli avrebbe detto la verità.

Come promesso, Tommy venne al ristorante le sere successive e la riaccompagnò a casa dopo il lavoro. Mercoledì prima di passare a prenderla andò a trovare Annie al cimitero.

Ci andava di tanto in tanto per sistemare la tomba. Aveva piantato dei fiori tutt'intorno e ci teneva che fosse tutto pulito e in ordine. Lo faceva per Annie, ma anche per sua madre perché sapeva quanto le costasse andarci di persona.

Mentre lavorava chiacchierò con Annie, questa volta le raccontò di Maribeth e di quanto le sarebbe piaciuta. Era come se lei fosse seduta su uno degli alberi lì intorno e lo stesse ascoltando.

«È una ragazza fantastica... non ha brufoli... ha gambe lunghissime... non sa nuotare ma è bravissima a correre. Credo che ti piacerebbe.» Poi sorrise pensando a Maribeth e alla sua sorellina. In un certo senso, Maribeth gli dava l'idea di come sarebbe stata

Annie a sedici anni. Avevano in comune senso dell'umorismo, schiettezza e sensibilità.

Terminò il lavoro pensando a quel che gli aveva detto Maribeth su come determinate persone passino nelle nostre vite per lasciarci in dono qualcosa di importante. «Non tutte le persone sono destinate a stare con noi per sempre», gli aveva detto, e per la prima volta sentì di poter dare un significato alla morte di Annie. Forse era destino che restasse con loro così poco... ma lui avrebbe preferito che si fosse fermata un po' più a lungo.

Il suo angolino nell'ombra era di nuovo pulito e in ordine quando se ne andò. Gli piangeva sempre il cuore lasciarla, così come leggere Anne Elizabeth Whittaker sulla piccola lapide. E il piccolo agnellino che vi era inciso non mancava mai di commuoverlo.

«Ciao, piccola», sussurrò prima di muoversi. «Tornerò presto... ti voglio bene...» Sentiva ancora disperatamente la sua mancanza, soprattutto dopo essere andato a trovarla. Quando passò a prenderla, Maribeth notò subito che era più taciturno del solito.

«Qualcosa non va?» domandò preoccupata. «È successo qualcosa?»

«No.» Tanta sollecitudine lo commosse al punto che per qualche minuto restò senza parole. «Prima di venire qui sono andato a... a pulire la tomba di Annie... ogni tanto lo faccio... la mamma ci tiene che sia in ordine e anch'io... solo che lei odia farlo...» Sorrise e lanciò un'occhiata all'amica. Indossava il solito camicione, dei calzoncini e un paio di sandali.

«Ho parlato ad Annie di te. Credo comunque che ti conosca già.» Era così bello essere di nuovo con Maribeth. Gli piaceva dividere i suoi segreti con lei. Non provava alcuna vergogna a farlo. Lei era come una sua estensione o qualcuno che aveva sempre fatto parte della sua vita.

«L'ho sognata l'altra notte», disse Maribeth e lui sembrò stupito.

«Anch'io. Ho sognato voi due che passeggiavate lungo il lago. Mi ha dato un tale senso di tranquillità.» Maribeth annuì.

«Io invece ho sognato che mi raccomandava di prendermi cura di te. Ho promesso che l'avrei fatto... una specie di passaggio di consegna... se n'è andata lei e sono arrivata io... magari dopo di me verrà qualcun altro... è come un eterno susseguirsi di persone. Credo che fosse questo quello che cercavo di dirti l'altro giorno. Niente si ferma, niente dura per sempre, le persone fluiscono nella nostra vita come un fiume che scorre. Ti sembra assurdo?» Si voltò verso di lui chiedendosi se le sue riflessioni filosofiche gli sembrassero stupide.

«No. Solo non mi piace l'idea che le persone vanno e vengono nella nostra vita. Preferirei che ci restassero. Mi piacerebbe che Annie fosse qui e non voglio che venga qualcun altro dopo di te, Maribeth. Che c'è di male nello stare insieme per sempre?»

«Niente, solo che a volte non è possibile», replicò. «A volte non si ha scelta, come nel caso di Annie.» Come nel suo caso. Lei e il suo bambino adesso erano uniti, alla fine però Maribeth sarebbe stata costretta a lasciarlo e lui sarebbe vissuto in un altro mondo, con altri genitori. In quel momento le sembrò che niente potesse durare per sempre.

«Non riesco ad accettarlo, Maribeth. Le persone dovrebbero restare insieme.»

«Ad alcuni è data questa possibilità, ad altri no. Dobbiamo amarci e imparare gli uni dagli altri fintanto che possiamo.»

«Che cosa ne dici di noi?» chiese in tono stranamente serio per un ragazzo di sedici anni. Ma lei aveva la stessa età ed era altrettanto seria. «Ci siamo incontrati per imparare qualcosa l'uno dall'altra?»

«Può darsi. Forse in questo momento abbiamo bisogno l'uno dell'altra», aggiunse saggiamente.

«Tu mi hai già insegnato molto su Annie, sul fatto di lasciarla andare, di amarla ovunque sia adesso e di custodire il ricordo di lei nel mio cuore per sempre.»

«Anche tu mi sei stato di grande aiuto», ribatté lei affettuosamente, senza però spiegargli in che senso. Mentre erano in viaggio verso il lago sentì il bambino muoversi. Ormai c'era abituata, le capitava spesso. Era la sensazione più piacevole che avesse mai provato in vita sua.

Quando raggiunsero il lago, Tommy stese la coperta e Maribeth tirò fuori la colazione. Aveva preparato panini ripieni di insalata e uova e una torta al cioccolato, inoltre aveva portato un po' di frutta, una bottiglia di latte, che ultimamente consumava in quantità, e acqua minerale. Erano entrambi affamati e decisero di mangiare subito. Poi si sdraiarono sulla coperta e chiacchierarono ancora a lungo, questa volta parlando della scuola, degli amici, dei genitori e dei loro progetti per il futuro. Tommy le raccontò di essere andato una volta in California e in Florida con il padre per lavoro. Lei non era mai stata da nessuna parte e le sarebbe piaciuto vedere New York e Chicago. Entrambi desideravano andare in Europa. Maribeth era convinta che non avrebbe mai avuto questa fortuna, per lei era già stata una grande avventura trasferirsi lì.

Parlarono anche della guerra in Corea e dei loro conoscenti che vi erano morti. Sembrava una follia essere già di nuovo in guerra. Ricordavano ancora l'attacco a Pearl Harbor, anche se allora avevano solo quattro anni. Il padre di Tommy era oltre il limite d'età per essere arruolato, ma il padre di Maribeth era stato a Iwo Jima. Sua madre era stata in ansia per tutto il tempo, alla fine però fortunatamente era tornato a casa sano e salvo.

«Che cosa faresti se ti chiamassero?» gli domandò. Lui sembrò disorientato dalla domanda.

«Vuoi dire adesso o quando avrò diciotto anni?» Se la situazione in Corea non si fosse risolta, di lì a due anni c'era la possibilità che venisse chiamato.

«In qualsiasi momento. Ci andresti?»

«Naturalmente. Devo.»

«Se fossi un uomo io non ci andrei. Non credo nelle guerre», dichiarò in tono deciso. Tommy sorrise. A volte era proprio buffa. Aveva idee così categoriche, a volte anche un po' pazze.

«Questo perché sei una ragazza. Gli uomini non hanno scelta.»

«Forse dovrebbero averla. Magari un giorno sarà così. I quaccheri non vanno in guerra. Penso che loro siano i più intelligenti di tutti.»

«Magari sono solo dei fifoni», ribatté, ricorrendo a uno dei soliti luoghi comuni sui quaccheri. Maribeth però non era tipo da accettare qualunque cosa per sentito dire, non prendeva mai posizione su qualcosa a meno che non ne fosse assolutamente convinta.

«Non credo affatto che siano dei fifoni. Penso invece che siano coerenti con se stessi e con il loro credo. Io mi rifiuterei di andare in guerra se fossi un uomo», ripeté ostinatamente. «La guerra è una cosa stupida.»

«No, non ti rifiuteresti», la contraddisse Tommy con un risolino. «Andresti a combattere come chiunque altro.»

«Forse un giorno gli uomini smetteranno di fare qualcosa perché 'devono' farlo. Forse ci rifletteranno su prima di ubbidire solo perché qualcuno dà loro degli ordini.»

«Ne dubito. E anche nel caso, sarebbe il caos. Perché alcuni uomini dovrebbero andare in guerra e altri no? E che cosa dovrebbero fare quelli che si rifiutano di andarci? Fuggire? Nascondersi da qualche parte? Impossibile, Maribeth. Lascia le guerre agli uomini. Loro sanno quello che fanno.»

«Questo è il problema. Non penso affatto che lo sappiano. Ogni volta che si annoiano fanno scoppiare una guerra. Guarda quello che sta succedendo adesso. L'ultima guerra è appena finita ed eccoci da capo», replicò indignata e lui scoppiò a ridere.

«Forse dovresti candidarti come presidente», la stuzzicò. Non che non rispettasse le sue idee, anzi, ammirava il coraggio con cui le esprimeva.

Decisero di fare una passeggiata lungo il lago. Sulla via del ritorno le chiese se voleva unirsi a lui per un bagno. Ancora una volta lei rifiutò e lui si chiese perché non volesse mai nuotare. Neanche la proposta di raggiungere la zattera in mezzo al lago la convinse.

«Dai, dimmi la verità», la incalzò lui, «hai paura dell'acqua? Non devi vergognarti per questo. Basta dirlo.»

«Non ho paura dell'acqua. Semplicemente non ho voglia di nuotare.» Era un'eccellente nuotatrice, ma per niente al mondo si sarebbe tolta il camicione.

«Allora vieni.» Faceva molto caldo e a lei sarebbe piaciuto rinfrescarsi un po' nell'acqua, ma sapeva di non poterlo fare. Ormai era incinta di quattro mesi e mezzo. «Almeno cammina nell'acqua. Ti darà un po' di sollievo.» Questa volta acconsentì. Il lago non diventava subito profondo, così camminarono per un bel pezzo. Quando l'acqua cominciò ad alzarsi, lei si fermò e lui proseguì a nuoto verso la zattera. Andò e tornò nel giro di pochi minuti fendendo l'acqua con lunghe e armoniose bracciate.

«Sei un nuotatore provetto», si complimentò.

«Ero nella squadra della scuola l'anno scorso, ma il capitano era un vero idiota. Così quest'anno ho deciso di non farne parte.» Le lanciò qualche occhiata da furbetto mentre tornavano verso la riva, poi prese a schizzarla con l'acqua. «Sai, sei una vera e propria fifona. Probabilmente sai nuotare bene quanto me.»

«No, non è vero», negò lei, cercando di evitare gli schizzi. Ma lui stava solo giocando e lei non resisté alla tentazione di fargliela pagare. Un attimo dopo si stavano spruzzando a vicenda come due bambini. Maribeth era bagnata fradicia, nel tentativo di sfuggirgli perse l'equilibrio e cadde in acqua. Adesso sì che era nei guai, non c'era alcun modo di uscire senza che lui si accorgesse che era incinta. Era troppo tardi per salvare la situazione, così cominciò a nuotare e lui la seguì. Cercò di distanziarlo, ma Tommy la raggiunse senza la minima difficoltà. Poi ripresero a spruzzarsi e a ridere. Maribeth prolungò la nuotata sperando di trovare un modo per uscire dall'acqua senza che lui si accorgesse del suo stato. Alla fine non trovò niente di meglio che chiedergli di portarle l'asciugamano perché aveva freddo. Lui la guardò un po' stupito: l'acqua era calda e fuori il sole splendeva più che mai, ma non sollevò obiezioni. Tornò con l'asciugamano e glielo tese, lei però non riusciva a decidersi a uscire. Avrebbe voluto dirgli di girarsi, ma non osò.

«Qualcosa non va?» Non sapendo cosa rispondere, si limitò ad annuire. Non voleva ancora parlargliene, ma a quanto sembrava non aveva alternative. Era in trappola. «Posso aiutarti?» Sembrava alquanto sconcertato.

«Non credo.»

«Senti, comincia a uscire. Di qualunque cosa si tratti, troveremo una soluzione. Dai, Maribeth, ti aiuterò io.» Le tese una mano e quel gesto le fece venire le lacrime agli occhi. Lui si avvicinò e con delicatezza la fece alzare in piedi. Lei non oppose nessuna resistenza ma aveva gli occhi pieni di lacrime. Non aveva la minima idea del perché stesse piangendo. L'avvolse gentilmente con l'asciugamano e nell'attimo stesso in cui abbassò gli occhi vide la piccola protuberanza che non lasciava dubbi. Ricordava ancora com'era la pancia di sua madre quando aspettava Annie, ma Maribeth era troppo magra perché si potesse pensare a qualcos'altro. Quando lei alzò di nuovo lo sguardo, vi lesse tutto il suo sbalordimento.

«Non volevo che lo sapessi», mormorò tristemente. «Non volevo dirtelo.» Nessuno dei due riusciva a muoversi, lui sembrava inchiodato lì da un fulmine, lei come paralizzata dal dolore di aver perso una persona cara.

«Vieni», disse lui infine, attirandola a sé e circondandole le spalle con un braccio. «Andiamo a sederci.» Tornarono in silenzio alla spiaggia e alla coperta che avevano steso per il picnic. Lei tolse l'asciugamano e si sbottonò la camicia del padre. Sotto aveva il costume, ormai non c'era più motivo di nasconderlo. Il suo segreto era stato scoperto. «Com'è successo?» domandò lui infine, evitando di guardare quella rotondità che non lasciava dubbi. Lei sorrise tristemente.

«Nel solito modo, immagino, anche se io non ne so gran che.»

«Avevi un ragazzo? *Hai* un ragazzo?» si corresse, sentendo il proprio cuore stretto in una morsa. Lei scosse la testa e distolse gli occhi, poi tornò a guardarlo.

«Non c'è nessun ragazzo. Sono solo stata una vera stupida.» Decise di dirgli tutto. Non voleva avere dei segreti per lui. «L'ho fatto una sola volta con uno che conoscevo a malapena. Quella sera non ero neanche uscita con lui. Ero andata a un ballo, il mio cavaliere si era ubriacato, e lui si è offerto di riaccompagnarmi a casa. Era uno dell'ultimo anno, una specie di eroe locale. Mi sono sentita lusingata solo perché mi aveva rivolto la parola, e lui era molto più convincente di quanto potessi immaginare. Mi ha fatto molti complimenti, mi ha portata a mangiare nel locale frequentato dai suoi amici, solo per questo a me sembrava già fantastico. Poi nel riaccompagnarmi a casa è passato per il parco e si è fermato in un angolo. Io non volevo andarci, ma neanche mostrarmi sospettosa visto che era stato gentile con me. Mi ha fatto bere un sorso di gin e poi...» si guardò la pancia, «...puoi immaginarti il resto. A sentire lui non pensava che sarei rimasta incinta. A sentire lui quel fine settimana aveva rotto con la fidanzata, peccato che il lunedì successivo erano tornati insieme. Mi sono comportata come una vera e propria stupida. Peggio ancora, ho distrutto la mia vita per un ragazzo che neanche conoscevo, uno a cui non importava niente di me. Mi ci è voluto un po' di tempo per realizzare quello che era accaduto. A quel punto lui aveva già annunciato il suo fidanzamento ufficialmente. Si è sposato subito dopo il diploma.»

«Ma tu gliel'hai detto?»

«Sì. Mi ha risposto che desiderava sposarsi, che lei se la sarebbe presa a morte se fosse venuta a saperlo... non volevo rovinargli la vita... e neanche la mia, tutto sommato. Non ho detto ai miei genitori chi era perché non volevo che mio padre lo costringesse a sposarmi. Non vorrei mai ritrovarmi sposata a qualcuno che non mi ama. In fondo ho sedici anni. Ho davanti a me tutta la vita. Per quanto creda di essermela già rovinata in parte. Diciamo che la mia è stata una falsa partenza verso il futuro.»

«Come hanno reagito i tuoi genitori?» Era sconvolto da quello che gli stava raccontando, dall'insensibilità del ragazzo. Ma anche dalla sua determinazione a non arrendersi a quello che non riteneva giusto, al suo coraggio di affrontare le proprie responsabilità.

«Mio padre mi ha buttata fuori di casa. Secondo lui dovevo vivere in convento con le suore fino alla nascita del bambino. Sono rimasta lì per qualche settimana, poi non ce l'ho più fatta. Era così deprimente, avrei preferito morire di fame. Così ho deciso di andarmene. Ho comprato un biglietto per Chicago, cercavo un lavoro, e ho pensato che lì avrei avuto più possibilità. Poi l'autobus ha fatto sosta qui per la cena, ho visto il cartello da *Jimmy's*, mi sono presentata e ho ottenuto il lavoro. Il resto credo che tu lo conosca.» Sembrava così incredibilmente giovane e vulnerabile, così bella; guardandola non poteva che provare tenerezza e ammirazione. «Papà dice che posso tornare a casa solo dopo Natale, ossia *dopo* che ho avuto il bambino. L'unica cosa positiva in tutto questo è che *dopo* potrò riprendere la scuola», aggiunse debolmente. Voleva essere un po' spiritosa, ma la sua voce suonò lugubre anche a lei.

«Che cos'hai intenzione di fare con il bambino?» le chiese, ancora sbalordito da quello che le era successo.

«Darlo via... voglio dire, in adozione. Voglio affidarlo a delle brave persone che si prendano cura di lui. Io non posso farlo. Ho solo sedici anni. Non posso tenerlo... non ho niente da dargli... non so neanche che cosa potrei dargli. Io voglio finire il liceo, andare all'università, se tengo il bambino... sarò prigioniera per sempre... e peggio ancora, se lui resta con me, forse perderà quelle occasioni che altrimenti la vita gli offrirebbe. Vorrei trovare una famiglia che sia veramente disposta ad accoglierlo. Le suore da cui mi ha portato mio padre mi garantivano questo, ma io me ne sono andata da quel convento... e da quando sono qui non ho fatto niente in proposito.» A mano a mano che parlava s'innervosiva sempre di più, Tommy se ne rendeva conto, ma era troppo sbigottito da quello che stava dicendo per avere una reazione diversa dallo stupore.

«Sei certa di non volerlo tenere?» Come poteva anche solo pensare di voler dar via il proprio bambino? Per lui era inconcepibile, anche se a farlo era una persona meravigliosa come Maribeth.

«No, non ne sono sicura.» In quell'attimo sentì il bambino muoversi, come se volesse dire la sua. «Il problema è che ora come ora non potrei prendermi cura di lui. I miei genitori non sono disposti ad aiutarmi. Io so già che non riuscirò a mettere da parte abbastanza soldi... non sarebbe giusto nei confronti del bambino. E poi io non voglio un figlio adesso. È terribile dire queste parole, vero?» Aveva gli occhi pieni di lacrime e sembrava in preda alla disperazione. Ammettere di non volere la propria creatura era qualcosa di orribile, ma lei non poteva negare la realtà. Non amava Paul, non voleva suo figlio, né sentirsi responsabile della vita di qualcun altro. In fondo aveva solo sedici anni. Cominciava a malapena a provvedere a se stessa, come poteva pensare di poterlo fare con qualcun altro?

«Cavolo, Maribeth. Ti sei messa in una situazione difficile.» Le si avvicinò, le circondò le spalle con un braccio e l'attirò a sé. «Perché non hai detto niente? Potevi confidarti con me.»

«Oh, come no... ciao, mi chiamo Maribeth, sono incinta di un tipo che neanche conosco e i miei genitori mi hanno buttato fuori di casa... che ne dici di portarmi fuori a cena?» Lui scoppiò a ridere, lei sorrise facendo scintillare quelle pozze di lacrime nei suoi occhi, poi Tommy la prese fra le braccia e piangere liberamente fu un sollievo. Ormai sapeva la verità, eppure con quell'abbraccio aveva cancellato ogni sua paura e vergogna. Singhiozzò finché non si sentì prosciugata da ogni energia, e lui non disse una parola finché non ebbe finito. Si sentiva così disperatamente triste per lei e il bambino.

«Quando nascerà?» le domandò quando si fu calmata.

«A fine dicembre.» Mancavano poco più di quattro mesi ed entrambi sapevano che sarebbero volati.

«Sei andata da un medico?»

«Non ne conosco qui. Non ho osato chiedere alle mie colleghe per timore che Jimmy mi licenziasse. Ho raccontato loro di essere la vedova di un soldato morto in Corea, l'ho fatto perché così non sarebbero stati molto sorpresi di vedermi incinta.»

«È stata una bella pensata», affermò lui divertito, poi le lanciò di nuovo un'occhiata interrogativa. «Lo amavi, Maribeth? Il padre, intendo dire.»

Per Tommy era importante saperlo. Quando scosse la testa si sentì sollevato. «Ero lusingata di essere uscita con lui. Tutto qui. Sono stata incredibilmente stupida. A dirti la verità, penso che sia un idiota. Mi ha messo nei guai e non ha avuto neanche il coraggio di confessarlo a Debbie. Mi ha suggerito di sbarazzarmi del bambino. Non so neanche come avviene una cosa del genere, forse ti strappano fuori il bambino. Nessuno mi ha dato delle spiegazioni, so solo che è pericoloso oltre che molto costoso.»

Tommy la guardava con espressione seria, attento a ogni sua parola. Anche lui aveva sentito parlare di aborto, ma tecnicamente ne sapeva quanto lei. «Sono contento che tu non l'abbia fatto.»

«Perché?» Questo suo commento la sorprese. Che differenza faceva per lui? In fondo le cose fra di loro sarebbero state più semplici se lei non fosse stata incinta.

«Perché ritengo che tu abbia fatto la cosa giusta. Forse si ricollega a quello che mi hai detto su Annie... può darsi che sia accaduto per una ragione.»

«Non lo so. Ci ho riflettuto a lungo. Ho cercato di capire perché è successo, ma non ho trovato risposte. Penso si sia trattato di sfortuna. È bastata un'unica volta.» Lui si limitò ad annuire. Sul sesso sapeva poco o niente e, a differenza di Maribeth, lui non l'aveva mai fatto.

Dalla strana espressione che assunse lei capì che moriva dalla voglia di farle un'altra domanda.

«Che cosa vuoi sapere? Dai... di qualunque cosa si tratti... puoi chiedermela...» Adesso erano veramente amici, ed entrambi sapevano che quell'amicizia sarebbe durata per sempre. Lui adesso era a conoscenza del suo segreto. Ne faceva parte. Ne avrebbe sempre fatto parte.

«Com'è stato?» le domandò, arrossendo per l'imbarazzo. La domanda non mise affatto a disagio Maribeth, lui era ormai per lei come un fratello, l'amico del cuore, e forse anche qualcosa di più. «È stato bello?»

«Non per me. Forse per lui. Credo però che possa essere eccitante. Non riesci più a pensare, a ragionare, né a chiederti se è la cosa giusta o meno. È come un treno che parte in velocità e che non riesci a fermare, o forse è stato il gin... penso però che debba essere bello farlo con la persona giusta. Non lo so. Non ho intenzione di riprovarci. Non per un bel po' di tempo, almeno. La prossima volta voglio che sia con la persona giusta.» Lui annuì, affascinato da quel che gli aveva detto. Era quello che si aspettava e l'ammirava per la decisione presa. Gli dispiaceva solo di non aver vissuto anche lui quell'esperienza. «La cosa triste è che poteva essere importante, invece non lo è stato. E ora mi ritrovo con un figlio che nessuno vuole, neanch'io.»

«Magari cambierai idea quando lo vedi», ragionò lui. La prima volta che aveva visto Annie si era sentito sciogliere.

«Non ne sono sicura. Le due ragazze che hanno partorito in convento non hanno neanche visto i loro bambini. Le suore glieli hanno portati via appena nati. Deve essere terribile vedersi portar via una creatura che si è tenuto dentro per tanto tempo... ma anche l'idea di tenerlo mi sembra terribile. Non sarebbe solo per un giorno. Sarebbe per sempre. Sarei in grado? Riuscirei a essere una madre così a lungo? Non credo. Deve esserci qualcosa di sbagliato in me. Perché non voglio tenere il mio bambino per sempre? E se quando lo vedo decido di farlo, che ne sarà di noi? Come farò a mantenerlo? Tom, non so cosa fare...» Gli occhi le si riempirono di lacrime e lui l'attirò di nuovo fra le sue braccia. Questa volta si chinò e la baciò senza la minima esitazione. Fu un bacio dettato dall'ammirazione, dalla tenerezza e dall'amore che provava per lei. Era il bacio di un uomo a una donna, il primo vero bacio per entrambi, il primo sentito così intensamente. Avrebbe potuto facilmente portarli oltre, ma in quel momento nessuno dei due l'avrebbe permesso.

«Ti amo», sussurrò tra i suoi capelli, desiderando che quel bambino fosse suo e non di un ragazzo a cui non era importato mai niente di lei. «Ti amo così tanto... non voglio che tu te ne vada... ci sarò io ad aiutarti.» Era un'affermazione coraggiosa da parte di un ragazzo di sedici anni, ma nell'ultimo anno era diventato un uomo.

«Ti amo anch'io», mormorò lei un po' titubante, asciugandosi le lacrime. Non voleva scaricargli addosso tutti i suoi problemi.

«Devi andare da un medico», dichiarò lui, con un atteggiamento incredibilmente paterno.

«Perché?» Nonostante l'esperienza che stava vivendo, a volte Maribeth sembrava ancora una ragazzina.

«Devi tenere sotto controllo la salute del bambino. Mia madre ci andava di continuo quando aspettava Annie.»

«Sì, ma lei era una donna adulta.»

«Non ha importanza, devi andarci comunque.» Poi gli venne un'idea. «Cercherò il nome del medico di mia madre, dopodiché troveremo il modo di farti visitare da lui.» Sembrò compiaciuto della soluzione trovata.

«Tu sei matto», ridacchiò lei. «Penserà che sia tuo e andrà a dirlo a tua madre. Non posso andare dal dottore, Tommy.»

«Escogiteremo qualcosa», cercò di rassicurarla. «Può anche darsi che ti aiuti a trovare qualcuno che voglia adottare il tuo bambino. Chi meglio di lui può conoscere persone che vogliono figli e non possono averli? Credo che i miei genitori volessero ricorrere all'adozione prima di avere Annie, poi non è stato più necessario. Troverò il nome del medico e prenderemo un appuntamento.» Si sentiva davvero coinvolto, era pronto a condividere quel fardello. Nessuno aveva mai fatto tanto per lei. La baciò di nuovo, prima con forza e poi con gentilezza. Infine le mise una mano sul ventre. Il bambino si stava muovendo e Maribeth gli chiese se poteva sentirlo. Lui si concentrò per un po', poi sorrise e annuì. Era un leggero tremito, come se il suo ventre avesse vita propria, ed era così in quel momento.

Più tardi fecero un altro bagno, questa volta nuotò fino alla zattera con lui e quando tornò a riva si sentì esausta come non mai. Si sdraiarono sulla coperta e parlarono a lungo del suo futuro. Adesso che c'era Tommy non le sembrava più tanto minaccioso. Però da un lato la spaventava ancora. Se avesse tenuto il bambino sarebbe stato per sempre. Se lo avesse dato via, forse lo avrebbe rimpianto per tutta la vita. Era davvero difficile sapere qual fosse la decisione giusta, in fondo al cuore però sentiva che forse la soluzione migliore era farlo adottare. Un giorno avrebbe avuto altri figli. Avrebbe sempre rimpianto la sua creatura, ma le circostanze in quel momento le impedivano di tenerlo.

Lui la prese di nuovo fra le braccia, si baciarono e coccolarono ma non andarono oltre. Erano entrambi stranamente tranquilli quando la riaccompagnò a casa in modo che potesse cambiarsi prima di andare a cena e al cinema. Le cose erano cambiate fra loro quel pomeriggio. Era come se adesso si appartenessero. Lei gli aveva confidato il suo segreto e lui l'aveva capita. Sapeva che non l'avrebbe mai delusa. Avevano bisogno l'uno dell'altra, soprattutto lei. Era come se si fosse creato un legame invisibile fra di loro, un legame che non si sarebbe mai rotto.

«Ci vediamo domani», promise quando la lasciò davanti a casa alle undici. Ormai sentiva di non poter più stare lontano da lei. Aveva bisogno di sapere che stava bene. L'indomani sera sarebbe andato a prenderla al lavoro, anche se aveva promesso alla madre di cenare a casa. «Abbi cura di te, Maribeth.» Le sorrise e lei contraccambiò il suo sorriso richiudendo lentamente la porta. Quando fu a letto, rifletté su quanto fosse fortunata ad averlo incontrato. Lui era l'amico che non aveva mai avuto, il fratello che Ryan non era mai stato, l'amante che Paul non avrebbe mai potuto essere. In quel momento lui era tutto. E quella notte, ancora una volta sognò Annie.

# 6

La settimana seguente Tommy andò a prenderla tutte le sere dopo il lavoro per riaccompagnarla a casa e la domenica la portò di nuovo fuori a cena e al cinema. Nel suo giorno libero però si rifiutò di accompagnarla al lago. Aveva in programma qualcosa di molto più importante. Era riuscito abilmente a sottrarre l'agenda a sua madre e aveva trascritto il nome e l'indirizzo del medico. Dalla morte del vecchio dottor Thompson era Avery MacLean l'ostetrico di Liz, era stato lui a far nascere entrambi i suoi figli. Era un gentiluomo con i capelli bianchi e l'aria distinta, ma le sue idee e le tecniche a cui ricorreva erano molto meno antiquate dei suoi modi. Era cortese, in un certo senso sin troppo formale, ma era molto preparato e aggiornato sugli sviluppi della ginecologia moderna, e Tommy sapeva quanto piacesse a sua madre. Inoltre Maribeth doveva essere assolutamente visitata da un medico.

Aveva preso l'appuntamento a nome della signora Robertson. Al telefono aveva cercato di assumere la voce e i modi sicuri di suo padre nonostante gli tremassero le mani. Si era fatto passare per il signor Robertson, dicendo che si erano trasferiti a Grinnell subito dopo il matrimonio e che sua moglie aveva bisogno di un controllo. L'infermiera non sembrò sospettare nulla.

«Ma che cosa gli dirò?» Maribeth sembrava in preda al panico.

«Credi sia necessario che tu glielo dica? Non pensi che sia abbastanza ferrato in materia da accorgersene da solo?» Tommy cercava di mostrarsi più sicuro e preparato di quanto fosse in realtà. In effetti sapeva poco o niente sul problema. Tutto ciò che ricordava della gravidanza di sua madre era che indossava enormi vestiti e qualche cosina l'aveva imparata guardando alla TV l'anno prima *Lucy e io* quando lei aveva annunciato che aspettava un bambino.

«Voglio dire... che cosa gli racconto... riguardo al padre del bambino?» Era veramente preoccupata, ma sapeva che lui aveva ragione. C'erano molte cose che ignorava sul suo stato, aveva bisogno di parlare con un dottore.

«Digli quello che hai detto a tutti al ristorante, che è morto in Corea.» Non sapevano ancora del bambino, ma lei aveva fatto girare la voce di essere vedova.

Alzò gli occhi pieni di lacrime e gli fece una domanda che lo lasciò di stucco. «Verrai con me?»

«Io? E se... e se mi riconosce?» Arrossì fino alla radice dei capelli, solo l'idea lo faceva star male. E se l'avessero visitata davanti a lui? E se gli avessero chiesto qualcosa che lui non sapeva? Non aveva la minima idea di quello che succedeva nello studio di un ginecologo. Peggio ancora, che cosa avrebbe fatto se lo avessero detto ai suoi genitori? «Non posso, Maribeth... non posso proprio...»

Lei annuì senza dire una parola, mentre un lacrimone le scendeva lentamente lungo la guancia. Tommy si sentì come se gli avessero strappato il cuore. «D'accordo... d'accordo... non piangere... penserò a qualcosa... magari posso dire che sei mia cugina... ma allora lui ne parlerà sicuramente con mia madre... non lo so, Maribeth, forse basta dirgli semplicemente che siamo amici, che conoscevo tuo marito.»

«Pensi che sospetterà qualcosa? Che non sono sposata, voglio dire.» Erano come due bambini che cercavano di uscire da un pasticcio che avevano involontariamente combinato. Ma era davvero difficile trovare una via d'uscita da quel pasticcio.

«Non saprà niente a meno che tu non glielo dica», replicò Tommy deciso, mostrando una calma che non provava. Era terrorizzato all'idea di andare con lei dal medico. Però non voleva deluderla, ormai aveva deciso di accompagnarla, non poteva rimangiarsi la parola.

Nessuno dei due si era mai sentito tanto nervoso come quel pomeriggio quando andarono all'appuntamento. Parlarono a malapena. Tommy si sentiva triste per lei e cercò di rassicurarla mentre l'aiutava a scendere dal furgoncino. E quando entrò con lei nello studio pregò fra sé di non arrossire.

«Andrà tutto bene, Maribeth... te lo prometto.» Lei si limitò ad annuire. Tommy e il medico si erano visti una sola volta davanti all'ospedale quando era nata Annie. Non l'avevano fatto salire perché troppo piccolo, così era rimasto fuori e aveva visto alla finestra la madre che teneva orgogliosamente in braccio la piccola Annie. Il solo pensarci gli fece venire le lacrime agli occhi, strinse la mano a Maribeth, come a incoraggiare anche se stesso oltre che lei. L'infermiera li guardò da sopra la montatura degli occhiali.

«Sì?» Che cosa ci facevano lì quei due ragazzini? Probabilmente erano venuti a prendere la madre. «Posso esservi utile?»

«Sono Maribeth Robertson...» mormorò con voce così bassa che si udì a malapena il cognome. Non riusciva a credere che Tommy fosse riuscito a convincerla ad andare lì. «Ho un appuntamento.» L'infermiera corrugò la fronte, consultò l'agenda e annuì.

«La signora Robertson?» Il tono della voce denunciava il suo stupore. Forse la ragazza riusciva a nascondere la sua età, certo non il suo nervosismo.

«Sì.» Le uscì dalle labbra come un soffio. L'infermiera li pregò di accomodarsi in sala d'attesa. Sorrise fra sé ricordando la telefonata di lui. Evidentemente erano sposi novelli: erano poco più che bambini. Non poté fare a meno di chiedersi se fossero stati costretti a sposarsi.

I due aspettarono in sala d'attesa, parlando a bassa voce fra loro e cercando di non guardare le altre donne incinte intorno a loro. Tommy non ne aveva mai viste tante in una sola stanza, era imbarazzante sentirle parlare dei mariti e degli altri figli toccandosi il pancione di tanto in tanto. Quasi tutte lavoravano a maglia. Fu un vero e proprio sollievo per entrambi quando il dottor MacLean li fece accomodare nel suo studio. Si rivolse a loro come il signore e la signora Robertson. Tommy non lo corresse, era come paralizzato. Il medico non aveva motivo di pensare che lui non fosse il marito di Maribeth. Gli chiese dove abitavano, da dove venivano, da quanto tempo erano sposati. Maribeth guardò il medico per un lungo momento prima di scuotere la testa a quest'ultima domanda.

«Non siamo... Tommy è solo un amico... mio marito è morto in Corea.» Si pentì di quella bugia nell'attimo stesso in cui la pronunciò. Alzò gli occhi pieni di lacrime e lo guardò onestamente. «Non sono sposata, dottore. Sono incinta di cinque mesi... Tommy ha ritenuto opportuno che vedessi un medico.» Avery MacLean ammirò il modo in cui voleva proteggere il ragazzo, era un gesto nobile e insolito.

«Capisco.» Aveva ascoltato attentamente le sue parole. Guardò Tommy, c'era qualcosa di familiare in lui. Forse era il figlio di una delle sue pazienti. Era certo di averlo già visto da qualche parte. Infatti l'aveva visto al funerale di Annie, ma in quel momento non se lo ricordava.

«Avete intenzione di sposarvi presto?» Gli facevano pena. Era sempre un dispiacere per lui vedere dei ragazzi così giovani in una situazione del genere. Scossero la testa mortificati, come se temessero che li sbattesse fuori. Di punto in bianco Tommy si pentì di averle suggerito di andare da quel medico.

«Siamo solo amici», spiegò Maribeth con voce ferma. «Tommy non c'entra. È tutta colpa mia.» Cominciò a piangere e Tommy le prese una mano.

«Penso che questo adesso non abbia più importanza», replicò gentilmente. «Che cosa ne dici se ci facciamo una chiacchieratina da soli e poi ti visito? Il tuo... amico», sorrise, divertito all'idea che loro pensassero che ignorasse come vanno certe cose. «Il tuo amico può raggiungerci dopo.» Voleva visitarla e farle un po' di domande. Come avevano reagito i genitori, quali erano i suoi progetti, se era intenzionata a tenere il bambino. Sembravano molto innamorati, probabilmente più avanti si sarebbero sposati. Evidentemente i genitori non gli stavano rendendo le cose facili e lui era deciso ad aiutarli quanto poteva. Forse tutto quello di cui avevano bisogno era una spinta nella direzione giusta.

Il medico scortò Tommy fuori della stanza. Per lui fu ancora più terribile trovarsi da solo in mezzo a tutte quelle donne incinte. Pregò che non entrasse nessuna che conosceva sua madre.

Gli sembrò che fosse passata un'eternità quando infine l'infermiera lo fece accomodare di nuovo nello studio del medico.

«Ho pensato che ti avrebbe fatto piacere ascoltare quello che ho da dire», spiegò il medico in tono cordiale. Maribeth gli stava sorridendo timidamente, sembrava sollevata. Il dottore aveva ascoltato il battito cardiaco del bambino e andava tutto bene. Lei lo aveva messo al corrente della sua intenzione di far adottare il bambino e aveva chiesto se conosceva qualcuno. Lui le aveva promesso di pensarci su. Non aveva aggiunto altro. Sembrava più interessato a mettere al corrente della situazione Tommy. Gli disse che il bambino era in ottima salute, che cosa doveva fare Maribeth nei mesi successivi, quali vitamine doveva prendere, che non doveva strapazzarsi ma riposare nei momenti in cui non lavorava. Parlava come se Tommy fosse il padre del bambino. Evidentemente era convinto che gli avessero mentito. Nonostante Maribeth avesse insistito che erano solo amici, non le aveva creduto neanche per un attimo. Poteva constatare con i suoi stessi occhi quanto Tommy tenesse a lei, quanto l'amasse.

E mentre li guardava spiegando loro quali erano le sue tariffe, qualcosa scattò nella sua memoria. Improvvisamente ricordò chi era il ragazzo. Gli fece piacere che avesse portato Maribeth da lui.

«Tu sei Tommy Whittaker, vero, figliolo?» chiese dolcemente. Non voleva spaventarlo, era disposto a mantenere il loro segreto purché non fosse controproducente per loro. E per il momento non c'era urgenza di dirlo ai genitori di lui.

«Sì», rispose Tommy.

«I tuoi genitori sono al corrente di questo?»

Tommy scosse la testa arrossendo come un pomodoro. Come poteva spiegargli che aveva sottratto l'agenda alla madre per avere il suo numero di telefono? «Non conoscono Maribeth.» Gli sarebbe piaciuto farli incontrare, ma date le circostanze forse non era il caso. Inoltre, c'era già una situazione fin troppo tesa tra i suoi.

«Forse è ora che gliela presenti», suggerì il dottor MacLean saggiamente. «Non puoi aspettare in eterno. Natale arriverà prima che tu te ne accorga.» Mancavano solo quattro mesi al parto. «Pensaci su, i tuoi genitori sono persone comprensive. Hanno avuto un periodo difficile, e certamente questo sarà uno choc per loro, ma almeno potranno darvi una mano.» Maribeth gli aveva raccontato che era stata allontanata dalla famiglia e che Tommy era il solo amico che avesse al mondo. «È una responsabilità troppo grande perché possiate affrontarla da soli.»

«Ce la caveremo», ribatté Tommy coraggiosamente. Questa sua reazione convinse definitivamente il medico che il bambino fosse suo. Era meraviglioso il modo in cui Maribeth aveva cercato di proteggerlo, ne era rimasto impressionato. Gli piacevano entrambi ed era felice che fossero venuti da lui. Le fissò un appuntamento per il mese successivo e le regalò un libro che spiegava in modo semplice quello che andava fatto fino al parto. Non c'erano fotografie, solo qualche disegno, nessuno di loro aveva mai visto un libro del genere. Spiegava in modo comprensibile cose di cui non avevano mai sentito parlare e molti termini non li conoscevano affatto. Ma Maribeth ora avrebbe saputo cosa fare e cosa non fare, come prendersi cura di se stessa, capire in base alle reazioni se era il caso di chiamare il medico o meno. Senz'altro le sarebbe tornato utile.

Il dottor MacLean le aveva chiesto duecentocinquanta dollari per seguirla per il resto della gravidanza fino al parto, oltre a questi sarebbero stati necessari altri trecento dollari per le spese ospedaliere. Fortunatamente aveva ancora da parte i soldi che le aveva dato suo padre per il convento. Ma a preoccuparla in quel momento era più che altro la sua convinzione che fosse Tommy il padre di suo figlio.

«Che cosa succederà se lo dice a tua madre?» domandò terrorizzata. Non voleva creargli dei problemi. Anche Tommy era preoccupato, ma qualcosa gli diceva che il medico non li avrebbe traditi. Il dottor MacLean era una brava persona, e a parte il piccolo equivoco sulla paternità era contento di aver portato Maribeth da lui.

«Non penso che lo farà», la rassicurò. «Credo che voglia veramente aiutarci.» Tommy si fidava di lui ed era certo che la sua fiducia non fosse mal riposta.

«È molto gentile», riconobbe lei. Poi andarono a prendere un frullato. Parlarono sottovoce del libro e di quello che aveva detto il medico riguardo al travaglio e al parto. «Mi ha messo un po' di paura», confessò Maribeth nervosamente. «Ha detto che forse mi darà qualcosa per farmi addormentare... speriamo.» Certo che doveva fare un bel po' di sacrifici per un bambino che non avrebbe più rivisto. Troppi per i suoi sedici anni. Troppi. Troppi per una mezz'ora sul sedile della Chevy di Paul Browne. A volte non riusciva ancora a crederci. Ma la visita dal dottore e le attenzioni di Tommy rendevano tutto reale.

Tommy andò al ristorante quasi ogni giorno e quando non capitava lì andava a prenderla a casa dopo il lavoro e la portava a fare una passeggiata o al cinema. Ma il primo di settembre ricominciò la scuola e divenne tutto molto più difficile. Aveva lezione fino alle tre del pomeriggio e poi doveva seguire le attività sportive. Quando andava a trovarla la sera tardi era morto di stanchezza. Ma era sempre molto attento nei suoi confronti e ogni volta che restavano soli la prendeva fra le braccia. A volte era come se fossero già sposati, si raccontavano com'era andata la giornata, il lavoro, la scuola, i vari problemi. Anche l'attrazione fra di loro era quella di una coppia, solo che nessuno dei due aveva mai osato andare oltre i baci e le carezze.

«Non voglio restare incinta», aveva mormorato lei con voce roca una sera, mentre le mani di lui esploravano lentamente i seni pieni. Poi entrambi erano scoppiati a ridere. Non voleva fare l'amore con lui mentre aveva dentro di sé il figlio di Paul... e dopo voleva che accadesse in modo speciale. Ma ci voleva ancora molto tempo, prima doveva finire il liceo, andare all'università, sposare l'uomo giusto, l'uomo dal quale avrebbe avuto altri figli. Non voleva farlo subito con Tommy e rovinare tutto. Lui la capiva, anche se a volte gli sembrava di impazzire tanto la desiderava.

Ogni tanto faceva i compiti da lei o in un angolino del ristorante. Lei lo rimpinzava di hamburger e frullati e a volte lo aiutava anche. Quando la sua padrona di casa era fuori, chiudeva a chiave la porta e si sdraiavano sul letto. Lui le leggeva qualcosa, oppure lei gli faceva i compiti di chimica, algebra o trigonometria. Erano allo stesso anno, e fu solo due settimane dopo aver iniziato la scuola che a Tommy venne in mente che potevano studiare insieme. Le avrebbe prestato i suoi libri così non sarebbe rimasta indietro.

«Quando torni potrai chiedere di fare un esame, in questo modo non perdi il semestre.» Ma non gli piaceva pensare che sarebbe tornata nell'Iowa. Voleva che restasse con lui, solo che nessuno dei due aveva la minima idea di quello che sarebbe successo una volta nato il bambino.

Ma per il momento il suo piano funzionava a meraviglia. Lei studiava per conto suo e ogni sera si trovavano a fare i compiti. Era molto scrupolosa e i risultati erano davvero sorprendenti, considerato che lavorava tutto il giorno. Tommy era davvero impressionato dalle sue capacità. Lui aveva degli ottimi voti, ma dopo un po' dovette ammettere che lei era molto più brava di lui.

«Sei veramente in gamba», si congratulò ammirato, correggendo il suo compito di algebra. Per correggere si basava sui compiti fatti da lui a scuola. Aveva risolto perfettamente entrambi gli esercizi che le aveva passato quella settimana e il suo componimento di storia sulla guerra civile era il migliore che avesse mai letto. Avrebbe dato qualunque cosa perché il suo professore di storia potesse leggerlo.

L'unico problema era che tornava a casa ogni sera a mezzanotte e dopo un mese di scuola sua madre cominciava a insospettirsi. Le spiegò che aveva un'attività sportiva tutti i giorni e che dava ripetizioni di matematica a un compagno, ma lei insegnava e non era facile convincerla che tornava sempre a casa a mezzanotte per motivi scolastici.

Ma a lui piaceva troppo stare con Maribeth. A volte dopo i compiti parlavano per ore, confidandosi sogni e ideali, discutendo delle materie che studiavano, quali valori morali ed etici potevano apprendere, e naturalmente parlavano del bambino, quali speranze aveva per lui, che tipo di vita voleva per lui. Si augurava che avesse molto più di lei dalla vita: un'eccellente istruzione, dei genitori che lo aiutassero a diventare qualcuno, che lo spingessero ad affrontare il mondo e non a restare relegato in un angolo, incatenato dall'ignoranza e dalle paure delle generazioni passate. Lei stessa sapeva che l'aspettava una dura lotta se voleva continuare gli studi. I suoi genitori ritenevano l'università una cosa del tutto inutile, non l'avrebbero mai capita abbastanza per sostenerla. Lei però non voleva fare la cameriera per il resto dei suoi giorni. Sapeva di poter pretendere molto di più dalla sua vita se solo fosse riuscita ad avere un'istruzione completa.

Gli insegnanti avevano sempre detto ai suoi genitori che doveva continuare gli studi, loro però non ci sentivano da quell'orecchio. E adesso, dopo quello che aveva combinato, suo padre avrebbe detto che era come le sue zie e avrebbe fatto di tutto per farla sposare al più presto. Ormai non aveva più via di scampo, anche se fosse tornata senza il bambino, loro non avrebbero mai dimenticato quello che era successo.

«Allora tanto vale che tu lo tenga», le aveva ripetuto Tommy più di una volta, ma lei aveva già preso la sua decisione in proposito. Sapeva che quella non era la soluzione giusta. Per quanto potesse affezionarsi a lui, sapeva di non poter provvedere a quel bambino, e in fondo in fondo una parte di se stessa non voleva neanche farlo.

Agli inizi di ottobre dovette rivelare alle sue colleghe di essere incinta. Loro l'avevano già capito, ma finalmente poterono dirle quanto erano eccitate per lei, che quello era l'ultimo dono fattole dal marito, un modo meraviglioso per ricordarlo per sempre. Loro non avevano la minima idea che quel ricordo gliel'aveva lasciato Paul Browne, un ragazzo a cui non importava niente del bambino e la cui moglie diciottenne era probabilmente incinta.

Non ebbe il coraggio di confessare che voleva darlo in adozione, così si sentì terribilmente in colpa quando cominciarono a portarle dei regalini per il piccolo. Ripose tutto in un cassettone cercando di non pensarci.

Tornò dal dottor MacLean per una seconda visita. Come sempre fu molto gentile con lei e non mancò di chiederle di Tommy.

«È un così bravo ragazzo», le ripeté per l'ennesima volta. Era sicuro che sarebbe andato tutto per il meglio. Erano dei così cari ragazzi. Maribeth era deliziosa. I Whittaker l'avrebbero certamente accolta e accettata una volta saputo del bambino. Era metà ottobre quando Liz Whittaker un giorno passò al suo studio dopo la scuola per un controllo. Prima di salutarla una volta finita la visita non dimenticò di tessere le lodi di suo figlio.

«Tommy?» Le sembrò strano che si ricordasse di lui. L'ultima volta che l'aveva visto era stato sei anni prima quand'era nata Annie, e anche allora solo per un breve momento visto che lui era rimasto fuori dell'ospedale e lo aveva salutato dalla finestra.

«Sì, è un bravo ragazzo», convenne, anche se sconcertata.

«Dovrebbe esserne orgogliosa», insisté. Avrebbe voluto dire qualcosa in più su quei due ragazzi meravigliosi, ma sapeva di non poterlo fare. Lo aveva promesso.

«Sono orgogliosa di lui», affermò distrattamente perché di fretta. Ma mentre tornava a casa ripensò a quel che le aveva detto e si chiese se per caso non avesse incontrato Tommy da qualche parte. Forse insegnava qualche materia a scuola o magari uno dei suoi figli frequentava la stessa classe di Tommy. Poi se ne dimenticò.

La settimana successiva però una delle sue colleghe le disse di aver visto Tommy con una bellissima ragazza, e casualmente si lasciò sfuggire che la ragazza in questione era visibilmente incinta.

Ne restò profondamente turbata, poi sentì il panico impossessarsi di lei quando rammentò le lodi inaspettate che il dottor MacLean aveva fatto di Tommy. Ci rimuginò tutto il pomeriggio, infine decise di affrontare Tommy quella stessa sera. Lui però arrivò a casa solo dopo mezzanotte.

«Dove sei stato?» lo aggredì appena entrato. Lo stava aspettando in cucina.

«Sono stato a studiare con dei miei compagni», rispose, visibilmente nervoso.

«Quali compagni?» li conosceva quasi tutti visto che insegnava alla stessa scuola. «Chi? Voglio sapere i nomi.»

«Perché?» Tommy si mise immediatamente sulla difensiva, e quando suo padre entrò in cucina vide i suoi genitori scambiarsi una strana occhiata. Le ostilità fra di loro si erano un po' attenuate da quando Liz aveva ripreso a lavorare, ciononostante sembravano più estranei che mai. Lei non aveva detto niente al marito sulla ragazza che era stata vista con Tommy, ma avendoli sentiti discutere voleva sapere che cosa stava succedendo. Anche lui si era reso conto che Tommy era raramente a casa negli ultimi tempi.

«Che cosa succede?» chiese a Liz, in tono curioso

più che allarmato. Tommy era un bravo ragazzo e non si era mai cacciato nei guai. Probabilmente c'era di mezzo una ragazza.

«Ho sentito strane cose sul conto di Tommy», spiegò lei con voce preoccupata. «Voglio sentire che cos'ha da dire lui al riguardo.» Tommy capì che sapeva qualcosa.

«Quali 'strane cose'?» domandò John. Non era da Tommy.

«Chi è la ragazza con cui esci?» gli chiese sua madre senza tanti giri di parole mentre John si sedeva.

«Un'amica. Niente di speciale.» Era una bugia e Liz lo percepì. Maribeth era molto più di un'amica per lui. Ne era follemente innamorato e non aveva alcuna intenzione di rinunciare ad aiutarla per la scuola e per il suo bambino.

Sua madre però era il tipo di persona che arrivava sempre al dunque. «È incinta?» Fu come se gli avesse sferrato un pugno alla bocca dello stomaco. Suo padre per poco non crollò dalla sedia. Liz continuò a fissare il figlio imperterrita. «Allora, lo è?»

«Io... no... io... accidenti, mamma... non lo so... be'... oh, Dio...» Era in preda al panico. Si passò una mano fra i capelli. «Posso spiegarvi. Non è come sembra.»

«Vuoi dire che la tua amica è solo grassa?» chiese il padre speranzoso. Tommy stava soffrendo le pene dell'inferno.

«Non esattamente.»

«Oh, mio Dio», gemette la madre.

«Faresti meglio a sederti», gli disse suo padre e lui si lasciò cadere su una sedia. Liz restò in piedi fissandolo inorridita.

«Non posso crederci», sussurrò angosciata. «Quella ragazza è incinta... Tommy, che cos'hai combinato?»

«Non ho combinato niente. Siamo solo amici. Io... d'accordo, siamo più che amici... ma... oh mamma... ti piacerebbe.»

«Oh, mio Dio», ripeté. Questa volta fu lei a lasciarsi cadere su una sedia. «Chi è? Soprattutto, com'è successo?»

«Nel solito modo, credo», rispose Tommy in tono neutro. «Si chiama Maribeth. L'ho conosciuta quest'estate.»

«Perché non ce ne hai parlato?» E come avrebbe potuto? Ormai a casa sua si rivolgevano a malapena la parola. Dopo la morte di Annie sembravano tutti dei naufraghi che si lasciavano portare alla deriva aggrappati a qualcosa in quell'immenso e solitario oceano che era diventata la loro esistenza. «Di quanti mesi è?» gli domandò la madre, come se questo cambiasse qualcosa.

«Sei mesi e mezzo», rispose calmo. Forse era meglio che sapessero ogni cosa, dopotutto. Sin dall'inizio aveva pensato di chiedere a sua madre di aiutare Maribeth, ed era sempre stato convinto che lo avrebbe fatto. Adesso però nel vederla così sconvolta si chiese se forse non era stato un po' troppo ottimista.

«*Sei mesi e mezzo*? Quando avete iniziato?» Cominciò disperatamente a contare nel tentativo di risalire all'inizio di quell'incredibile storia, ma era così scossa che non ci riuscì.

«Iniziato cosa?» Tommy sembrava confuso. «Te l'ho detto, l'ho conosciuta quest'estate. Si è trasferita qui in giugno. Lavora al ristorante dove vado.»

«Da quando vai al ristorante?» John sembrava ancora più perplesso di Liz.

«Da quando la mamma non cucina più. Vale a dire da mesi. Fra la paga che mi dai quando lavoro per te e il mio settimanale, posso permettermelo.»

«Bravo», esclamò caustico il padre. Lanciò un'occhiata di rimprovero alla moglie e poi tornò a guardare il figlio con espressione confusa. «Quanti anni ha questa ragazza?»

«Sedici.»

«Io proprio non capisco», intervenne di nuovo sua madre. «Si è trasferita qui in giugno ed è incinta di sei mesi e mezzo... questo significa che è rimasta incinta in marzo o giù di lì. Com'è possibile che sia stato tu?» Non era andato da nessuna parte per quel che ne sapevano loro. D'altro canto non sapevano neanche che quasi sempre cenava al ristorante, né che aveva una ragazza incinta. Se era di sei mesi e mezzo non mancava molto al parto. Liz rabbrividì al solo pensiero. Come avevano fatto a non accorgersi di nulla e perché lui non aveva detto niente? Non ci mise molto a trovare la risposta. Si erano così allontanati da quand'era morta Annie, soprattutto lei e John, non c'era da stupirsi se Tommy si era cacciato nei guai. Nessuno gli aveva più prestato attenzione.

Ma Tommy capì finalmente qual era il problema per loro. «Non l'ho messa incinta io, mamma. È stato un ragazzo di Onawa, la sua città. Il padre l'ha mandata in un convento perché partorisse lì. Lei però non ne poteva più, così in giugno si è trasferita qui. Io l'ho conosciuta in quel periodo.»

«E sei uscito con lei per tutto questo tempo? Perché non ce l'hai detto?»

«Non lo so», sospirò. «Avrei voluto, perché ero certo che vi sarebbe piaciuta, ma temevo che non avreste approvato. È una ragazza meravigliosa ed è completamente sola. Non ha nessuno che l'aiuti.»

«A parte te.» Sua madre era ancora addolorata, suo padre però sembrava sollevato. «Il che mi ricorda qualcosa», continuò Liz che cominciava a fare due più due. «L'hai portata dal dottor MacLean?»

Tommy la guardò sbigottito. «Perché? Ti ha detto qualcosa?» Aveva promesso di non farlo. Sua madre scosse la testa, ma lui non si sentì affatto tranquillo.

«No, non mi ha detto proprio nulla. Ha solo decantato le tue lodi, il che mi è sembrato strano dato che ti ha visto solo per un breve momento sei anni fa... poi una delle mie colleghe mi ha detto di averti visto la settimana scorsa con una ragazza incinta.» Guardò suo figlio. Aveva solo sedici anni Si chiese se avesse intenzione di sposare la ragazza, e nel caso lo avrebbe fatto perché ne era veramente innamorato o solo per galanteria? «Ha già preso una decisione riguardo al bambino?»

«Non ancora. È convinta di non potersi prendere cura di lui. Vuole darlo in adozione. Pensa che sia la soluzione migliore per il bambino. Ha una teoria tutta sua.» Voleva spiegargliela tutta d'un fiato perché anche loro l'amassero tanto quanto lui. «Secondo lei alcune persone compaiono nella nostra vita per un breve momento solo per lasciarci in dono qualcosa, come Annie... prova la stessa cosa riguardo al suo bambino, sente di doverlo mettere al mondo, ma non di dover far parte della sua vita a tutti i costi. Di questo è veramente convinta.»

«Be', è una decisione piuttosto impegnativa per una ragazza della sua età», osservò Liz provando dispiacere per lei ma anche preoccupazione per l'evidente infatuazione di Tommy. «E la sua famiglia che cosa ne dice?»

«Non vogliono neanche sentirla nominare finché non ha dato via il bambino. Suo padre da quel che ho capito è un ignorante, e la madre è succuba di lui. Non ha nessuno.»

«A parte te», ripeté Liz tristemente. Suo figlio si era assunto una responsabilità che forse non era in grado di affrontare, John però non sembrava più tanto preoccupato adesso che sapeva che il bambino non era suo.

«Vorrei tanto che la conosceste, mamma.» Liz restò in silenzio per un lungo momento, non sapeva neanche lei se era il caso di fargli portare la ragazza a casa e così ufficializzare il rapporto o proibirgli di vederla. Forse non era giusto fare questo a Tommy, lui ci teneva a lei. Lanciò un'occhiata interrogativa al marito. John alzò le spalle, come a dire che non aveva obiezioni.

«Hai ragione, forse dovremmo conoscerla anche noi.» Stranamente, sentiva di dovere questo a Tommy. Sorrise fra sé. Se ci teneva tanto a quella ragazza, magari valeva la pena conoscerla.

«Muore dalla voglia di tornare a scuola. Le presto i miei libri e tutte le sere vado da lei a studiare. Le faccio fare i miei stessi compiti in classe e poi glieli correggo. È così brava che ormai mi ha superato in tutto, e scrive e legge più di me.»

«Perché non va a scuola?» chiese sua madre con disapprovazione.

«Perché deve lavorare. Potrà tornare a casa e riprendere gli studi solo quando avrà partorito.»

«E dopo che cosa succederà?» Sua madre gli stava facendo troppa pressione, neanche lui poteva rispondere a certe domande. «Voglio dire, che ne sarà di te? È una faccenda seria?»

Tommy esitò, non aveva voglia di rivelarle tutto, ma sapeva di non avere alternative. «Sì, mamma... molto seria. Io l'amo.»

Suo padre che era stato zitto fino a quel momento, sembrò tutt'a un tratto rianimarsi. «Non avrai intenzione di sposarla, vero? Magari per permetterle di tenere il suo bambino. Tommy, hai sedici anni, non sai neanche tu quello che stai facendo. Fosse figlio tuo potrei anche capirlo, ma non è così. Non sei obbligato a farlo.»

«Lo so», rispose, affrontando suo padre da uomo a uomo. «Io amo Maribeth. La sposerei oggi stesso e vorrei tenere il *suo* bambino, solo che lei non accetterebbe mai. Vuole finire il liceo e iscriversi all'università, se le sarà possibile. Stando a quello che mi ha raccontato, suo padre non glielo permetterà mai. Sta' tranquillo, papà. Non mi sta facendo alcuna pressione. A lei sta più a cuore la laurea che il matrimonio. Se volessi sposarla, dovrei trascinarla con la forza.»

«Be', non farlo», dichiarò suo padre, aprendo una birra e bevendone un sorso. La possibilità che Tommy potesse sposarsi lo innervosiva.

«Non fare niente di cui potresti pentirti in seguito, Tommy», gli consigliò la madre, cercando di sembrare più tranquilla di quanto fosse in realtà. Il tremito delle sue mani però tradiva la sua agitazione. «Siete entrambi così giovani. Una scelta del genere potrebbe rovinare la vostra vita. Lei ha già fatto un errore, non peggiorate la situazione commettendone un altro.»

«È quello che dice Maribeth. Ecco perché vuole fare adottare il bambino. Sostiene che tenerlo sarebbe un errore che troppe persone dovrebbero pagare. Io credo che si sbagli. Sono convinto che un giorno si pentirà di aver dato via suo figlio. Ma quello che penso io non ha importanza, Maribeth è convinta che meriti una vita migliore di quella che potrebbe offrirgli lei.»

«Probabilmente ha ragione», convenne tristemente sua madre. Nessuno meglio di lei poteva sapere quanto fosse doloroso perdere la propria creatura, indipendentemente dal fatto che fossero la morte o le circostanze a portartela via. Rinunciarci quando era già dentro di te doveva essere un vero e proprio incubo. «Sai, là fuori ci sono tante brave persone che vorrebbero avere dei figli e non possono... per queste persone adottare un bambino è un'immensa gioia, gli darebbero tanto affetto.»

«Lo so.» Tutt'a un tratto si sentì terribilmente stanco. Era l'una e trenta del mattino, era seduto in quella cucina da quasi un'ora e mezzo a discutere con i suoi genitori di Maribeth. «È tutto così triste. Lei che cosa ne ricaverà da questa storia?»

«Un futuro. Può darsi che questa esperienza l'aiuti a capire ciò che è importante», disse sua madre saggiamente. «Deve rendersi conto che mettere al mondo un figlio a sedici anni può pregiudicare il suo futuro, soprattutto se non hai alle spalle una famiglia che ti sostiene. E anche tu devi essere ben consapevole delle scelte che fai se la sposi. Purtroppo la vita non sarà tutta rose e fiori per dei ragazzini come voi.»

«Queste cose dille a lei, mamma. Parlale. Io voglio che tu la conosca, potresti aiutarla per quanto riguarda la scuola. Lei ha studiato tanto che è più avanti di me. I compiti in classe e gli esercizi li fa talmente bene che non so più cosa darle.»

«D'accordo.» I suoi genitori si scambiarono un'occhiata preoccupata, ma poi annuirono entrambi. «Invitala a cena la prossima settimana. Preparerò qualcosa di speciale.» Ultimamente odiava cucinare, ma si sentiva terribilmente in colpa con suo figlio: l'aveva costretto ad andare al ristorante come un orfano. Cercò di scusarsi quando la discussione finì e spensero le luci per andare a letto. «Mi dispiace... mi dispiace di non essere stata presente ultimamente», mormorò mentre gli occhi le si riempivano di lacrime. Si alzò in punta di piedi e gli diede un bacio. «Ti voglio bene... Negli ultimi dieci mesi è stato come se avessi perso la testa.»

«Non ti preoccupare, mamma», la rassicurò lui dolcemente. «Io sto bene.» Grazie soprattutto a Maribeth. Lei lo aveva aiutato più di quanto avesse fatto lui. Erano stati di conforto l'uno all'altra.

Tommy andò a dormire. Liz entrò nella loro camera e guardò John lasciandosi cadere pesantemente sul letto.

«Non riesco a credere alle mie orecchie. Sai, se glielo permettessimo, la sposerebbe.»

«Solo un idiota farebbe una cosa del genere», replicò John rabbioso. «Probabilmente è una puttanella se si è fatta mettere incinta a sedici anni. E lui si beve la commovente storiella che vuole andare all'università.»

«Non so più che cosa pensare», sospirò Liz alzando gli occhi su di lui, «eccetto che nell'ultimo anno siamo un po' tutti impazziti. Tu hai cominciato a bere, io mi sono richiusa in me stessa cercando di dimenticare quello che è successo. Tommy mangiava al ristorante come se non avesse una casa e ha iniziato una relazione con una ragazza incinta che vuole sposare. Una bella confusione, non c'è che dire.» Era ancora sconvolta da quello che aveva saputo e si sentiva terribilmente in colpa.

«Forse è normale quando si arriva a toccare il fondo», disse John, sedendosi accanto a lei sul letto. Era la prima volta dopo tanto tempo che erano così vicini e per la prima volta Liz non era arrabbiata, solo preoccupata. «Ho creduto che sarei morto quando...» mormorò John, incapace di finire la frase.

«Anch'io», ammise lei. «È come se fossi stata in coma nell'ultimo anno. Non sono neanche sicura di quel che è successo.»

Le circondò le spalle con un braccio e l'attirò a sé. Quella sera, quando andarono a letto, non si dissero una parola, ma dormirono abbracciati.

# 7

TOMMY passò a prendere Maribeth nel suo giorno libero. Era in ritardo perché tornava da una partita di football e sembrava un po' nervoso. Lei per l'occasione aveva indossato il suo vestito migliore.

«Sei proprio carina», si complimentò, guardandola con ammirazione. Poi si chinò e la baciò. «Grazie, Maribeth.» Sapeva che si era sforzata per fare una buona impressione ai suoi genitori. Lei si rendeva conto di quanto fosse importante per lui e non voleva metterlo in imbarazzo. Già c'era il problema che era incinta di sette mesi. Nessun altro ragazzo al mondo l'avrebbe presentata a qualcuno, men che meno ai propri genitori, eccetto Tommy.

Indossava un abito di lana grigio con il colletto bianco e un papillon nero che aveva comprato quando ormai non stava più nei vestiti per avere qualcosa di elegante da mettere le sere in cui Tommy la portava fuori a cena. Aveva raccolto i lucenti capelli rossi in una coda di cavallo legandoli con un fiocco di velluto nero. Sembrava una ragazzina che nascondeva un grosso pallone sotto il vestito, pensò Tommy sorridendo mentre l'aiutava a salire sul furgoncino. Era così carina. Si augurò che l'incontro con i genitori andasse bene. Non gli avevano detto più niente dopo la discussione della settimana precedente, tranne che volevano conoscerla. Maribeth rimase in silenzio per tutto il viaggio.

«Non essere nervosa, d'accordo?» si raccomandò parcheggiando davanti a casa. Era stata ridipinta di recente e davanti c'era una fila di aiuole. Non c'erano fiori in quel periodo dell'anno, ma tutto l'insieme era ben tenuto. «Andrà tutto bene», la rassicurò, aiutandola a scendere. La precedette verso casa e prima di aprire la porta la prese per mano. I suoi genitori li stavano aspettando in salotto. Tommy studiò l'espressione di sua madre mentre Maribeth attraversava la stanza per andare a salutarli.

Erano tutti estremamente circospetti e garbati. Liz la invitò a sedersi e le chiese se preferisse tè o caffè. Maribeth scelse una Coca Cola. Dopo avergliela servita la lasciò a chiacchierare con John e andò a controllare la cena. Aveva preparato brasato, frittelle di patate che Tommy adorava e spinaci con panna.

Maribeth dopo un po' si offrì di aiutarla e andò in cucina. Tommy e suo padre la seguirono con lo sguardo mentre si allontanava e quando il figlio fece per alzarsi a sua volta, John gli posò una mano sul braccio per fermarlo.

«Lascia che si parlino da sole, figliolo. Permetti a tua madre di conoscerla. Sembra una brava ragazza», ammise onestamente. «È anche molto carina. È proprio un peccato che le sia successa una cosa del genere. E il ragazzo che fine ha fatto? Perché non l'ha sposata?»

«Perché ha sposato un'altra. Maribeth non voleva sposarlo, non lo amava.»

«Non so se è stato intelligente o stupido da parte sua. Il matrimonio è già di per sé difficile, anche con una persona che si ama. Comunque, è stata una scelta coraggiosa.» Accese la pipa e guardò suo figlio. Tommy era maturato molto negli ultimi tempi. «Non mi sembra giusto che i suoi genitori non la vogliano vedere finché non ha avuto il bambino», osservò, guardando attentamente il figlio, chiedendosi quanto ci tenesse a quella ragazza. Era così evidente che stravedeva per lei che si commosse.

Quando infine Liz li chiamò per cenare, lei e Maribeth sembravano essere già diventate amiche. La ragazza la stava aiutando a portare il cibo in tavola ascoltando Liz che le parlava di educazione civica, una delle materie che insegnava. Quando Maribeth disse che le sarebbe piaciuto studiarla, Liz propose: «Posso darti un po' di materiale. Tommy mi ha raccontato che fai i suoi compiti per non restare indietro. Ti piacerebbe se ti dessi una mano?» Maribeth sembrò stupita da quell'offerta.

«Moltissimo», rispose grata, prendendo posto fra i due uomini.

«Stai seguendo il programma della scuola o ti arrangi da sola?»

«Faccio quasi tutto da sola, però spero che mi permettano di fare degli esami quando torno in modo da non perdere il semestre.»

«Posso informarmi alla nostra scuola se vuoi, magari possono rilasciarti qualcosa di equivalente. Hai fatto tutti i compiti di Tommy?» Maribeth annuì.

«È molto più avanti di me, mamma», intervenne Tommy. «Ha già finito l'intero libro di scienze, quello di storia europea e tutti gli esercizi facoltativi.» Liz sembrò impressionata e Maribeth promise di portarle tutto il lavoro svolto per quel fine settimana.

«Posso assegnarti altri compiti», disse Liz, passandole il brasato. «Io insegno al terzo e quarto anno.» Erano entrambe eccitate all'idea di lavorare insieme. Alla fine della cena Liz e Maribeth avevano concordato di vedersi sabato pomeriggio per qualche ora e domenica le avrebbe dato alcuni compiti extra. «Puoi farli quando hai tempo e portarmeli appena ne avrai l'occasione. Tommy mi ha detto che lavori al ristorante sei giorni la settimana, so che non è facile per te.» In effetti Liz era stupita che riuscisse a trovare ancora la forza di studiare dopo aver servito per dodici ore ai tavoli. «Fino a quando hai intenzione di lavorare, Maribeth?» Forse non era molto delicato da parte sua chiederglielo, ma era difficile far finta di niente data la sua gravidanza.

«Fino alla fine, credo. Non posso permettermi di smettere prima.» I soldi che le aveva dato il padre le servivano per pagare il dottor MacLean e l'ospedale, quindi aveva bisogno del suo stipendio per vivere. Non poteva andarsene prima. Già sarebbe stato un problema cavarsela per un paio di settimane dopo il parto. La situazione non era facile, ma fortunatamente non aveva bisogno di molto. Inoltre, visto che non avrebbe tenuto il bambino, non gli aveva comprato niente, anche se le sue colleghe avevano deciso di fare una festa per consegnarle i regali. Lei aveva cercato di dissuaderle, sarebbe stato tutto troppo commovente, ma loro non avevano idea che non avrebbe tenuto il bambino.

«Sarà duro per te lavorare fino alla fine», asserì Liz in tono comprensivo. «Io ho fatto la stessa cosa quando aspettavo Tommy e per poco non l'ho partorito in classe. Per Annie invece mi sono presa un bel po' di tempo», aggiunse e a quel punto calò il silenzio. Dopo qualche minuto alzò gli occhi su Maribeth, che sostenne impassibile il suo sguardo. «Suppongo che Tommy ti abbia parlato di sua sorella», sussurrò quasi.

Maribeth annuì e nei suoi occhi si leggeva tutto l'amore che provava per Tommy e la comprensione che sentiva per i suoi genitori. Aveva sentito parlare tante volte di Annie, l'aveva sognata tante volte che quasi le sembrava di conoscerla. «Sì, me ne ha parlato. Dev'essere stata una bambina molto speciale.»

«Lo era», convenne Liz, turbata. John allungò una mano e sfiorò la sua. Liz alzò lo sguardo stupita. Era la prima volta che lo faceva dalla tragedia. «Immagino che lo siano tutti i bambini», proseguì. «Lo saranno anche i tuoi. I bambini sono un dono meraviglioso.» Maribeth non rispose. Tommy la guardò con tenerezza sapendo quali conflitti si agitavano nel suo animo riguardo al bambino.

Poi passarono a parlare della prossima partita di Tommy e Maribeth si augurò in cuor suo di poterci andare anche lei.

Parlarono a lungo della sua città, della sua scuola, dei momenti trascorsi al lago quell'estate con Tommy. Parlarono di tutto tranne che del suo rapporto con Tommy e del bambino. Quando furono le dieci, infine, Tommy si decise ad accompagnarla a casa. Prima di andarsene diede a entrambi i suoi genitori il bacio della buonanotte. Una volta sul furgoncino tirò un sospiro di sollievo lasciandosi andare contro lo schienale del sedile come se fosse esausta.

«Come sono andata? Mi hanno odiata?» Tommy fu commosso dalla sua ansia, si chinò e la baciò con dolcezza.

«Sei stata meravigliosa e hai fatto colpo su di loro. Pensi che altrimenti mia madre si sarebbe offerta di aiutarti con gli studi?» Era enormemente sollevato. I suoi erano stati molto comprensivi e amichevoli. In effetti, erano rimasti molto colpiti da lei. John, aiutando Liz a lavare i piatti, riconobbe quanto Maribeth fosse intelligente ed educata.

«È una ragazza tranquilla, non trovi Liz? È davvero un peccato che abbia fatto questo a se stessa.» Scosse la testa asciugando un piatto. Era la prima cena che si godeva da mesi ed era felice che Liz avesse fatto questo sforzo.

«Non la metterei in questi termini», replicò Liz con un sorriso. Sul resto però aveva ragione. Era una ragazza deliziosa e lo disse anche a Tommy quando rientrò mezz'ora dopo. Aveva accompagnato Maribeth a casa e dopo un breve bacio l'aveva lasciata perché era davvero stanca. Era stata una lunga giornata per lei e la schiena le doleva. Da un paio di giorni cominciava a sentire il peso della gravidanza.

«Mi piace la tua amica», affermò Liz riponendo l'ultimo piatto. John si accese la pipa e annuì come a dire che anche lui pensava la stessa cosa.

«Anche voi gli siete piaciuti. È molto sola e sente la mancanza dei genitori e della sorellina. A me non sembrano questo gran che, ma lei ci è affezionata. Suo padre deve essere un vero e proprio tiranno e la madre è troppo sottomessa per reagire. Le ha scritto un paio di volte. A quanto pare il padre non legge neanche le sue lettere. Non le permettono neanche di comunicare con la sorella. È tutto così assurdo», esclamò furioso. Liz lo guardò negli occhi: era così evidente che l'amava e voleva proteggerla.

«A volte le famiglie prendono decisioni assurde», spiegò, sentendosi triste per lei. «Credo che questa esperienza li segnerà, forse per sempre.»

«Maribeth vuole tornare lì a finire il liceo e poi trasferirsi a Chicago. Ha deciso di andare all'università lì.»

«Perché non qui?» suggerì suo padre. Liz lo guardò, stupita dalla semplicità con cui lo disse. Grinnell aveva un'università, un'ottima università per giunta. Liz avrebbe potuto aiutarla a richiedere una borsa di studio nel caso fosse interessata.

«Non ci ho mai pensato. Neanche lei credo», disse Tommy, compiaciuto. «Gliene parlerò. Per il momento però la sua preoccupazione principale è il bambino. È spaventata. Non sa che cosa l'aspetta.» Lanciò un'occhiata esitante a Liz, contento che le due donne si fossero conosciute. «Forse potresti parlarle tu, mamma. Non ha nessuno con cui parlare tranne me e le altre cameriere al *Jimmy D's*. Ma non si confida con loro. Credo che abbia paura.» Per quel poco che poteva capire della sua situazione, anche lui aveva paura. Tutta l'intera faccenda incuteva un certo timore.

«Le parlerò», promise Liz. Poco dopo andarono tutti a letto. Dopo essersi infilata sotto le coperte accanto a John, Liz si ritrovò a pensare a Maribeth. «È così una cara ragazza, non trovi? Non so se sarei capace di assumermi una responsabilità del genere tutta da sola... sarebbe così triste... dare via il proprio bambino...» Il solo pensiero le fece venire le lacrime agli occhi. Ricordò la prima volta che aveva tenuto in braccio Annie e Tommy... li aveva trovati così adorabili, così cari e meravigliosi. Solo l'idea di rinunciare a loro l'avrebbe uccisa. Ma lei li aveva desiderati e aspettati per tanto tempo, inoltre era già una persona adulta. Forse a sedici anni sarebbe stato diverso. Maribeth era abbastanza saggia da rendersi conto che non era in grado di provvedere da sola al bambino. «Credi che Avery troverà una famiglia disposta ad adottarlo?» Tutt'a un tratto sentì di essere veramente preoccupata per lei. Come Tommy, non sopportava che Maribeth non avesse nessuno a cui rivolgersi.

«Sono sicuro che il dottore ricorra a questa soluzione più spesso di quanto sospettiamo. Non è poi una cosa così insolita. È solo che normalmente le ragazze nelle sue condizioni vengono tenute nascoste. Sono certo che troverà la famiglia giusta per il bambino.»

Liz annuì nell'oscurità, pensando a Maribeth e a suo figlio. Erano così giovani, così innamorati, così pieni di speranze. Avevano ancora fiducia nella vita ed erano convinti che il destino riservasse loro cose meravigliose. Liz non aveva più quella fede, aveva sofferto troppo per la morte di Annie. Non avrebbe mai più creduto nel destino. Era troppo crudele, troppo beffardo.

Parlarono ancora di lei per un po', poi John si addormentò. Non si erano ancora riavvicinati del tutto, ma negli ultimi giorni le distanze sembravano essersi accorciate e di tanto in tanto lui faceva un gesto o diceva una parola che le riscaldava il cuore. Dal canto suo cercava di sforzarsi, la cena di quella sera era stata la dimostrazione di quanto avesse bisogno di tornare alla normalità. Avevano bisogno di stare insieme, di toccarsi di nuovo, di ascoltarsi e incoraggiarsi. Si erano allontanati troppo e per troppo tempo e finalmente Liz percepiva che la nebbia che l'aveva avvolta si stesse dissolvendo. John stava tornando da lei, Tommy non se n'era mai andato, solo che adesso al suo fianco c'era Maribeth.

Per la prima volta dopo tanto tempo scivolò nel sonno tranquillamente. L'indomani mattina andò alla biblioteca della scuola, selezionò i libri per Maribeth e preparò i compiti che le avrebbe assegnato. Quando sabato pomeriggio si videro, restò stupita dalla qualità del lavoro di Maribeth. Era preparata meglio della maggior parte dei suoi allievi dell'ultimo anno.

Liz ne lesse alcune parti corrugando la fronte, poi scosse la testa. Maribeth entrò in agitazione vedendo la sua reazione. «Non va bene, signora Whittaker? Il problema è che non ho molto tempo. Posso lavorarci ancora su, voglio riscrivere la relazione su *Madame Bovary*. Non penso che quella che ho fatto renda giustizia al libro.»

«Non essere ridicola», la rimproverò, lanciandole un sorriso inaspettato. «È una relazione singolare. Sono favorevolmente impressionata.» Faceva sembrare ordinario anche il lavoro di Tommy, e lui era uno studente eccezionale. Aveva scritto un saggio sulla letteratura russa e un altro sull'umorismo nell'opera di Shakespeare. Aveva redatto un articolo sulla guerra in Corea, fatto una composizione di inglese e i suoi esercizi di matematica erano perfetti. Era da anni che Liz non vedeva un lavoro così ben fatto. Guardò la ragazza con il pancione e le strinse dolcemente una mano. «Hai fatto un ottimo lavoro,

Maribeth. Potresti addirittura saltare un anno, tanto sei preparata. In effetti hai svolto un lavoro all'altezza di uno studente dell'ultimo anno.»

«Lo pensa davvero? Crede che potrei presentarlo alla mia scuola?»

«Ho un'idea migliore», dichiarò, riordinando le cartelle. «Voglio mostrare il tuo lavoro al nostro preside, può darsi addirittura che ti faccia fare gli esami qui. In questo modo quando tornerai a casa potrai iscriverti all'ultimo anno.»

«Crede veramente che me lo lascerebbero fare?» Maribeth era sbalordita da quello che stava suggerendo Liz. Se le cose fossero andate nel verso giusto poteva saltare un intero anno, magari diplomarsi a giugno, il che era quello che voleva. Sapeva che anche in quei pochi mesi sarebbe stato doloroso tornare a casa. Ormai aveva dimostrato a se stessa di essere in grado di provvedere a sé e se tornava era solo per stare con la madre, Noelle e finire la scuola. Comunque sapeva di non poter resistere a lungo. Era maturata ed erano cambiate troppe cose perché potesse restare in casa per altri due anni dopo aver dato in adozione il bambino. Non le avrebbero mai permesso di dimenticare quello che era successo, soprattutto suo padre. Avrebbe resistito per sei mesi, fino al diploma in giugno. Poi si sarebbe trovata un lavoro e magari un giorno, se fosse stata fortunata, avrebbe ottenuto una borsa di studio per andare all'università. Era disposta persino a frequentare i corsi serali. Era pronta a qualunque cosa pur di ottenere un'istruzione, e questo era qualcosa che la sua famiglia non avrebbe mai capito.

Liz le diede altri compiti e le promise che avrebbe fatto il possibile per la scuola e l'avrebbe informata appena avesse saputo qualcosa.

Poi passarono a parlare d'altro, soprattutto di Tommy e dei suoi progetti. Liz temeva sempre che volesse sposarla in modo che non fosse costretta a dare via il bambino, però se ne guardò bene dal farne parola con lei. Le parlò solo delle facoltà che sperava scegliesse, delle opportunità che gli offrivano per il futuro. Maribeth comprendeva il suo punto di vista. Capiva quello che Liz stava cercando di dirle, e alla fine non riuscì più a trattenersi. La guardò dritto negli occhi e cercò di tranquillizzarla.

«Non ho intenzione di sposarlo, signora Whittaker. Non adesso, perlomeno. Non potrei fargli una cosa simile. Lui è stato meraviglioso con me. È l'unico amico che mi sia stato vicino dopo quello che mi è successo. Ma siamo entrambi troppo giovani, finiremmo per rovinare tutto. Forse lui non lo capisce ancora», aggiunse tristemente, «... ma io sì. Non siamo pronti per un figlio. Non io, almeno. Un bambino richiede totale attenzione... ha bisogno di cose che io non sarei in grado di dargli... ha bisogno di qualcuno che io ancora non sono... ossia di una persona matura.» Aveva gli occhi pieni di lacrime e Liz si sentì stringere il cuore. Era lei stessa poco più che una bambina.

«A me sembra che tu sia molto matura, Maribeth.

Forse non abbastanza da assumerti una responsabilità del genere, ma hai molto da dare. Devi fare quello che ritieni giusto per te... e per il bambino. Io voglio solo che Tommy non soffra o faccia qualche stupidaggine.»

«Non lo farà», ribatté con un sorriso asciugandosi le lacrime. «Non glielo permetterò. Certo, a volte anche a me piacerebbe tenere il bambino. E poi? Che cosa farò un mese o un anno dopo che è nato, se mi ritrovassi disoccupata e non avessi nessuno che mi aiuta? E come potrebbe Tommy finire la scuola con un bambino? Non potrebbe, e neanch'io. So che si tratta del mio bambino, che non dovrei parlare in questo modo, ma è anche al suo bene che penso. Ha il diritto di avere quello che io non sarei in grado di dargli. Merita dei genitori che lo adorino, non una madre che non saprebbe neanche come prendersi cura di lui. Vorrei tanto poterlo tenere, ma non posso... la cosa mi spaventa troppo.» A volte si sentiva straziare il cuore al pensiero di rinunciare alla sua creatura, soprattutto adesso che lo sentiva continuamente muoversi dentro di lei. La sua era una scelta difficile, ma non aveva alternative. Farlo adottare significava garantirgli una vita migliore e, per quanto le costasse, per amore di suo figlio era disposta anche a questo sacrificio.

«Il dottor MacLean ti ha detto qualcosa?» chiese Liz. Era incuriosita. Conosceva alcune coppie senza figli che sarebbero state felici di accogliere il bambino di Maribeth.

«Non ancora», rispose lei con espressione preoccupata. «Spero che mi abbia preso sul serio. Magari pensa che io e Tommy...» S'interruppe esitante. Liz scoppiò a ridere.

«In effetti lo pensa. È quello che ha cercato di farmi capire quando mi ha decantato le lodi di Tommy. Credo sia convinto che il bambino sia suo. Confesso di averlo pensato anch'io quando sono venuta a sapere della vostra storia. La cosa mi ha spaventata a morte, davvero... ma non lo so. Ci sono cose peggiori al mondo. Tommy sembra essersi adattato bene alla situazione, anche se il bambino non è suo, il che rende tutto ancora più difficile.»

«È stato fantastico con me», ammise Maribeth, sentendosi vicina a Liz più di quanto non fosse mai stata con sua madre in tanti anni. Era una donna intelligente e affettuosa e sembrava che stesse tornando alla vita dopo un anno da incubo. Era stata in lutto troppo a lungo e se ne rendeva conto.

«Che cosa farai nei prossimi due mesi?» domandò Liz, versandole un bicchiere di latte e offrendole dei biscotti.

«Lavorare, studiare e aspettare l'arrivo del bambino. Dovrebbe nascere a Natale.»

«Natale è già alle porte.» Liz la guardò con affetto. «Se posso fare qualcosa per te voglio che tu me lo faccia sapere.» Voleva aiutare quei due ragazzi, adesso era dalla loro parte. Prima che se ne andasse, le promise di nuovo di interessarsi per la questione della scuola. Maribeth ne fu veramente felice e quella sera ne parlò con Tommy quando passò a prenderla per andare al cinema.

Andarono a vedere *Bwana Devil* e dovettero mettere gli occhiali tridimensionali per poterne apprezzare gli effetti. Era il primo film del genere e piacque a entrambi. Poi gli raccontò del pomeriggio trascorso con sua madre. Aveva un enorme rispetto per Liz e le si affezionava sempre di più ogni giorno che passava. Quando gli disse che l'aveva invitata a cena per il fine settimana, Tommy replicò che ormai averla per casa a volte lo faceva sentire quasi come se fossero sposati. Arrossì, ma era evidente che l'idea gli piaceva. Ultimamente ci aveva riflettuto spesso, adesso che la nascita del bambino era imminente.

«Non dovrebbe essere poi così male», asserì in tono casuale, quando la riaccompagnò a casa. «Essere sposati, intendo.» Sembrò così giovane e innocente quando lo disse. Ma Maribeth aveva già preso la sua decisione, aveva promesso a Liz e a se stessa che non gliel'avrebbe permesso.

«Finché non ti sarai stufato di me. Il che potrebbe accadere nel giro di un anno o due, magari quando avrò ventitré anni e sarò troppo vecchia», lo stuzzicò. «Pensa, mancano solo sette anni. Con i miei ritmi, allora potremmo già avere otto figli.» Aveva un incredibile senso dell'umorismo e le piaceva prendere in giro se stessa e Tommy, ma si rese conto che lui non era in vena di scherzare.

«Sii seria, Maribeth.»

«Lo sono. È questo il problema. Siamo troppo

giovani, lo sai anche tu.» Si sbagliava se credeva di potersi sbarazzare di lui. Presto sarebbe tornato alla carica. Mancavano meno di due mesi al parto e lui era deciso a farle una seria proposta di matrimonio prima che finisse tutto.

La settimana successiva la portò a pattinare. La prima neve era caduta e il lago ghiacciato era favoloso. Non poteva resistere all'idea di andarci, inoltre gli ricordava Annie e tutte le volte che l'aveva portata lì a pattinare.

«Venivo qui con lei nei fine settimana. L'avevo portata anche la settimana prima che... morisse.» Si sforzò di pronunciare quella parola anche se gli procurava un immenso dolore. Sapeva che bisognava ormai accettare il fatto che se ne era andata, ma per lui non era ancora facile. «Mi manca il modo in cui mi prendeva in giro. Mi rompeva sempre le scatole sulle ragazze... mi avrebbe tirato scemo con te.» Sorrise pensando alla sua sorellina.

Quando era stata a casa loro, Maribeth aveva visto la sua stanza. Ci era capitata per caso mentre cercava il bagno. Era rimasto tutto come quando era viva. Il suo lettino, le bambole, la culla dove le metteva, la libreria con i suoi libri, il cuscino e la coperta rosa. Era stato straziante per lei ma non ne aveva parlato con nessuno di loro. La camera di Annie era come un santuario, un luogo che lasciava intendere quanto sentissero la sua mancanza.

Tornò al presente e si mise a ridere sentendo quello che Tommy le raccontava, di quante ragazze Annie aveva messo in fuga solo perché le riteneva troppo stupide o troppo brutte.

«Probabilmente di me avrebbe pensato entrambe le cose», rise, scivolando con lui sul ghiaccio. «Soprattutto adesso. Sicuramente mi avrebbe paragonata a un elefante. In effetti mi sento proprio così.» Invece era molto graziosa sui pattini che le aveva prestato Julie.

«E pattineresti così?» domandò.

«Io ci provo, almeno finché non cado», replicò e fece qualche piroetta per dimostrargli che non era sempre stata una mongolfiera. Lui restò colpito dalla grazia con cui si muoveva, sembrava non fare il minimo sforzo. Poi, improvvisamente, mentre faceva un'evoluzione a forma di otto piombò al suolo. Tommy e gli altri pattinatori la guardarono per un attimo impietriti, poi corsero in suo aiuto. Aveva battuto la testa e faceva fatica a respirare. Ci vollero tre persone per tirarla su e quando fu in piedi quasi svenne. Tommy la portò fuori dalla pista praticamente in braccio mentre gli altri seguivano la scena preoccupati.

«Faresti meglio a portarla in ospedale», gli consigliò una mamma. «Potrebbe entrare in travaglio.» L'aiutò a salire sul furgoncino e un attimo dopo guidava a tutta birra verso lo studio del dottor MacLean. Era furioso con lei e con se stesso per aver fatto una stupidaggine del genere.

«Come hai potuto fare un'idiozia simile?» urlò quasi. «E io perché te l'ho permesso?... Come ti senti? Stai bene?» Lui era distrutto quando arrivarono.

Maribeth non era entrata in travaglio ma aveva un terribile mal di testa.

«Sto bene», gli assicurò, sentendosi un po' in colpa. «So che ho fatto un'idiozia, ma sono stufa di sentirmi grassa e goffa.»

«Sei incinta. È normale che tu lo sia. Non per questo devi romperti l'osso del collo con il rischio di ammazzare il bambino solo perché non lo vuoi.» Appena sentì quelle parole scoppiò in lacrime. Quando arrivarono dal dottor MacLean erano entrambi sconvolti e Maribeth stava ancora piangendo. Tommy un po' si scusava e un po' le urlava di non farsi venire più in mente di andare a pattinare.

«Cos'è successo? Cos'è successo? Dio santo, che cos'è successo?» Stavano discutendo con tale veemenza che per il medico fu una vera impresa farsi ascoltare. Riuscì a capire solo che Maribeth aveva sbattuto la testa e cercato di uccidere il bambino. A quel punto lei ricominciò a piangere e fra un singhiozzo e l'altro, confessò di essere caduta mentre pattinava.

«Sei andata a pattinare?» La guardò sbigottito. Nessuna delle sue pazienti aveva mai fatto una cosa del genere, ma del resto loro non avevano sedici anni. Decise comunque di non infierire, anche perché Tommy e Maribeth sembravano mortificati mentre ascoltavano la sua ramanzina. Niente cavalcate, niente sciate, niente pattini, niente biciclette. «E niente football», aggiunse con un sorrisetto e Tommy ridacchiò. «Dovete comportarvi bene.» Poi si sentì in dovere di sottolineare anche un altro punto. «E niente rapporti fino a dopo la nascita del bambino.» Nessuno dei due gli spiegò che non ne avevano mai avuti, né che Tommy era ancora vergine.

«Mi dai la tua parola che non andrai di nuovo a pattinare?» insisté il medico.

«Lo prometto.» Quando Tommy andò a prendere la macchina, lei ne approfittò per ricordargli che non voleva tenere il bambino e gli chiese di nuovo se poteva trovargli una famiglia disposta ad adottarlo.

«Ne sei convinta?» Sembrava perplesso. Il ragazzo dei Whittaker le era così affezionato che l'avrebbe sposata su due piedi. «Ne sei sicura, Maribeth?»

«Io... penso di sì...» rispose, cercando di assumere un atteggiamento maturo. «Non sono in grado di provvedere a un bambino.»

«La famiglia di lui non è disposta ad aiutarti?» Sapeva quanto Liz Whittaker desiderasse un altro bambino, forse però non volevano che il loro figlio diventasse padre così giovane, e magari costretto anche a sposarsi. Visto che lo aveva promesso ai ragazzi, non aveva fatto parola con i genitori di Tommy.

Comunque Maribeth era ben ferma sulle sue idee. «Non voglio che lo facciano. Non è giusto. Questa creatura ha diritto a genitori veri, non bambini che si prendono cura di lui. Come potrei stargli dietro se devo andare a scuola? Come lo manterrei? I miei genitori non vogliono neanche vedermi a meno che non mi presenti senza di lui.» Le lacrime le scendevano copiose mentre gli spiegava la situazione. Il dottore le sfiorò dolcemente una mano, provava una gran pena per lei. Era troppo giovane per caricarsi di un peso del genere. Tommy tornò.

«Vedrò che cosa posso fare», le promise, poi raccomandò al ragazzo che restasse a letto per almeno due giorni. Niente lavoro, niente divertimenti, niente sesso, niente pattinaggio sul ghiaccio.

«Sissignore», rispose lui. Tommy l'accompagnò fino al furgoncino sostenendola perché non scivolasse sui tratti ghiacciati. Poi le domandò che cosa si erano detti lei e il medico. Avevano entrambi un'espressione così seria quand'era tornato.

«Ha detto che mi aiuterà a trovare una famiglia per il bambino.» Non aggiunse altro. Dopo un po' si accorse che si stava dirigendo verso casa sua. «Dove stiamo andando?» domandò, agitandosi. Era ancora sconvolta. Non la rendeva felice l'idea di lasciare il suo bambino, anche se sapeva che era la cosa giusta per lui. Era certa che ne avrebbe sofferto molto.

«Ho telefonato a mia mamma», spiegò. «Il dottore ha detto che puoi alzarti solo per i pasti. Per il resto del tempo dovrai restare a letto a riposarti. Così ho chiesto alla mamma se puoi stare da noi per il fine settimana.»

«Oh no... non puoi farlo... dove...» Non voleva disturbare, ma ormai era già stato tutto disposto, e sua madre non aveva esitato neanche per un secondo. Solo non riusciva a credere che avessero fatto una cosa così stupida come andare a pattinare.

«È tutto a posto, Maribeth», la tranquillizzò. «Ha

detto che puoi stare nella camera di Annie.» Percepì nella sua voce una traccia di nervosismo. Per undici mesi nessuno era più stato in quella stanza, eppure sua madre non aveva esitato ad aprirla per Maribeth. Quando arrivarono trovarono il letto fatto e una bella tazza di cioccolata calda.

«Stai bene?» le chiese Liz, profondamente preoccupata. Aveva avuto diversi aborti e la terrorizzava l'idea che potesse succedere la stessa cosa a Maribeth, soprattutto in quella fase della gravidanza. «Come hai potuto essere così stupido?» rimproverò Tommy. «Poteva perdere il bambino.» Avevano un'espressione così mesta che le sembrò di sgridare dei bambini.

E nel lettino di Annie con indosso la camicia da notte che le aveva prestato Liz, Maribeth sembrava proprio una bambina. Faceva tenerezza con i lunghi capelli rossi raccolti in due trecce e circondata dalle bambole di Annie. Dormì per quasi tutto il pomeriggio. Liz telefonò personalmente al dottor MacLean il quale la rassicurò che non ci sarebbero state conseguenze per il bambino.

«Sono così giovani», sorrise mentre chiacchieravano, poi aggiunse che era un peccato che fosse costretta a cedere il bambino. Ma non approfondì l'argomento: non voleva essere invadente. «È una brava ragazza», concluse e Liz si dichiarò d'accordo. Poi andò a controllarla. Le passò una mano sulla fronte per accertarsi che non avesse la febbre. Maribeth si mosse e disse che il suo mal di testa andava meglio.

Si sentiva in colpa per essere in quella stanza: l'ultima cosa che voleva era sconvolgerli.

Liz invece era piacevolmente stupita. Era bello essere di nuovo nella stanza di Annie, stare seduta sul suo letto, guardare gli occhioni verdi di Maribeth. Non sembrava molto più grande di Annie in quel momento.

«Come ti senti?» le chiese in un sussurro. Aveva dormito per quasi tre ore. Tommy era andato alla partita di hockey, felice di saperla al sicuro con la madre.

«Un po' dolorante, ma sto meglio. Mi sono presa un tale spavento quando sono caduta. Pensavo di aver ucciso il mio bambino... non si è mosso per un bel pezzo... e Tommy non faceva che urlare... è stato orribile.»

«Era solo spaventato», la tranquillizzò, rimboccandole di nuovo le coperte. «Lo eravate entrambi. Ormai non manca molto. Sette settimane, a sentire il dottor MacLean, forse sei.» Certo che era una grande responsabilità custodire nel proprio corpo la vita di un altro essere umano. «Io ero così eccitata prima che nascessero i miei bambini... avevo già praticamente preparato tutto...» S'interruppe sentendosi improvvisamente triste per lei. Per Maribeth sarebbe stato diverso. «Mi dispiace», si scusò con le lacrime agli occhi. Maribeth le sorrise e le prese una mano.

«Va tutto bene... grazie per avermi permesso di stare qui... amo questa stanza... so che può sembrare strano, visto che non l'ho mai conosciuta, ma voglio bene ad Annie. Tommy me ne ha parlato tanto e a volte mi capita di sognarla. Ho sempre la sensazione che sia ancora qui... e lo è nel nostro cuore e nella nostra mente...» Sperò di non averla sconvolta nel manifestarle le sue sensazioni e fu un sollievo vedere Liz annuire sorridendo.

«Anch'io sento la stessa cosa. È sempre con me.» Negli ultimi giorni si era sentita tranquilla come non le capitava più da tempo, e lo stesso valeva per John. Forse erano finalmente tornati alla vita, forse ce l'avrebbero fatta. «Tommy dice che tu pensi che alcune persone speciali passano nella nostra vita per portarci dei doni... mi piace questo concetto... lei è stata qui per un periodo così breve... cinque anni sembrano davvero pochi, ma è stato un dono davvero meraviglioso... sono contenta di averla conosciuta. Mi ha insegnato talmente tante cose... ridere, l'amore, la generosità.»

«Era proprio quello che intendevo», sussurrò Maribeth. Si strinsero le mani sopra le coperte. «Ha insegnato a te... e persino a me su Tommy anche se non l'ho mai conosciuta... e sono certa che anche il mio bambino mi insegnerà qualcosa, anche se lo conoscerò solo per qualche giorno... solo per qualche ora.» Gli occhi le si riempirono di lacrime. «E io voglio dare a lui il più bel regalo che posso offrirgli... dei genitori che lo ameranno.» Chiuse gli occhi e le lacrime scesero lungo le sue guance. Liz le sfiorò la fronte con un bacio.

«Ne sono certa. Adesso cerca di dormire ancora

un po'... tu e il bambino ne avete bisogno.» Maribeth annuì, incapace di aggiungere altro. Liz lasciò la stanza in punta di piedi. Maribeth avrebbe avuto momenti difficili, ma anche momenti pieni di gioia e di felicità.

Tommy arrivò nel tardo pomeriggio e appena entrato chiese immediatamente di lei. Sua madre si affrettò a tranquillizzarlo. «Sta bene. Sta dormendo.» Andò a darle una sbirciatina: era profondamente addormentata e teneva fra le braccia una delle bambole di Annie. Sembrava un angelo.

Quando tornò in cucina, a Liz sembrò improvvisamente che suo figlio fosse ormai un uomo.

«L'ami tanto, vero, figliolo?»

«Un giorno la sposerò, mamma», asserì lui in tono convinto.

«È ancora prematuro fare progetti. Nessuno di voi due sa dove vi condurrà la vita.»

«Ovunque vada io la troverò. Non la voglio perdere. Io l'amo... e amo anche il bambino...»

«Sarà difficile per lei rinunciare al suo piccolo», affermò Liz. Era preoccupata per entrambi, la vita li aveva posti davanti a scelte più grandi di loro troppo presto. Maribeth ci era arrivata per caso, Tommy per eccesso di bontà.

«Lo so, mamma.» Qualunque cosa avesse da dire in proposito non lo avrebbe condiviso con lei.

Quando Maribeth si avventurò fuori della stanza di Annie all'ora di cena, trovò Tommy in cucina che stava facendo i compiti. «Come ti senti?» le domandò con uno smagliante sorriso. Sembrava riposata ed era più carina che mai.

«Come una che ha poltrito troppo.» Lanciò un'occhiata di scusa a Liz che stava preparando la cena. Lo faceva spesso negli ultimi tempi e suo figlio ne era entusiasta.

«Siediti, signorina. Non dovresti andartene così a zonzo. Hai sentito quello che ha detto il dottore: devi stare a letto o al massimo su una sedia. Tommy, per favore, falla accomodare. E no, non puoi portarla di nuovo a pattinare domani.» Sorrisero entrambi a quell'osservazione come due bambini birichini che erano stati colti in flagrante. Commossa da quella immagine, diede a ciascuno un biscotto al cioccolato appena sfornato. Era piacevole avere di nuovo dei ragazzini intorno. Era contenta che Tommy l'avesse portata a casa loro. Era divertente avere una ragazzina per casa. Le ricordava che non avrebbe mai visto Annie a quell'età, eppure era contenta di avere lì Maribeth, e anche John. Fu una gioia per lui rientrare a casa quel sabato sera dopo il lavoro e trovarli tutti in cucina.

«Che cosa succede? C'è in corso una riunione?» ironizzò, felice di trovare un'atmosfera gioiosa in quella cucina dove per lungo tempo aveva regnato un triste silenzio.

«Un processo, direi. Tommy ha attentato alla vita di Maribeth oggi. L'ha portata a pattinare.»

«Oh, Dio del cielo... la prossima volta la porterai a giocare a football?» Guardandoli si rese conto di quanto fossero ancora giovani. Lei sembrava però essere sopravvissuta alla sciocca trovata di suo figlio.

«Il football è in programma per domani, papà. Subito dopo la partita di hockey.»

«Eccellente programma.» Fece un'espressione buffa e sorrise, felice che non fosse successo nulla di grave. Dopo cena giocarono insiema a sciarada e poi a scarabeo. Visto che fu proprio Maribeth a comporre la parola di più lettere, Liz decise di premiarla rivelandole com'era andata a scuola. Erano disposti a equiparare i suoi studi e se entro la fine dell'anno avesse sostenuto quattro esami, le avrebbero riconosciuto non solo il terzo anno, ma anche i primi sei mesi del quarto. Aveva fatto un eccellente lavoro e se avesse superato gli esami le sarebbe mancato solo un semestre per arrivare al diploma.

«Ce l'hai fatta, ragazzina», si congratulò, orgogliosa di lei come lo era di ogni suo studente.

«No», ribatté Maribeth raggiante. «Tu ce l'hai fatta.» Poi si lasciò andare a un grido di trionfo che ricordò a Tommy che lei ormai era una dell'ultimo anno.

«Non montarti la testa, tesoro. Sei sotto la supervisione della mamma e può ancora bocciarti. È piuttosto dura con quelli dell'ultimo anno.» Erano tutti eccitatissimi, persino il bambino. Le tirava calci ogni cinque minuti, non sapeva neanche lei se per vendetta o per gioia.

«È arrabbiato con te», sentenziò Tommy quella sera, mentre seduto accanto a lei sul letto le teneva una mano sulla pancia sentendo le reazioni del piccolo. «E ha ragione. Sono stato un vero cretino... mi dispiace...»

«Non devi sentirti in colpa, a me è piaciuto andare a pattinare», ribatté Maribeth con il più luminoso dei sorrisi. Era ancora al settimo cielo per la notizia che le aveva dato Liz.

«Non vedo l'ora di tornare a casa, finire gli studi, e poi andarmene al più presto. Sono solo sei mesi, ma mi sembreranno un'eternità.»

«Verrai a trovarci?» domandò lui quasi con il magone. Non sopportava l'idea che di lì a poco se ne sarebbe andata.

«Certo», replicò in tono tutt'altro che convinto. «Potrai venirmi a trovare anche tu.» Entrambi però sapevano che la sua famiglia non lo avrebbe accolto altrettanto calorosamente. I Whittaker le avevano voluto bene con la stessa facilità di Tommy, quasi fosse la cosa più naturale del mondo. «Magari verrò a trascorrere le vacanze estive qui con te prima di andare all'università a Chicago.»

«Perché Chicago?» si lamentò, tutt'altro che disposto ad accontentarsi di una vacanza estiva. «Non potresti iscriverti all'università qui?»

«Farò la domanda», concesse. «Tutto dipenderà se mi accettano o meno.»

«Con i tuoi voti, ti supplicheranno.»

«Esagerato», mormorò prima che la baciasse. Poi dimenticarono voti, università, persino il bambino che continuava a scalciare dentro di lei.

«Ti amo, Maribeth», le ricordò. «Amo te e il piccolo. Non dimenticarlo mai.» Lei annuì. Rimasero stretti sul lettino di Annie chiacchierando come sempre delle cose che ritenevano più importanti. I suoi genitori erano già andati a dormire, pur sapendo che era con lei. Si fidavano di entrambi. Infine, quando Maribeth cominciò a sbadigliare, Tommy le augurò la buonanotte con un sorriso e andò in camera sua a sognare del loro futuro.

# 8

LIZ invitò Maribeth per il giorno del Ringraziamento. Era quasi sera e lei era a casa Whittaker per svolgere un difficile compito di storia che Liz le aveva assegnato per prepararla agli esami. Studiava tutte le sere, a volte fino alle due o alle tre del mattino. Sentiva l'urgenza di fare ogni cosa al più presto. Voleva essere più che preparata prima di tornare a scuola. Considerava l'opportunità che Liz le offriva il suo passaporto verso la libertà. Doveva diplomarsi a giugno e poi iscriversi all'università. Suo padre avrebbe avuto da ridire, ne era certa, per questo aveva deciso di andare a Chicago.

Liz le aveva ancora una volta fatto presente che poteva sempre tornare a Grinnell per l'università. Non aveva però mancato di sottolineare che lei era disposta a raccomandarla ovunque. L'aveva vista al lavoro e sapeva che sarebbe stata un elemento valido per qualunque università. Era una vera e propria sfortuna che la famiglia non fosse disposta ad aiutarla.

«Mio padre ritiene che per le ragazze non sia necessario avere un'istruzione», spiegò mentre aiutava Liz a preparare la cena dopo aver riposto i libri.

Era il suo giorno libero e aveva persino dato una mano a Liz a correggere alcuni compiti. «È un vero peccato che mia madre non sia mai andata all'università. Le piace leggere, imparare nuove cose. Papà non sopporta neanche di vederla leggere il giornale. Pensa che certe cose confondano solo le idee alle donne. Secondo lui tutto quello che devono fare è accudire i bambini e tenere pulita la casa. Il suo motto è che non occorre andare all'università per imparare a cambiare un pannolino.»

«In questo ha sicuramente ragione», replicò Liz, cercando di non far trasparire la propria collera. Non riusciva a capire perché una donna non potesse essere intelligente e istruita e nello stesso tempo prendersi cura del marito e dei figli. Lei era felice di aver ripreso il lavoro quell'anno. Aveva dimenticato quanto fosse divertente e gratificante. Era rimasta a casa così a lungo che aveva quasi scordato quanto fosse piacevole insegnare. La morte di Annie aveva lasciato un enorme vuoto nella sua vita e, almeno per quanto riguardava il tempo, poteva riempirlo insegnando. Adorava vedere i volti luminosi e l'entusiasmo dei suoi alunni, a volte si attenuava il dolore, anche se il senso di perdita non la lasciava mai. Lei e John non avevano ancora affrontato l'argomento. Parlavano poco negli ultimi tempi, non avevano niente da dirsi, ma almeno adesso quando si rivolgevano la parola non lo facevano più con toni aspri, e più di una volta le aveva sfiorato la mano o chiesto qualcosa con la gentilezza che ricordava. Ultimamente tornava a casa prima del solito e Liz aveva ripreso a preparare la cena come una volta. Era come se l'incontro con Maribeth li avesse addolciti tutti riavvicinandoli. Era una ragazza così giovane, così vulnerabile, e lei e Tommy si amavano profondamente. A volte a Liz guardandoli veniva da sorridere.

Mentre cucinavano le rinnovò l'invito a trascorrere con loro il giorno del Ringraziamento.

«Non vorrei disturbare», rispose Maribeth. Aveva già in mente di offrirsi volontaria al ristorante per i quattro gatti che sarebbero venuti lì a mangiare il tacchino. Le altre cameriere avevano famiglia o figli e volevano trascorrere la giornata con loro. Maribeth non aveva nessuno, così aveva pensato di fare lei il turno per favorire le altre. Ora che aveva la possibilità di trascorrere il giorno del Ringraziamento con Tommy e la sua famiglia, si sentiva in colpa verso di loro. Lo disse anche a Liz mentre apparecchiava la tavola.

«Sei troppo avanti con la gravidanza per lavorare così intensamente», la rimproverò mettendo la pentola della minestra sul fuoco. «Non dovresti stare in piedi tutto quel tempo.» Mancava un mese al parto e ormai Maribeth era troppo pesante.

«Non mi crea problemi», affermò, cercando di non pensare troppo al bambino. Il che era praticamente impossibile visti i calci che le dava.

«Fino a quando hai intenzione di continuare a lavorare?» chiese Liz quando si sedettero per qualche minuto.

«Fino alla fine.» Maribeth alzò le spalle. Aveva bisogno di soldi.

«Dovresti smettere prima», le consigliò Liz. «Concediti almeno due settimane di riposo. Neanche alla tua età ci si può permettere di sovraccaricare così il fisico. Inoltre, voglio che trovi un po' di tempo per prepararti bene agli esami.» Liz li aveva programmati per metà dicembre.

«Farò quello che posso», promise Maribeth. Poi le due donne passarono a parlare d'altro. La cena era praticamente pronta quando Tommy e suo padre fecero il loro ingresso, puntuali e allegri. Tommy dava una mano al padre dopo la scuola e per la prima volta dopo tanto tempo John aveva chiamato per chiedere a che ora dovevano essere a casa.

«Ciao, ragazze, come va?» chiese John gioviale, dando un bacio alla moglie e poi scostandosi per studiare la sua reazione. Negli ultimi tempi si erano riavvicinati, ma entrambi sembravano un po' spaventati. Erano stati lontani per così tanto tempo che ogni forma di intimità fra loro sembrava stonata. Lanciò un sorriso caloroso a Maribeth che stava chiacchierando con Tommy mano nella mano.

Liz chiamò in aiuto il figlio perché convincesse Maribeth a trascorrere il giorno del Ringraziamento con loro. Quando la riaccompagnò a casa dopo aver fatto i compiti, non dovette faticare molto per avere il suo consenso. Si sentiva così piena di nostalgia in quei giorni, così sensibile a tutto, ma a volte anche terribilmente spaventata. Tutt'a un tratto voleva aggrapparsi a lui, stringerlo come non aveva mai osato fare prima. Era come se non ne avesse mai abbastanza di stare con lui, ogni volta che lo vedeva entrare nel ristorante, in camera sua o nella cucina dei suoi genitori, si sentiva felice e sollevata.

«Stai bene?» le domandò dolcemente, vedendole le lacrime negli occhi.

«Sì, sto bene», rispose, asciugandosi le lacrime imbarazzata. «Mi sembra di essere diventata improvvisamente stupida. Non so che cosa mi succede... piango per niente... i tuoi genitori sono così gentili con me, e pensare che non mi conoscono neanche. Tua madre mi ha aiutato con la scuola, con tutto... hanno fatto tanto per me e io non so come ringraziarli.»

«Sposami», le suggerì.

Lei scoppiò a ridere. «Come no. Questo sì che sarebbe un bel modo di ringraziarli.»

«Puoi dirlo forte. Sei la cosa migliore che sia mai capitata alla mia famiglia negli ultimi tempi. I miei genitori non si rivolgevano neanche la parola ultimamente, se non per urlarsi addosso o rimproverarsi per delle sciocchezze come essersi dimenticati di fare benzina o di portar fuori il cane. Ti vogliono bene, Maribeth. Te ne vogliamo tutti.»

«Non è una ragione valida per rovinare anche la tua vita. Non posso fare questo ai tuoi genitori, sono così carini.»

«Anch'io lo sono», ribatté lui, abbracciandola con più forza. «E ti piacerò ancora di più quando saremo sposati.»

«Tu sei pazzo», ridacchiò.

«Sì», rise a sua volta. «Sono pazzo di te. Non credere che ti sbarazzerai facilmente di me.»

«Non lo voglio neanche.» Gli occhi le si riempirono di nuovo di lacrime, poi tornò a ridere, ma questa volta di se stessa. Passava continuamente da uno stato d'animo all'altro, ma il dottor MacLean le aveva assicurato che era normale. Era all'ultimo mese, molte cose sarebbero cambiate. Data l'età e le sue condizioni doveva aspettarsi quell'altalena di emozioni.

Tommy l'accompagnò fino alla porta e rimasero ancora un po' a parlare sulle scale. Era una serata limpida e fresca. Quando la baciò sentì lei e il bambino e capì di volerla per sempre. Non avrebbe mai accettato l'idea che non lo sposasse, che non dormisse con lui, che non avesse bambini da lui. Voleva condividere tutto con lei. Mai avrebbe rinunciato a Maribeth. La baciò di nuovo e scese di corsa i gradini, bello e allampanato più che mai.

«Come mai sei così felice?» gli domandò sua madre quando arrivò a casa.

«Ha detto che viene per il giorno del Ringraziamento.» Liz però sentì che c'era molto di più. Viveva i sogni, le speranze e l'eccitazione del primo amore. Era così euforico che a volte si comportava come un matto.

«Ha detto qualcos'altro?» Lo guardò attentamente. Doveva ammetterlo, il fatto che fosse così innamorato di lei a volte la preoccupava. Però Maribeth aveva sicuramente problemi ben più gravi. La decisione di fare adottare il suo bambino l'avrebbe segnata per sempre. «Come le vanno le cose? Ormai non manca molto al parto.» Era in ottima salute, ma nel suo caso non era quello il problema. Doveva affrontare un parto senza un marito e una famiglia, e oltre a questo rinunciare al proprio bambino e tornare in una casa dove la situazione non sarebbe stata facile. Era decisa a lasciare la sua famiglia in giugno, ammesso che riuscisse a resistere fino ad allora. Era lontana da cinque mesi e si era ormai abituata a essere indipendente. Non sarebbe stato facile per lei tornare da un padre che sicuramente non avrebbe mancato di rinfacciarle di continuo il suo errore.

«È davvero intenzionata a lasciare il bambino?» chiese quando ebbe finito di asciugare i piatti. Tommy stava mangiucchiando dei biscotti. Gli piaceva parlare con sua madre, sapeva tutto della vita. Nell'ultimo anno non avevano avuto molte occasioni di farlo, ma adesso tutto sembrava tornato come prima.

«Penso di sì. Per me è pazza, ma lei sostiene che non è in grado di prendersi cura di lui. Non credo che lo voglia veramente, ma sente di doverlo fare per il bene del bambino.»

«Non esiste un sacrificio più grande per una madre», osservò Liz tristemente. Non c'era niente di peggio per una donna che perdere la propria creatura. Avrebbe dato qualunque cosa pur di avere un altro figlio.

«Io continuo a dirle di non farlo, ma lei non mi dà retta.»

«Forse ha ragione. Forse si rende conto di ciò che è giusto o meno per il suo bambino. È molto giovane e non ha nessuno che l'aiuti. La sua famiglia sembra tutt'altro che disposta a darle una mano. È una grande responsabilità la sua. Tenerlo potrebbe significare rovinare la vita di entrambi.» Era terribile, ma in tutta onestà doveva riconoscere che la situazione di Maribeth non era facile.

«È quello che dice anche lei. La ritiene la soluzione più giusta. Credo che sia questo il motivo per cui parla così poco del bambino e non gli compra praticamente nulla. Non vuole affezionarsi a lui.» Ma Tommy era sempre convinto che la soluzione migliore fosse sposarlo. Era pronto ad assumersi le proprie responsabilità, i suoi genitori gliel'avevano insegnato bene.

«Devi rispettare le sue scelte, Tom», lo ammonì Liz. «Sa quello che è giusto per lei meglio di te. Non costringere Maribeth o te stesso a fare qualcosa che non siete in grado di affrontare. Siete entrambi molto giovani, non si diventa genitori o ci si sposa a cuor leggero, né per aiutare qualcuno. È un bel gesto il tuo, ma non è così semplice metterlo in pratica. Se le cose vanno male, il che a volte succede, bisogna essere abbastanza forti per sostenersi a vicenda. A sedici anni non è così facile.» E neanche a quaranta o cinquanta, pensò. Lei e John non si erano aiutati molto nell'ultimo anno. Si rese conto di come ciascuno di loro si fosse leccato le proprie ferite in solitudine.

«Io l'amo, mamma», dichiarò sentendosi straziare il cuore. «Non voglio che viva questa esperienza tutta da sola.» Era sincero, lo conosceva abbastanza bene da saperlo. Sapeva anche che cos'aveva in mente e, per quanto le sue intenzioni fossero buone e Maribeth una ragazza dolcissima, lei era contraria a un matrimonio. Non dovevano sposarsi, non per il momento almeno, e non certo per le ragioni sbagliate.

«Non è sola. Ha te.»

«Lo so, ma non è la stessa cosa», mormorò Tommy tristemente.

«Deve decidere lei. È la sua vita, dopotutto. Lascia che sia Maribeth a trovare la strada giusta per se stessa. Se è destino che stiate insieme, niente potrà impedirvelo.»

Annuì. Avrebbe fatto qualunque cosa per convincere i suoi genitori che la soluzione migliore era sposarsi e tenere il bambino, ma se non era riuscito neanche con Maribeth, men che meno ce l'avrebbe fatta con loro. Erano tutti delle teste dure.

Il giorno del Ringraziamento però sembravano un'unica famiglia felice. Liz aveva apparecchiato la tavola con la tovaglia di pizzo che era appartenuta alla nonna di John e i piatti di porcellana che tirava fuori solo nelle grandi occasioni. Maribeth indossava un vestito di seta verde che s'intonava con i suoi occhi e la cascata di capelli rossi che le scendevano ondulati fin sotto le spalle. Nonostante il pancione, era incredibilmente graziosa. Liz aveva messo un vestito azzurro e per la prima volta dopo tanto tempo un po' di fard. I due uomini erano rigorosamente in giacca e cravatta. Nella casa regnava un'atmosfera calda e festosa.

Maribeth aveva portato un enorme mazzo di fiori e una scatola di cioccolatini. Dopo pranzo si sedettero tutti davanti al camino a parlare del più e del meno mentre Tommy divorava i cioccolatini. Era la prima vera festività senza Annie e Liz l'aveva temuta non poco. Aveva pensato continuamente a lei quel giorno, ma con Maribeth e Tommy vicini non le era sembrato tanto doloroso. Nel pomeriggio Liz e John andarono a fare una lunga passeggiata e Tommy portò Maribeth a fare un giro in macchina. Quando si era offerta di lavorare quel giorno nel ristorante, le avevano dato l'intero fine settimana libero, che avrebbe trascorso con Tommy e i suoi genitori.

«Non sognatevi di andare a pattinare voi due!» urlò loro Liz mentre si allontanava con John e il cane. Stavano andando a trovare alcuni amici. I quattro si sarebbero ritrovati a casa di lì a un paio d'ore per andare al cinema.

«Che cosa vuoi fare?» le domandò Tom mentre procedevano verso il lago. Maribeth fece una strana richiesta che lo sorprese e sollevò al tempo stesso. Aveva pensato la stessa cosa per tutto il giorno, ma temeva di essere indelicato a chiederglielo.

«Ti dispiace se andiamo al cimitero per qualche minuto? Mi è sembrato quasi di usurpare il suo posto oggi. Avrei tanto voluto che fosse con noi, così i tuoi genitori sarebbero stati di nuovo felici. Non lo so... voglio solo passare a dirle ciao.»

«Sì, anch'io.» Anche lui aveva provato le stesse sensazioni, però era stato felice di vedere i suoi genitori rilassati come non capitava più da tanto tempo.

Si fermarono a comprare dei fiori lungo la strada: un bel mazzo di roselline gialle e rosa che posarono sulla tomba accanto alla lapide di marmo.

«Ciao, piccola», salutò Tommy, pensando agli occhioni azzurri sempre sorridenti. «Oggi la mamma ha preparato un favoloso tacchino. A te non sarebbe piaciuto il ripieno, c'era l'uva passa.»

Rimasero lì seduti mano nella mano in silenzio. Era difficile credere che fosse morta da quasi un anno. A volte sembrava che fossero passati solo pochi minuti, altre un'eternità.

«Ciao, Annie», sussurrò Maribeth quando se ne andarono. Entrambi però sapevano che era sempre con loro. Annie era ovunque, nei ricordi di Tommy, nella camera in cui adesso stava Maribeth, negli occhi di Liz ogni volta che la ricordava.

«Era una bambina fantastica», disse Tommy con voce malferma mentre si allontanavano. «Non riesco ancora a credere che se ne sia andata.»

«Non se n'è andata», gli rammentò Maribeth dolcemente. «Non la puoi vedere, Tommy, ma è sempre con te.»

«Lo so.» Scrollò le spalle, dimostrando tutti i suoi sedici anni. «Ma sento comunque la sua mancanza.»

Maribeth annuì e gli si avvicinò di più. La festività le faceva pensare alla sua famiglia, anche lei sentiva la mancanza di Noelle. Non le aveva più parlato da quando se n'era andata da casa. Aveva saputo dalla madre che il padre non le permetteva di leggere le sue lettere. Ma perlomeno l'avrebbe rivista presto... e se nel frattempo le fosse successo qualcosa... come Annie... rabbrividì solo al pensiero.

Maribeth non aprì bocca fino a casa e Tommy si chiese se qualcosa l'avesse sconvolta. Forse non avrebbe dovuto portarla al cimitero. Visto il suo stato, bastava poco a turbarla.

«Come ti senti? Vuoi sdraiarti un po'?»

«Sto bene», rispose, ricacciando indietro le lacrime. Liz e John non erano ancora tornati, ma erano loro a essere in anticipo. Poi Maribeth lo colse totalmente di sorpresa chiedendogli: «Pensi che i tuoi genitori si seccherebbero se telefonassi a casa? Io... vorrei almeno augurargli un felice giorno del Ringraziamento».

«Certo...» I suoi genitori non avrebbero avuto niente da ridire, e nel caso avrebbe pagato lui la chiamata. La lasciò sola mentre telefonava.

Fu sua madre a rispondere. Aveva una voce concitata e si sentiva molta confusione in sottofondo. Le sue zie e le loro famiglie andavano sempre da loro per il giorno del Ringraziamento. C'era un tale frastuono che sua madre non riusciva a sentirla.

«Chi parla?... Smettetela! Non riesco a sentire! Chi parla?»

«Sono io, mamma», rispose un po' più ad alta voce. «Maribeth. Volevo augurarti un felice giorno del Ringraziamento.»

«Oh, mio Dio!» Scoppiò in lacrime. «Tuo padre mi ucciderà.»

«Volevo solo salutare, mamma.» Improvvisamente provò il desiderio di abbracciarla. Fino a quel momento non si era resa conto di quanto le mancasse. «Mi manchi, mamma.» Adesso piangevano tutt'e due.

«Stai bene?» domandò a bassa voce, sperando che nessuno la sentisse. «Hai già avuto il bambino?»

«Manca ancora un mese», ma mentre rispondeva sentì un trambusto dall'altra parte della linea e un istante dopo il ricevitore venne strappato dalla mano di Margaret Robertson.

«Chi è?» ringhiò suo padre. Sapeva già chi era, l'aveva capito vedendo sua moglie piangere.

«Ciao, papà. Volevo augurarvi un felice giorno del Ringraziamento.» Tremava come una foglia ma si sforzò di avere una voce normale.

«È tutto finito? Sai cosa voglio dire.» Era brutale e crudele come al solito.

«Non ancora... io... volevo solo...»

«Ti ho detto di non telefonare finché non sarà tutto finito. Potrai tornare a casa solo quando ti sarai sbarazzata del bambino. Fino ad allora non osare chiamare. Mi hai capito?»

«Sì, io... Papà, ti prego...» Sentiva sua madre singhiozzare e Noelle urlare che non poteva comportarsi così, ma lui non si degnò neanche di rispondere e riattaccò.

Maribeth riagganciò il telefono e scoppiò in singhiozzi. Sembrava una bambina abbandonata. Tommy tornò nella stanza e si spaventò nel vederla in quello stato. «Che cos'è successo?»

«Non mi ha lasciato... non mi ha permesso di parlare con la mamma...» singhiozzò. «Ha detto di non richiamare finché non mi sarò sbarazzata del bambino. Lui... io...» Non riusciva neanche a esprimere quello che provava ma glielo si leggeva in faccia, non c'era bisogno di parole. Era ancora agitata quando i suoi genitori tornarono a casa un'ora e mezzo più tardi. L'aveva fatta sdraiare. Era così sconvolta che aveva temuto che potesse partorire lì per lì.

«Che cos'è successo?» domandò sua madre, quando le raccontò di Maribeth.

«Ha chiamato i genitori e suo padre le ha riattaccato il telefono. Stava parlando con la madre, lui ha afferrato la cornetta e le ha detto di non richiamare finché non si fosse sbarazzata del bambino. Mi sembra una cosa così orribile, mamma. Come può pensare di tornare lì?»

«Non lo so», replicò Liz, con espressione preoccupata. «Quell'uomo sembra tutto fuorché un padre. Lei però sembra molto attaccata alla madre... comunque, resterà da loro solo fino a giugno...» Liz però sapeva perfettamente che sarebbe stato duro per lei tornare dai genitori.

Andò in camera di Annie e si sedette sul letto accanto a Maribeth, che stava ancora piangendo.

«Non puoi permettergli di sconvolgerti in questo modo», le disse dolcemente, prendendole una mano e accarezzandole le dita. «Non fa bene a te e neanche al bambino.»

«Perché deve essere così crudele? Perché non mi lascia parlare almeno con la mamma e Noelle?» Non le interessava parlare con Ryan, lui era come papà.

«Pensa di proteggerle da quello che hai fatto. Non capisce. Probabilmente è imbarazzato per quello che è successo.»

«Lo sono anch'io. Questo non cambia quello che provo per loro.»

«Non è in grado di capirlo. Sei una ragazza fortunata: sei intelligente e hai un cuore grande. Tu hai un futuro, Maribeth. Lui no.»

«Che futuro ho? Tutti in città parleranno di quello che è successo. Verranno a saperlo. Continueranno a sparlare di me anche quando me ne andrò. Mi odieranno. Gli uomini penseranno che sono un tipo facile, una che si vende a buon mercato. Papà non mi permetterà mai di andare all'università una volta finite le superiori. Mi farà lavorare con lui o rimanere a casa ad aiutare la mamma. Così finirò sepolta viva come lei.»

«No», obiettò Liz. «Non finirai come tua madre. Inoltre, i giudizi degli altri non devono interessarti. Tu sai chi sei. Sai di non essere facile né una che si vende per poco. Finirai il liceo e poi deciderai che cosa fare.»

«Lui non mi permetterà più di parlare con mia madre e Noelle.» Ricominciò a singhiozzare. Liz la prese fra le braccia e la cullò come se fosse una bambina. Non c'era altro che potesse fare per lei. Le spezzava il cuore il pensiero che quella meravigliosa ragazza tornasse in seno a persone così meschine. Adesso capiva perché Tommy volesse sposarla. Lo riteneva l'unico modo possibile per aiutarla. Liz avrebbe voluto tenerla lì, lontana da loro, ma d'altro canto erano la sua famiglia e in un certo senso le mancavano. Maribeth parlava sempre di tornare a casa dopo la nascita del bambino. L'idea la preoccupava, tuttavia voleva rivederli.

«Può darsi che la situazione cambi una volta che torni a casa», cercò di incoraggiarla Liz. Maribeth scosse la testa e si soffiò il naso nel fazzoletto che le aveva dato Liz.

«No. Sarà peggio. Mio padre non farà che rinfacciarmelo in continuazione, così come ha fatto con le mie zie. Ripete sempre che sono state costrette a sposarsi, che hanno messo in imbarazzo tutti quanti. Lo fa particolarmente con una zia e lei ogni volta piange. L'altra gliene ha cantate quattro, dicendogli che se non la smetteva suo marito l'avrebbe picchiato. In effetti, di lei adesso non parla più.»

«Forse dovresti prenderla a esempio», suggerì Liz. «Magari dovresti dirgli chiaro e tondo che non sei disposta ad accettare un tale trattamento.» Ma era solo una ragazzina di sedici anni. Come poteva tenere testa a suo padre? Era già stata una fortuna per lei trovare i Whittaker. Senza di loro, si sarebbe ritrovata completamente sola con il suo bambino.

Liz la convinse ad andare a prendere una tazza di tè in salotto dove Tommy e suo padre stavano tranquillamente chiacchierando davanti al camino. Quella sera decisero di andare al cinema lo stesso e dopo Maribeth sembrò un po' più di buonumore. Nessuno nominò più i suoi genitori, e quando tornarono a casa andarono tutti a letto subito.

«Mi dispiace tanto per lei», disse Liz a John, una volta che furono a letto. Fra di loro si era ristabilita la vecchia confidenza, ormai parlavano apertamente di tutto. Nella loro camera da letto non regnava più il terribile silenzio dell'ultimo anno.

«Anche Tommy ne soffre», asserì. «È un vero peccato che sia rimasta incinta.» Questo era ovvio, ma Liz era più che altro preoccupata per quanto riguardava i suoi genitori.

«Non sopporto che torni da loro, eppure in un certo senso lei lo vuole.»

«Perché non ha nessun altro. È talmente giovane. Ma questa situazione non può durare a lungo. Lei vuole andare all'università e suo padre dovrà prenderne atto.»

«Deve essere un vero e proprio tiranno, ma finché nessuno reagisce continuerà a essere così. Forse se qualcuno gli parlasse...» Liz rifletté per qualche istante. «Maribeth deve trovare un'alternativa. In questo modo, se le cose non si aggiustano, avrà un'altra via d'uscita.»

«Non voglio che sposi Tommy», ribadì lui fermamente. «Non ancora, perlomeno. Sono troppo giovani, e lei ha un problema difficile da affrontare. Non è in grado di sostenere tutto questo, anche se lui pensa il contrario.»

«Lo so», sbottò lei. A volte la irritava ancora. Nessuno dei due desiderava al momento che Tommy si sposasse, ma Liz non se la sentiva neanche di abbandonare Maribeth. Era una ragazza straordinaria e ormai faceva parte della loro vita. Non aveva nessuna intenzione di voltarle le spalle, avrebbe fatto di tutto per aiutarla.

«Penso che non dovresti immischiarti in questa faccenda. Una volta che avrà partorito tornerà a casa dai genitori. Se avrà qualche problema, potrà sempre chiamarci. Sono sicuro che Tommy resterà in contatto con lei. È pazzo di quella ragazza. Non la dimenticherà certo qualche giorno dopo che se n'è andata.» La lontananza però sarebbe stata una vera sfida per loro.

«Voglio parlare con i suoi genitori», dichiarò improvvisamente Liz. John scosse la testa.

«Non ficcare il naso nei loro affari.»

«Non sono i 'loro' affari, bensì di Maribeth. Quella gente l'ha abbandonata nel momento in cui aveva più bisogno di loro. L'hanno lasciata completamente sola dicendole di risolvere da sé il suo problema. Per come la vedo io, non hanno alcun diritto di dettar legge.»

«È probabile che loro non la pensino così.» Sorrise. A volte l'amava proprio per quel suo modo di prendere a cuore le cose, altre volte lo faceva impazzire per lo stesso motivo. Era tanto tempo che non la vedeva infiammarsi per qualcosa, ed era contento che fosse stata Maribeth a riaccendere quella fiamma. In effetti aveva riacceso un bel po' di cose in tutti loro. In un certo senso si sentiva paterno con lei. «Fammi sapere che cosa decidi», le disse, sorridendole prima che spegnesse la luce.

«Verrai con me se decido di andarli a trovare?» domandò in tono neutro. «Voglio conoscerli di persona prima che lei torni lì.» Maribeth suscitava il suo istinto materno. Un giorno forse sarebbe stata sua nuora, ma che questo accadesse o meno lei non era disposta a lasciarla nelle mani di genitori così insensibili.

«Mi piacerebbe.» Ridacchiò nell'oscurità. «Non voglio perdermi la divertente scena di te che gliele canti chiare.» Rise e lei lo imitò. «Fammi sapere quando e io ti seguirò.»

«Gli telefonerò domani», rispose pensierosa. Poi si voltò verso il marito. «Grazie, John.» Erano di nuovo amici, nient'altro. Ma era pur sempre qualcosa.

# 9

ANCHE se con rammarico, Maribeth diede il preavviso al ristorante il lunedì successivo al giorno del Ringraziamento. Lei e Liz ne avevano parlato di nuovo: aveva bisogno di un po' di tempo per prepararsi agli esami e il bambino doveva nascere subito dopo Natale. Avrebbe lasciato il lavoro il quindici e sarebbe andata a vivere con i Whittaker. Loro avevano insistito, non volevano che fosse sola nel caso le succedesse qualcosa, inoltre ci tenevano ad averla con loro.

Maribeth era commossa da tanta gentilezza e le faceva piacere stare con loro. L'idea del parto cominciava a innervosirla. Perdipiù, Liz avrebbe potuto seguirla meglio con gli studi. Per non parlare del fatto che sarebbe stata vicina a Tommy. Era la sistemazione ideale. Liz era riuscita a convincere John che tenerla con loro fino alla nascita del bambino era un po' come fare un regalo speciale a Tommy.

«Inoltre ha bisogno di qualcuno che le stia vicino dopo», spiegò Liz. «Sarà terribile per lei quando non ci sarà più il bambino.» Lei ne sapeva qualcosa. Sapeva bene quanto sarebbe costato a Maribeth rinunciare al suo bambino. Avrebbe sofferto immensamente e lei voleva esserle accanto. Le si era affezionata senza neanche rendersene conto e il legame fra di loro si era rafforzato ancora di più studiando insieme. Maribeth aveva un'intelligenza straordinaria e faceva incessanti sforzi per migliorare. Voleva disperatamente un'istruzione. Era la sua unica speranza per il futuro.

Al ristorante si dichiararono tutti dispiaciuti che se ne andasse, ma la capivano. Lei aveva detto loro che tornava in famiglia per partorire, però non aveva mai rivelato a nessuno la verità. L'ultimo giorno Julie organizzò una festicciola e tutti portarono dei regali per il bambino: un paio di scarpine di lana e un golfino lavorato a mano da una delle ragazze, una coperta rosa e azzurra con piccoli anatroccoli ricamati, un orso di peluche, alcuni giocattoli, una scatola di pannolini e una carrozzina da parte di Jimmy.

Maribeth si sentì sopraffare dall'emozione guardando quei regali. Non solo per la loro gentilezza, ma anche perché per la prima volta si rese veramente conto di che cosa significava rinunciare al proprio bambino. Tutt'a un tratto era diventato qualcosa di reale, aveva dei vestiti, un orsacchiotto, dei giocattoli, una carrozzina. Quel pomeriggio quando tornò a casa telefonò al dottor MacLean e gli chiese se aveva trovato dei genitori per suo figlio.

«Ho contattato tre coppie, ma una di queste non mi sembra adatta», spiegò cauto. Il marito della coppia in questione aveva problemi con l'alcol e per Avery MacLean questo era un motivo più che sufficiente per scartarla. «La seconda coppia ha appena scoperto di aspettare un bambino, e con la terza famiglia non ho ancora approfondito l'argomento. Ma abbiamo tempo.»

«Due settimane, dottor MacLean... due settimane...» Non voleva portare il bambino a casa e poi cederlo. Sarebbe stata una tortura. Men che meno sarebbe andata dai Whittaker con il piccolo. Non poteva essere invadente fino a quel punto.

«Troveremo qualcuno, Maribeth. Te lo prometto. E se non ci riusciamo prima che nasca, puoi lasciare il bambino in ospedale per un paio di settimane. Dobbiamo trovargli i genitori giusti. Non vogliamo che finisca con le persone sbagliate, vero?» Si dichiarò d'accordo con lui, ma la carrozzina nell'angolo della stanza le sembrò improvvisamente minacciosa. Aveva promesso ai colleghi di chiamarli per informarli del sesso del bambino. Il fatto di aver mentito a tutti, soprattutto a Julie, la faceva star male.

«Abbi cura di te», si era raccomandata Julie. «Io sono ancora dell'idea che dovresti sposare Tommy.» Era quello che pensavano tutti. Anche il dottor MacLean. Non voleva aiutarla a far adottare il bambino per poi scoprire che lei e Tommy se ne sarebbero pentiti.

Avrebbe voluto parlarne con Liz per sapere che cosa ne pensavano, se erano seriamente intenzionati a dare il bambino in adozione, ma temeva che i ragazzi reagissero male a questa sua intrusione. Era una situazione molto delicata. Ma aveva colto nella voce di Maribeth una certa agitazione, era evidente che voleva trovare una soluzione al più presto e lui le aveva assicurato che avrebbe fatto del suo meglio per cercare una coppia.

Il giorno dopo che ebbe lasciato il ristorante, Tommy l'aiutò a traslocare le sue cose nella stanza di Annie. Mise le cose del piccolo in alcuni scatoloni in garage dicendo che poi li avrebbe dati ai genitori adottivi. Le faceva ancora uno strano effetto guardare quei regali, facevano sembrare tutto così reale.

Sabato mattina Liz e John li informarono che sarebbero andati fuori città per il fine settimana. Lui doveva visitare alcuni mercati di prodotti agricoli. Liz si sentiva un po' a disagio a lasciarli soli, ma dopo averne discusso con il marito decisero che potevano fidarsi di loro.

Tommy e Maribeth si dichiararono grati per la fiducia e promisero di non deluderli. E poi, date le condizioni di Maribeth, certe tentazioni erano fuori luogo.

Sabato pomeriggio andarono a comperare i regali di Natale. Maribeth comperò per la madre di Tommy un cammeo montato su una spilla, un po' caro, ma bellissimo e proprio il genere che lei portava.

Per il padre invece prese una pipa speciale da usare durante il brutto tempo. Mentre giravano per i vari reparti del grande magazzino, guardò anche articoli per bambini, ma si costrinse a non acquistarne.

«Perché non gli compri un orsacchiotto, una medaglietta o qualcosa del genere?» le propose Tommy e le si riempirono gli occhi di lacrime mentre scuoteva la testa. Non voleva lasciare nessuna traccia di se stessa al bambino. Poteva venirle la tentazione di cercarlo, di guardare ogni bambino che portasse una medaglietta.

«Devo rinunciare a lui, Tommy. Completamente.» Lo disse con un nodo alla gola.

«Ci sono cose a cui non si può rinunciare completamente», replicò lui, guardandola in modo allusivo. Lei annuì. Non avrebbe mai voluto rinunciare a lui o al bambino, ma a volte la vita allontana da noi coloro che più amiamo. A volte non esistono alternative o compromessi. Questo lo sapeva anche lui. Ma aveva già perso qualcuno che gli era molto caro e non era disposto a rinunciare a Maribeth o al suo bambino.

Tornarono a casa con i pacchi e lei preparò la cena. I Whittaker sarebbero tornati solo l'indomani pomeriggio. Dopo cena lei lavò i piatti e si misero davanti alla televisione a guardare *Your Show of Shows* e *Hit Parade*. Era come se fossero sposati. Maribeth lo guardò e si mise a ridacchiare. Lui l'attirò sul suo grembo e la baciò.

«Mi sento come se fossi già sposato con te», affermò, e l'idea gli piacque. Sentì i calci del bambino mentre le accarezzava la pancia. C'era un'intimità sorprendente fra di loro, considerato che non avevano mai fatto l'amore, ma a volte era difficile ricordare che non lo avevano fatto. Lo baciò e sentì l'eccitazione crescere in lui. Dopotutto aveva solo sedici anni e bastava un minimo gesto da parte sua per suscitare una reazione.

«Non dovresti eccitarti per una botte come me», lo stuzzicò. Poi si alzò e si massaggiò la schiena che le doleva. Avevano camminato parecchio quel pomeriggio e il bambino ultimamente sembrava essersi abbassato notevolmente. Non c'erano dubbi sul fatto che sarebbe stato grosso. Lei era alta ma aveva i fianchi stretti ed era sempre stata magra. Cominciava davvero a temere il momento del parto.

Quella sera ne parlò con Tommy. A lui dispiaceva per lei, ma poteva solo sperare che non fosse terribile come temevano.

«Probabilmente non te ne accorgerai neanche», la consolò, tendendole la coppetta di gelato che stavano dividendo.

«Lo spero», si augurò, cercando di dimenticare le proprie paure. «Che cosa facciamo domani?»

«Che cosa ne dici di addobbare l'albero prima che tornino mamma e papà? Sarebbe una bella sorpresa per loro.» L'idea le piacque, le piaceva fare qualcosa per loro, essere parte della famiglia. Quando andò a letto rimase sdraiato accanto a lei sul lettino di Annie per un bel po'. «Possiamo dormire nella stanza dei miei genitori, se vuoi. Avremo un bel letto spazioso e loro non lo sapranno mai.» Ma avevano dato la loro parola che sarebbero stati bravi e Maribeth voleva mantenere la promessa.

«Se ne accorgerebbero», replicò. «I genitori sanno sempre tutto.»

«È quello che pensa anche mia mamma», sorrise. «Dai, Maribeth. Non avremo un'altra possibilità. Vanno via una volta ogni cinque anni.»

«Non credo che a tua madre farebbe piacere se dormissimo nel suo letto.»

«D'accordo, allora dormiamo nel mio. È sempre più grande di questo», si lamentò rotolando sul pavimento per la decima volta. E per la decima volta lei si mise a ridere. Non era necessario che dividessero lo stesso letto, solo che lo volevano. Era così confortante dormire vicini.

«Va bene.» Lo seguì in camera sua e si infilarono sotto le coperte ridendo e chiacchierando come due bambini. Poi la baciò, un lungo, lento e profondo bacio che li eccitò entrambi. Ma a due settimane dal parto c'era ben poco che potessero fare. Le baciò i seni facendola gemere, lei lo accarezzò con tale intimità da farlo quasi star male. Maribeth continuò a ripetersi che era sbagliato quello che stavano facendo, ma nessuno dei due ne era veramente convinto. Non era sbagliato essere con lui, l'unico posto in cui avrebbe voluto restare per sempre era fra le sue braccia. Mentre si accarezzavano divisi dal suo pancione, per la prima volta Maribeth si chiese se un giorno sarebbero stati veramente uniti.

«È così che voglio che sia», sussurrò lui, mentre scivolavano nel sonno abbracciati. Dopo essere arrivati al limite dell'eccitazione, avevano infine deciso di calmarsi. I loro giochetti avevano addirittura cominciato a farle avere delle contrazioni. «Voglio stare con te per il resto della mia vita», continuò con voce assonnata, «e un giorno il bambino che avrai nella pancia sarà nostro, Maribeth... io voglio che sia così...»

«Anch'io...» Ma lei voleva anche altre cose, così come le aveva avute Liz prima di sposare suo padre.

«Posso aspettare. In fondo anche papà ha aspettato la mamma. Ma non per troppo tempo, però», aggiunse, pensando a quanto fosse piacevole tenerla fra le braccia. «Un anno, al massimo due.» Le sorrise e la baciò. «Possiamo sposarci e andare all'università insieme.»

«E di che cosa vivremo?»

«Possiamo frequentare l'università qui e vivere con i miei genitori.» Per quanto adorasse i suoi, a lei l'idea non piaceva.

«Quando ci sposeremo, ammesso che ci sposiamo», ribatté lei in tono inflessibile sbadigliando, «dovremo essere due persone adulte in grado di assumersi le proprie responsabilità e in grado di provvedere ai propri figli. Non importa quanti anni avremo.»

«Già, probabilmente sessanta», ribatté lui, sbadigliando a sua volta. Sorrise e la baciò di nuovo. «Voglio solo che tu sappia che un giorno ti sposerò,

Maribeth Robertson. Prima cominci ad abituarti all'idea, meglio è.»

Lei non sollevò alcuna obiezione. Si limitò a sorridere e, prima di scivolare nel sonno, pensò ad Annie, a Tommy e al suo bambino.

# 10

L'INDOMANI mattina si alzarono presto e andarono a comprare l'albero e Tommy ne prese un altro minuscolo. Tornati a casa tirò fuori le decorazioni e passarono la maggior parte del pomeriggio ad addobbare l'albero. Alcune di queste decorazioni gli fecero venire le lacrime agli occhi, soprattutto quelle che sua madre aveva fatto con Annie.

«Pensi che non dovremmo metterle?» chiese Maribeth pensierosa. Ne discussero. Vederle poteva turbare Liz, ma non vederle sull'albero poteva renderla ancora più triste. Era un vero e proprio dilemma, ma alla fine decisero di metterle comunque, perché non farlo sarebbe stato come negare che Annie fosse mai esistita. Lei aveva fatto parte della loro vita, tutti avevano ricordi comuni di lei: era meglio accettarlo che tentare di cancellarla dalla loro esistenza. Per le tre si dichiararono entrambi soddisfatti del loro lavoro.

Mentre stavano mettendo via le decorazioni rimaste, Tommy tenne da parte una scatola, poi guardò stranamente Maribeth.

«Qualcosa non va?»

Lui scosse la testa. Era evidente che aveva in mente qualcosa. «No. Devo andare in un posto. Vieni con me o sei troppo stanca?»

«D'accordo. Dove andiamo?»

«Vedrai.» Tirò fuori i cappotti. Nel frattempo aveva cominciato a nevicare. L'alberello era ancora nel retro del furgoncino e Tommy vi mise accanto la scatola. Lei in un primo momento non capì, poi quando arrivarono a destinazione, le fu tutto chiaro. Erano al cimitero: Tommy voleva fare un albero di Natale anche per Annie.

Lui prese l'albero e lei la scatola delle decorazioni. Erano oggetti minuscoli, orsetti, soldatini che suonavano la tromba e piccoli angioletti, gli addobbi che Annie preferiva. Posò il piccolo pino sul terreno accanto alla tomba, poi lo addobbarono. Fu un rito straziante e ci vollero solo pochi minuti per completarlo. Si alzarono e lo guardarono. Tommy ricordò quanto Annie adorasse il Natale. L'aveva già raccontato a Maribeth, così restò in silenzio. Rimase lì immobile, con le lacrime che gli scendevano lungo le guance, ricordando quanto l'amava e quale dolore era stato per lui perderla.

Guardò Maribeth, il suo pancione sotto il cappotto, i luminosi capelli che spuntavano da sotto la sciarpa di lana, la dolcezza nei suoi occhi. Non l'aveva mai amata tanto come in quel momento.

«Maribeth», mormorò, sapendo che Annie avrebbe approvato quello che stava per fare. Era giusto farlo lì, lei avrebbe voluto essere parte della sua vita, del suo futuro. «Sposami... ti prego... ti amo...»

«Ti amo anch'io», rispose Maribeth, prendendogli una mano e guardandolo negli occhi, «ma non posso... non adesso... non chiedermelo...»

«Non voglio perderti...» Guardò la piccola tomba in cui giaceva sua sorella e l'albero di Natale che avevano portato per lei. «Ho già perso Annie... non voglio perdere anche te... ti prego, sposiamoci.»

«Non ancora.» Gli avrebbe dato qualunque cosa, ma ancora di più temeva di farlo soffrire. Era più matura della sua età, e in un certo senso anche di lui.

«Prometti che un giorno mi sposerai?»

«Thomas Whittaker, prometto solennemente che ti amerò per sempre.» Sapeva che non avrebbe mai dimenticato quello che rappresentava per lei sin dal primo giorno in cui l'aveva conosciuto. Ma nessuno poteva ipotecare il futuro. Avrebbe voluto far parte della sua vita per sempre ma chi poteva sapere dove li avrebbe condotti il destino?

«La domanda era un'altra: prometti di sposarmi?»

«Al momento giusto e se ancora lo vorremo.» Non avrebbe mai potuto mentirgli.

«Io ci sarò sempre per te.»

«E io per te. Sarò sempre tua amica, Tommy... ti amerò sempre.» E se la vita fosse stata generosa con loro, un giorno sarebbe stata sua moglie. Le sarebbe piaciuto sposarlo anche in quell'istante, ma era abbastanza assennata da sapere che in futuro le cose potevano cambiare. O forse no, magari con il tempo il loro amore si sarebbe rafforzato. Ma non poteva non prendere in considerazione l'eventualità che il vento della vita li sospingesse come foglie lontani l'uno dall'altra per sempre. Si augurò che questo non succedesse.

«Voglio che tu sappia una cosa», riprese. «Io sono pronto a sposarti in qualunque momento lo vorrai.»

«Grazie.» Si baciarono. Tommy avrebbe voluto che lei avesse accettato subito, ma si accontentò di quello che poteva dargli al momento.

Rimasero lì in silenzio a guardare il piccolo albero di Natale pensando ad Annie. «Sono sicuro che anche lei ti vuole bene», mormorò. «Vorrei tanto che fosse qui.» La prese sottobraccio e si avviarono lentamente verso il furgoncino. Faceva molto più freddo di quando erano usciti. Restarono in silenzio per tutto il tragitto verso casa. Si era creato qualcosa di nuovo fra di loro, qualcosa di forte, di pulito. E adesso entrambi erano disposti ad accettare quello che riservava loro il futuro. Potevano sposarsi un giorno, ma poteva anche non succedere. Avrebbero contato l'uno sull'altro finché la vita glielo avrebbe concesso. A sedici anni era molto più di quanto altre persone avessero in tutta la loro esistenza. Avevano la speranza, l'amore, i sogni. Era un ottimo inizio. Era un dono che si erano dati l'un l'altra.

Rimasero in salotto a chiacchierare e guardare le vecchie foto di famiglia, ridendo a quelle buffe che ritraevano lui e Annie. Quando i suoi genitori arrivarono Maribeth aveva già preparato la cena. Furono felici di trovare l'albero addobbato e Liz restò a guardare a lungo le decorazioni così familiari, poi scosse la testa e sorrise al figlio.

«Sono contenta che tu le abbia messe. Mi sarebbero mancate.» Sarebbe stato come cercare di dimenticare che Annie fosse esistita, e lei non voleva dimenticare.

«Grazie, mamma.» Era felice che avessero fatto la cosa giusta. Poi si misero tutti a tavola. Maribeth chiese loro com'era andato il viaggio. Liz non sembrava particolarmente entusiasta, ma John pareva soddisfatto. Trascorsero il resto della serata in un'atmosfera gioiosa. A Liz non sfuggì che era cambiato qualcosa. I ragazzi sembravano più seri, più tranquilli, si guardavano in un modo nuovo, come se il loro legame si fosse rafforzato ancora di più.

«Pensi che abbiano fatto qualcosa mentre eravamo via, John?» chiese al marito più tardi quando furono nella loro stanza. Lui sembrò divertito.

«Se intendi quello che penso, neanche un sedicenne riuscirebbe a superare un ostacolo come quello. Direi che i tuoi timori sono del tutto fuori luogo.»

«E se si fossero sposati?»

«Devono avere il nostro permesso per farlo. Perché tutte queste domande?»

«Mi sembrano diversi. Sembrano più uniti, come se fossero una sola persona. Un po' quello che dovrebbero essere le persone sposate.» Il viaggio aveva fatto bene a tutti e due. Ritrovarsi da soli in una stanza d'albergo li aveva riavvicinati, la sera l'aveva anche portata fuori a cena.

«Semplicemente sono innamorati. Dobbiamo accettarlo.»

«Credi che un giorno si sposeranno?»

«Be', non sarebbe la cosa peggiore del mondo. Hanno già condiviso tanto. Può darsi che questo li unisca ancora di più, ma può succedere anche il contrario. Sarà solo il tempo a dirlo. Sono due ragazzi in gamba e spero che si sposino.»

«Lei però vuole aspettare», osservò Liz, che comprendeva bene il suo punto di vista. John sorrise tristemente.

«Conosco quel tipo di donna.» Erano donne che valeva la pena di avere al proprio fianco, come gli aveva dimostrato il tempo. Non erano sempre facili, ma il gioco valeva la candela. «Se è destino che stiano insieme, troveranno la soluzione giusta. Altrimenti, avranno comunque avuto molto più di quello che ha la maggior parte delle persone in un'intera vita. In un certo senso, li invidio.» C'era qualcosa di affascinante nel ricominciare una nuova vita e gli sarebbe piaciuto che a lui e Liz fosse concessa questa possibilità, ma sotto molti aspetti per loro era troppo tardi.

«Io non invidio affatto quello che l'attende», commentò Liz tristemente.

«Intendi dire il parto?» Sembrò sorpreso. Liz non si era mai lamentata del parto.

«No, intendo il fatto di rinunciare al bambino. Non sarà per niente facile.» John annuì, condividendo la sua pena. Provò tristezza per entrambi, per quello che avrebbero dovuto affrontare, eppure un po' li invidiava perché, che fossero rimasti insieme o meno, ne sarebbero comunque usciti rafforzati.

Dopo che i suoi genitori furono andati a letto, Tommy e Maribeth restarono in salotto a chiacchierare ancora per qualche ora.

Si sentivano esattamente come li aveva visti Liz: un'unica persona. Rappresentavano l'uno per l'altra più di quanto avessero mai potuto immaginare. E per la prima volta in vita sua, Maribeth sentì di avere un futuro.

L'indomani mattina si alzò, fece la doccia e si vestì in tempo per aiutare Liz a preparare la colazione. Liz le aveva preparato un esame speciale per superare il primo semestre dell'ultimo anno. Anche Tommy aveva degli esami quel giorno. A tavola non si discusse d'altro. Il preside aveva accettato di farle fare gli esami in uno degli uffici dell'amministrazione in modo che gli altri studenti non la vedessero, poi Liz sarebbe passata a portarglieli. Il preside e gli insegnanti erano stati incredibilmente gentili con lei, stavano facendo di tutto per aiutarla, grazie a Liz. Quando si lasciarono davanti alla scuola, Tommy le augurò buona fortuna e corse a lezione.

Il resto della settimana passò in fretta e senza che se ne rendessero conto erano già al fine settimana prima di Natale. Terminati gli acquisti di Natale,

Liz decise di andare a trovare Annie. Aveva rimandato per mesi perché le era troppo doloroso, ma quel giorno sentì che doveva farlo.

Attraversò il cancello del cimitero e si diresse verso il punto in cui era sepolta. Si bloccò stupita. Accanto alla tomba c'era un piccolo albero addobbato, le decorazioni che tintinnavano nel vento. Si avvicinò lentamente, raddrizzò il piccolo pino e guardò gli ornamenti a lei familiari che solo un anno prima erano appesi al loro albero. Rivide nitidamente le piccole manine che li appendevano, poi ricordò ogni parola, ogni suono, ogni istante, ogni sofferenza provata nell'arco di un anno. Provò una sensazione dolceamara nel dar sfogo a quelle emozioni per troppo tempo soffocate in lei. Rimase lì a lungo piangendo per la sua bambina, guardando l'albero che avevano portato per lei Tommy e Maribeth. Sfiorò i rami pungenti, poi sussurrò il suo nome e il suono sembrò farla vibrare.

«Ti voglio tanto bene, piccola... te ne vorrò sempre... dolce, dolce Annie...» Non poteva dirle addio, non ci sarebbe mai riuscita. Tornò a casa triste, ma anche stranamente tranquilla.

Fu un sollievo per lei non trovare nessuno in casa. Si sedette in salotto e guardò a lungo l'abete, soprattutto le amate decorazioni. Sarebbe stato straziante trascorrere il Natale senza di lei, come lo era ogni giorno. Era straziante fare colazione, pranzare, cenare, andare al lago o fare qualunque altra cosa senza la loro bambina. Era straziante alzarsi al mattino sapendo che lei non c'era. Eppure bisognava continuare a vivere. Era stata con loro per un breve periodo. Se solo avessero saputo che sarebbe andata a finire in quel modo... Ma anche così, che cos'avrebbero potuto fare? Le avrebbero voluto più bene? Donato più cose? Trascorso più tempo con lei? Avevano fatto tutto ciò che era possibile per lei, eppure Liz avrebbe dato la vita per abbracciare almeno un istante sua figlia.

Era ancora lì che sognava a occhi aperti quando tornarono i ragazzi. Con i volti arrossati per il freddo e pieni di allegria, le raccontarono quello che avevano fatto. Lei li ascoltò sorridendo. Tommy si rese conto che aveva pianto.

«Volevo ringraziare tutt'e due», fece una pausa per l'emozione, «per aver portato l'albero a... grazie...» Si alzò di scatto e si allontanò. I due ragazzi erano rimasti a bocca aperta. Maribeth scoppiò in lacrime mentre si toglieva il cappotto e riponeva le cose. Avrebbe dato qualunque cosa per renderli felici. Sembravano soffrire tutti così tanto per la perdita di Annie.

John arrivò poco dopo con le braccia stracolme di pacchi. Liz era già in cucina a preparare la cena. Gli sorrise vedendolo. Negli ultimi giorni filavano d'amore e d'accordo e per Tommy era un sollievo non vederli litigare per la minima stupidaggine. Lentamente cominciavano a stare meglio tutti, anche se quel Natale non sarebbe stato facile.

Alla vigilia andarono tutti a messa e John si appisolò intorpidito dal calore della piccola chiesa e dall'odore di incenso. A Liz ricordò Annie che si addormentava in mezzo a loro, in particolare l'anno prima quando stava male e loro non se n'erano neanche accorti.

Quando tornarono a casa, John andò direttamente a letto e Liz finì di sistemare i regali. Quell'anno sarebbe stato tutto diverso. Niente lettera a Babbo Natale, niente carote alle renne, niente grida eccitate la mattina di Natale. Ma loro c'erano sempre.

Quando si voltò per lasciare la stanza, Liz vide Maribeth che veniva dondolando lungo il corridoio, le braccia cariche di doni per loro, e andò a darle un mano. Era così goffa e lenta adesso. Aveva avuto qualche problema negli ultimi giorni, il bambino era molto basso, segno che non ci avrebbe messo molto tempo a venire al mondo. Per fortuna aveva già dato tutti gli esami.

«Su, lascia che ti aiuti», si offrì, mettendo i regali sotto l'albero. Maribeth ormai faticava a chinarsi.

«Riesco a malapena a muovermi», si lamentò. «Non riesco a sedermi, ad alzarmi, a chinarmi, non riesco neanche a vedermi i piedi.»

«Finirà tutto molto presto», la incoraggiò Liz sorridendo, e lei annuì. Erano giorni che desiderava restare sola con Liz, senza Tommy o suo padre.

«Posso parlarti per qualche minuto?» le domandò.

«Adesso?» Liz sembrò sorpresa. «Certo.» Si sedettero vicino all'albero, a pochi centimetri dalle decorazioni. Liz adesso non aveva problemi a guardarle, anzi, le piacevano. Era come vedere Annie, o qualcosa che aveva toccato non da molto tempo. Era quasi come una visita di Annie.

«Si tratta di qualcosa su cui ho riflettuto molto a lungo», spiegò Maribeth con voce ansiosa. «Non so come reagirai, ma... io... voglio dare a voi il mio bambino.» Quasi trattenne il fiato dopo quelle parole.

«Tu *cosa*?» Liz la guardava come se non avesse capito. L'enormità di quello che aveva appena detto superava ogni fantasia. «Che cosa intendi dire?» Liz era costernata. I bambini non erano qualcosa che si dava agli amici come regalo di Natale.

«Voglio che siate tu e John ad adottarlo», replicò Maribeth fermamente.

«Perché?» Liz era sbalordita. Non aveva mai preso in considerazione l'idea di adottare un bambino. Di metterlo al mondo sì, ma non di adottarlo. Non sapeva neanche come avrebbe reagito John. Prima che nascesse Tommy ne avevano parlato, ma lui si era dichiarato contrario.

«Voglio dare a voi il bambino perché vi voglio bene e siete dei genitori meravigliosi», mormorò Maribeth. Era il miglior regalo che potesse fare a loro e al suo bambino. Stava ancora tremando ma sembrava più calma. Era assolutamente convinta di quello che stava facendo. «Io non posso prendermi cura del bambino. Lo so, pensano tutti che io sia matta, ma io so di non potergli garantire ciò di cui ha bisogno. Voi potete. Gli vorrete bene, provvederete a lui in tutto e per tutto, così come avete fatto per Annie e Tommy. Forse un giorno sarò in grado di farlo anch'io, ma per il momento non è così. Non sarebbe giusto né per me né per lui, checché ne dica Tommy. Voglio che lo prendiate voi. Non vorrò riaverlo indietro, non verrò mai neanche a trovarvi, a meno che non lo vogliate anche voi... a me basterà sapere quant'è felice con voi. È questo quello che voglio per mio figlio.» Stava piangendo, e anche Liz. Le prese entrambe le mani.

«Non si tratta di fare un regalo a qualcuno, Maribeth. Non è un giocattolo o un oggetto. È una vita. Ti rendi conto di questo?» Voleva che fosse consapevole di quello che stava facendo.

«Lo so. Lo so benissimo. Non ho fatto che pensarci negli ultimi nove mesi. Credimi, so quello che sto facendo.» Liz era ancora letteralmente scioccata. E se avesse cambiato idea? E suo figlio? Come avrebbe reagito all'idea di adottare il bambino di Maribeth? E John? La sua mente era un turbinio.

«Che cosa mi dici di Tommy? Fai sul serio con lui?» Come poteva saperlo a sedici anni? Come poteva prendere una decisione del genere.

«Sì. Ma non voglio cominciare con il piede sbagliato. Questo bambino non era destinato a me. Sento che deve stare nel posto giusto e con le persone giuste. Io non rientro fra queste. Voglio sposare Tommy un giorno, avere dei bambini nostri, e questo non dovrà esserci. Non sarebbe giusto per lui, anche se non lo saprebbe.» Liz era d'accordo con lei, ma fu impressionata di sentirglielo dire. Anche lei era convinta che avessero bisogno di tempo. Mettere in piedi un rapporto a sedici anni e per giunta con il figlio di un altro non era un buon inizio. «Non vi porterei via il bambino neanche se io e Tommy ci sposassimo. Non dovrà neanche mai sapere che sono sua madre.» La supplicò di prendere il suo bambino, di dargli l'amore e la vita che meritava. «Sento che questo bambino è destinato a te, ecco perché sono venuta qui. Doveva essere tuo... a causa di quello che è successo.» Le mancò la voce. «Per Annie.» Gli occhi di Liz si riempirono di lacrime.

«Non so che cosa dire, Maribeth», rispose sinceramente Liz, mentre le lacrime le rigavano le guance. «È il più bel dono che qualcuno potrebbe farmi. Ma non so se sia giusto. Non si prende il bambino di un'altra donna.»

«E se lei lo vuole? Tutto quello che posso fare per questo bambino è metterlo nelle mani di qualcuno che possa garantirgli un futuro. Non è giusto che abbiate perso la vostra bambina, non è giusto che il mio non abbia una vita, un futuro, una speranza, una casa. Che cos'ho io da dargli? I miei genitori non mi permetterebbero neanche di portarlo a casa. Non saprei dove andare. L'unica prospettiva che ho è di lavorare per *Jimmy D's* per il resto della mia vita, non potrei neanche permettermi una baby sitter con quello che guadagno.»

«Puoi stare qui», propose Liz. «Se non hai nessun altro da cui andare, puoi stare con noi. Non occorre che tu rinunci al bambino, Maribeth. Non solo perché non puoi garantirgli una vita decente. Qui sarai trattata come una figlia e, se vuoi, ti aiuteremo.» Non voleva costringere quella ragazza a rinunciare al suo bambino solo perché non poteva mantenerlo. Era ingiusto. Lo avrebbe adottato solo se Maribeth ne fosse stata veramente convinta e non perché non aveva i mezzi per tenersi il suo bambino.

«Io *voglio* darvelo», ripeté Maribeth. «Voglio che lo teniate voi. Io non posso, Liz», ribadì, piangendo sommessamente. Liz la prese fra le braccia. «Non posso... non sono abbastanza forte... non saprei neanche come prendermi cura di lui... ti prego... aiutami... nessuno può capire come ci si sente quando si sa qual è la cosa giusta e non la si può fare. Ti prego.» Negli occhi le si leggeva una disperazione infinita.

«Comunque puoi sempre tornare, sai. Non voglio che tu sparisca se decidiamo di adottarlo. Nessuno deve sapere che il bambino è tuo... men che meno lui... solo noi... Ti vogliamo bene, Maribeth, e non vogliamo perderti.» Sapeva sin troppo bene quanto fosse importante per Tommy. Non voleva farlo soffrire solo per soddisfare il suo egoismo e la sua voglia di avere un altro figlio. Era un'opportunità più che rara, un dono inimmaginabile. Aveva bisogno di tempo per abituarcisi. «Ne parlerò con John», promise.

«Ti prego, digli quanto ci tengo», la supplicò, stringendole le mani. «Ti prego... non voglio che mio figlio finisca con degli estranei. Sarebbe meraviglioso se restasse con voi... ti prego, Liz...»

«Vedremo», la tranquillizzò Liz dolcemente. La

cullò fra le sue braccia cercando di calmarla. Si era agitata troppo.

Liz le preparò una tazza di latte caldo, chiacchierarono ancora un po', poi l'accompagnò a letto, le rimboccò le coperte e le diede il bacio della buonanotte.

In camera sua, guardò per un lungo momento John, chiedendosi come avrebbe reagito. C'era anche il parere di Tommy di cui tenere conto. E se lui non avesse voluto? C'erano mille questioni da prendere in considerazione. Eppure, nonostante sapesse che non sarebbe stato facile, sentiva il cuore martellare come non le capitava da anni... le veniva offerto il più grande dei doni... il dono di una vita che lei non poteva concepire... il dono di un'altra creatura.

John si mosse leggermente quando si infilò nel letto accanto a lui e quasi sperò che si svegliasse in modo da potergli parlare subito. Invece la circondò con le braccia continuando a dormire, cosa che aveva fatto per anni prima della tragedia. Liz analizzò le proprie sensazioni, riflettendo su quello che voleva e su quello che era giusto per tutti loro. Maribeth era stata molto convincente, ma lei doveva essere certa che fosse la cosa giusta e non semplicemente l'euforia di ottenere quello che voleva.

Non riuscì a prendere sonno e si augurò che John si svegliasse. Infine, come se percepisse la sua tensione, aprì gli occhi. «Qualcosa non va?» sussurrò nel buio.

«Cosa diresti se ti chiedessi di avere un altro

bambino?» domandò, sveglia come un grillo. Avrebbe voluto che lo fosse anche lui.

«Direi che sei pazza.» Sorrise e si riaddormentò all'istante. Non era la risposta che Liz voleva.

Rimase sveglia tutta la notte, riuscì a chiudere occhio solo per una mezz'oretta prima dell'alba. Era troppo tesa e preoccupata per addormentarsi. Infine si alzò e andò in cucina a prepararsi una tazza di caffè. Rimase lì a lungo sorseggiandolo lentamente. Alle otto in punto capì quello che voleva. Lo sapeva da tanto tempo, ma non aveva mai avuto il coraggio di ammetterlo. Ora non aveva dubbi su quello che doveva fare, e non solo per Maribeth e il bambino, ma per se stessa, John e magari persino Tommy. Per niente al mondo avrebbe rifiutato il dono che le veniva offerto.

Si portò la tazza di caffè in camera e svegliò John. Lui sembrò sorpreso di vederla già sveglia. Quell'anno non c'era motivo di svegliarsi presto, non c'era ragione di precipitarsi in salotto per vedere che cosa aveva lasciato Babbo Natale sotto l'albero. Potevano prendersela con comodo.

«Ciao», sorrise lei. Era un timido sorriso che non vedeva da tempo e gli ricordò quando erano giovani.

«Hai tutta l'aria di una donna che è qui in missione», osservò lui. Si girò sulla schiena stiracchiandosi.

«È così. Io e Maribeth abbiamo fatto una lunga chiacchierata ieri sera», iniziò, sedendosi sul bordo del letto, pregando che non reagisse male. Non c'era il tempo di mettergliela giù bene, doveva dirgli tutto senza tanti preamboli, e questo la terrorizzava. Era così importante per lei. Voleva disperatamente che lo fosse anche per lui, ma aveva paura di un rifiuto. «Vuole che teniamo il bambino», spiegò infine.

«Tutti noi?» Sembrò perplesso. «Anche Tommy? Vuole sposarlo?» Scattò a sedere, seriamente preoccupato. «Temevo che succedesse una cosa del genere.»

«No, non tutti noi. E no, non vuole sposare Tommy, non per il momento almeno. Vuole che io e te adottiamo il suo bambino.»

«Noi? Perché?» Era così scioccato che non sapeva neanche lui quello che stava dicendo.

«Perché pensa che siamo dei bravi genitori.»

«Ma se cambia idea? E poi come faremo con il bambino?» Guardò inorridito la moglie che sorrise.

«Quello che abbiamo fatto con gli altri due. Staremo svegli tutta la notte per due anni e poi ce lo godremo per il resto della vita...» S'interruppe, pensando tristemente ad Annie. «È un dono, John... non importa quanto resterà con noi, se per un momento, per un anno, per tutta la vita. Non voglio dire di no. Non voglio rinunciare di nuovo ai miei sogni... mi ero già tolta l'illusione di avere altri figli... ma ora è arrivata questa ragazza nella nostra vita e ci dà di nuovo l'opportunità di sognare.»

«E se fra qualche anno, quando sarà più grande, decide di volerlo indietro?»

«Possiamo tutelarci dal punto di vista legale. Comunque non credo che farà una cosa del genere. È convinta che il bambino avrà una vita migliore con noi. È consapevole del fatto che non può prendersi cura di lui. Ci supplica di tenerlo.»

«Aspetta che lo abbia visto», replicò lui scettico. «Nessuna donna rinuncia alla propria creatura tanto facilmente dopo averla tenuta in grembo per nove mesi.»

«Alcune lo fanno», ribatté lei in tono pratico. «E Maribeth è una di queste. Non perché non ci tenga, ma perché ci tiene troppo. È il più grande gesto d'amore che fa per suo figlio.» Sentì le lacrime scorrerle lungo le guance mentre guardava il marito. «John, io lo voglio. Lo voglio più di ogni altra cosa al mondo... ti prego, non dire di no... ti prego, prendiamolo.» Lui la fissò intensamente. Liz cercò di non pensare che lo avrebbe odiato nel caso non avesse acconsentito. Non poteva credere che non si rendesse conto di ciò che aveva passato. Voleva quel bambino disperatamente, non per sostituire Annie, nessun altro avrebbe potuto prendere il suo posto, ma per riprovare la gioia di essere genitori, per avere un motivo per andare avanti. Per ritrovare l'amore e la gioia. Non poteva non capire questo. Sentiva che sarebbe morta di dolore se non gliel'avesse permesso.

«D'accordo, Liz», mormorò, prendendole le mani nelle sue. «Va tutto bene, piccola...» Lei gli gettò le braccia al collo, vergognandosi di essere stata così ingiusta con lui. John la capiva, era ancora lo stesso uomo che aveva sposato e lo amava più che mai. Ne avevano passate tante insieme eppure erano sopravvissuti. «Le diremo che accettiamo. Prima però dobbiamo parlarne con Tommy. Anche lui deve essere d'accordo.»

Liz non stava più nella pelle e fu una vera tortura per lei aspettare due ore prima che si svegliasse. Restò stupefatto quando sua madre lo informò della proposta di Maribeth. Ma ne fu contento. Recentemente aveva compreso quanto Maribeth ci tenesse veramente a dare in adozione il bambino per garantirgli una vita migliore. E adesso che sentiva che non l'avrebbe persa del tutto, non provava più l'urgenza di costringerla a sposarlo. Tutto sommato era la soluzione ideale. Un giorno lui e Maribeth si sarebbero sposati e avrebbero avuto dei figli loro, ma per quel bambino era la soluzione perfetta. Poteva leggere negli occhi di sua madre quanto ci tenesse. I suoi genitori sembravano di nuovo affiatati. Suo padre era calmo e sicuro, mentre gli parlavano non lasciò nemmeno per un istante la mano della moglie. In un certo senso era tutto molto eccitante. Stavano per iniziare una nuova vita.

Quando Maribeth si svegliò, erano tutti pronti a metterla al corrente della loro decisione. I Whittaker avevano unanimemente votato per l'adozione. Lei scoppiò a piangere sollevata, li ringraziò abbracciandoli uno per uno. Avevano tutti le lacrime agli occhi. Era un momento veramente speciale per tutti loro, un momento di amore e speranza, un momento che avrebbero condiviso per sempre, un momento che segnava l'inizio di una nuova vita, grazie al dono che aveva dato loro.

«Ne sei sicura?» le domandò Tommy quel pomeriggio quando uscirono a fare una passeggiata. Lei annuì più convinta che mai. Avevano aperto i regali e consumato un sontuoso pranzo. Quello era il primo momento in cui riuscivano a stare un po' da soli dal mattino.

«Ne sono assolutamente convinta», rispose, sentendosi calma e forte. Non si sentiva così energica da tempo. Fecero a piedi andata e ritorno dal laghetto. Erano diversi chilometri, ma lei non si era mai sentita meglio. Sentiva di poter fare qualunque cosa in quel momento. Sentiva di aver compiuto la sua missione. Stava per consegnare il dono che aveva portato loro. Dopo questo, le loro vite sarebbero state molto più ricche.

Cercò di spiegarlo a Tommy mentre tornavano a casa e lui sembrò comprendere. A volte però gli risultava difficile seguire i suoi ragionamenti. Era così seria, così intensa, così bella che lui si distraeva come niente. Quando arrivarono davanti all'ingresso di casa, la baciò. La sentì irrigidirsi e aggrapparsi alla sua mano, poi si accasciò in avanti.

«Oh, mio Dio! Oh, mio Dio!...» Preso letteralmente dal panico, l'aiutò a sedersi sul gradino e corse in casa a chiamare Liz. Quando sua madre uscì, trovò Maribeth con gli occhi spalancati per il terrore. Aveva le mani sulla pancia e tratteneva il respiro per il dolore che le provocava la contrazione. Era in travaglio.

«Va tutto bene, va tutto bene.» Liz cercò di calmare entrambi e disse a Tommy di andare a chiamare suo padre. Voleva portare dentro Maribeth e telefonare al medico. «Dove siete stati, ragazzi? Siete andati a piedi fino a Chicago?»

«Solo fino al laghetto», riuscì a rispondere Maribeth con enorme sforzo. Aveva un'altra contrazione. Non capiva, erano troppo lunghe e troppo dolorose. Non pensava che fossero così. Liz e John l'aiutarono a entrare in casa. Tommy era teso come una corda di violino. «Stamattina ho avuto mal di pancia, ma poi mi è passato.» Non riusciva a credere a quello che le stava succedendo. Non aveva avuto avvisaglie di nessun tipo.

«Hai avuto dei crampi o mal di schiena?» le chiese Liz. A volte era facile fraintendere i primi segnali del travaglio.

«Ieri sera ho avuto mal di schiena e stamattina i crampi alla pancia, ma ho pensato che fosse quello che ho mangiato ieri sera.»

«Probabilmente sei entrata in travaglio ieri sera», spiegò Liz dolcemente, il che significava che dovevano portarla in ospedale al più presto. La passeggiata aveva evidentemente contribuito ad accelerare le contrazioni. Il parto era previsto per il giorno seguente, quindi non era poi tanto in anticipo. Era come se adesso che sapeva che i Whittaker lo avrebbero adottato, non avesse più motivo di trattenerlo.

Appena la sistemarono in casa, Liz cominciò a calcolare il tempo fra una contrazione e l'altra e John andò a telefonare al dottor MacLean. Tommy sedeva accanto a lei tenendole la mano. Non sopportava di vederla soffrire così, ma i suoi genitori non sembravano preoccupati. Erano affettuosi e attenti. Liz non la lasciò neanche per un minuto. Le contrazioni arrivavano ogni tre minuti e molto dolorose. Il dottor MacLean disse di portarla immediatamente in ospedale. Lui li avrebbe raggiunti in cinque minuti.

«Dobbiamo andare adesso?» domandò Maribeth, spaventata. «Non possiamo stare qui ancora un po'?» Era quasi in lacrime. Liz cercò di farla ragionare dicendole che non poteva più rimandare. Era arrivato il momento.

Tommy mise qualcosa per lei in una borsa e cinque minuti dopo erano già in viaggio. Liz e Tommy le sedevano accanto sul sedile posteriore, mentre John guidava il più velocemente possibile sulle strade ghiacciate. Quando arrivarono trovarono l'infermiera e il dottor MacLean in attesa. La fecero accomodare su una sedia a rotelle e la sospinsero in tutta fretta. Maribeth si aggrappò al braccio di Tommy.

«Non lasciarmi», lo supplicò scoppiando in lacrime. Il dottor MacLean sorrise. Sarebbe andato tutto bene: era giovane, sana e non ci avrebbe messo molto a partorire.

«Vedrai Tommy fra poco», la rassicurò. «E anche il tuo bambino.» Ma a quelle parole lei scoppiò a piangere ancora più forte. Tommy la baciò dolcemente.

«Non posso venire con te, Maribeth. Non me lo permettono. Devi essere coraggiosa adesso. Sarò con te la prossima volta», promise, lasciando che la portassero via. Ma Maribeth guardò Liz con occhi spaventati e chiese se almeno lei poteva venire. Il medico acconsentì. Liz sentiva il cuore martellarle nel petto mentre procedevano verso l'ascensore. Una volta in sala parto, il medico visitò la partoriente per vedere a che punto era. Dopo Maribeth si lasciò prendere da una tale crisi isterica che l'infermiera le fece un'iniezione per calmarla. Si sentì un po' meglio, anche se il dolore era molto forte. Il dottor MacLean affermò che non mancava molto.

Maribeth afferrò la mano di Liz e la guardò con occhi fiduciosi. «Prometti che non cambierai idea... lo adotterai, vero? Gli vorrai bene... amerai sempre il mio bambino...»

«Te lo prometto.» Liz era sopraffatta dalla sua fiducia e dall'amore che le univa. «Gli vorrò sempre bene... ti voglio bene, Maribeth... grazie...» Poi il dolore pose fine alla loro conversazione. Le ore successive furono tremende per lei. Il bambino era in una posizione sbagliata e dovettero ricorrere al forcipe. Le somministrarono un po' di anestesia con la maschera. Era intontita e soffriva moltissimo. Liz non lasciò mai la sua mano. Dopo mezzanotte, finalmente si sentì un piccolo vagito. L'infermiera le tolse la maschera in modo che potesse vedere sua figlia. Era ancora mezzo addormentata, ma sorrise quando vide quel visino rosso. Poi guardò Liz con occhi che esprimevano sollievo e gioia. «Hai una bambina», disse a Liz. Neanche in quel momento, sebbene intontita, ebbe dei dubbi.

«È la *tua* bambina», la corresse il medico, sorridendole, poi tese la bambina a Liz. Maribeth era ancora troppo debole per tenerla. Liz guardò quel visino incorniciato da capelli fulvi e si sentì sommergere da un'ondata di tenerezza.

«Ciao», sussurrò a quel frugoletto che sarebbe stato suo, sentendosi quasi come se l'avesse messa al mondo lei. Non avrebbe mai dimenticato quel momento, le dispiaceva solo di non poterlo dividere con John. Era stato così bello vederla nascere, sentire il suo vagito, come se volesse annunciare a tutti loro che ce l'aveva fatta. L'avevano aspettata così a lungo. A Maribeth venne fatta un'altra iniezione e si addormentò. La piccola venne pulita e pesata. Liz seguì tutto tenendo le minuscole dita nella sua mano. Alcuni minuti dopo vide John e Tommy avvicinarsi alla vetrata.

L'infermiera le permise di prendere la bambina in braccio e di mostrarla a John. Lui cominciò a piangere nell'attimo in cui vide la loro figlia. «Non è bellissima?» mimò Liz con le labbra. Improvvisamente fu consapevole solo di sua moglie e di quello che avevano passato. Era difficile non pensare a quando era nata Annie, ma quella bambina era una cosa differente, e adesso era loro.

«Ti amo», mimò a sua volta con le labbra, e Liz fece altrettanto. Lo amava anche lei e in quel momento si rese conto di quanto fossero stati vicini a perdersi. Ma ce l'avevano fatta, soprattutto grazie a Maribeth, al dono che gli aveva portato e l'amore che avevano sempre condiviso e che quasi avevano dimenticato.

Tommy sembrò eccitato di vedere la bambina, ma si sentì più sollevato quando Liz li raggiunse e poté chiedere di Maribeth. Sua madre gli assicurò che stava bene e stava dormendo. Aggiunse anche che era stata molto coraggiosa.

«È stato doloroso, mamma?» chiese, preoccupato per lei, ma anche orgoglioso di ciò che era riuscita a fare. La bambina pesava quattro chili, sarebbe stata grossa per chiunque, figuriamoci per una ragazza di sedici anni. Più di una volta Liz era stata in apprensione per lei, ma il medico era stato piuttosto generoso con l'anestesia. La prossima volta sarebbe stato sicuramente più semplice.

«Non è facile partorire, figliolo», rispose Liz. Era incredibile che quella ragazza avesse fatto tutto ciò per loro.

«Starà bene?» Tommy era agitato. Non riusciva a capire completamente. Sua madre lo rassicurò.

«Starà bene. Te lo prometto.»

Maribeth venne portata in camera un'ora dopo. Era ancora mezzo addormentata, ma appena vide Tommy, si aggrappò alla sua mano dicendogli quanto lo amava e quanto fosse bella la bambina. Guardandoli, Liz si sentì improvvisamente cogliere dal panico. E se Maribeth avesse cambiato idea? Se avesse deciso di sposare Tommy e di tenere il bambino?

«L'hai già vista?» domandò Maribeth a Tommy.

Liz e John si scambiarono un'occhiata e lui le prese una mano per rassicurarla. Sapeva che cosa stava pensando, provava le sue stesse paure.

«È bellissima», dichiarò Tommy, baciandola. Era preoccupato di vederla così pallida. Aveva ancora il colorito verdastro che provoca l'anestesia. «Ti assomiglia», aggiunse. Però aveva i capelli biondi e non rosso fiammante come i suoi.

«Io penso che assomigli a tua mamma.» Maribeth sorrise a Liz, sentendo con lei un legame che non avrebbe mai più avuto con nessuno. Avevano condiviso la nascita della sua bambina. Sapeva che non ce l'avrebbe mai fatta senza di lei.

«Come la chiami?» chiese Maribeth a Liz, e quest'ultima si sentì di nuovo sollevata. Forse non avrebbe cambiato idea. Forse quella bambina sarebbe stata davvero sua. Non riusciva ancora a crederci.

«Che ne dici di Kate?» propose Liz, mentre Maribeth richiudeva di nuovo gli occhi.

«Mi piace», sussurrò, prima di scivolare nel sonno. «Ti voglio bene, Liz...»

«Anch'io ti voglio bene, Maribeth.» Le sfiorò la guancia con un bacio e fece cenno agli altri di uscire. Aveva avuto una nottata difficile e aveva bisogno di dormire. Erano le tre del mattino. Mentre percorrevano lentamente il corridoio, si fermarono davanti alla nursery. Il piccolo batuffolo rosa giaceva nella culla avvolto in una copertina. Sembrò guardarli tutti, in particolare Liz, come se la stesse aspettando da tanto tempo. Come se fosse stata inviata a loro. Era il dono di un ragazzo a loro sconosciuto e di una ragazza che era entrata nella loro vita come un arcobaleno. Mentre la fissavano tutti e tre imbambolati, Tommy guardò i suoi genitori e sorrise. Annie l'avrebbe sicuramente amata.

# 11

I DUE giorni successivi furono febbrili per tutti quanti. John e Tommy ridipinsero la culla di Annie e Liz la decorò con fiocchi colorati. Recuperarono cose vecchie e ne comprarono di nuove. In tutta quell'agitazione, Tommy riuscì a trovare un momento per andare da Annie. Rimase lì a guardare l'albero di Natale che avevano comprato lui e Maribeth e a pensare alla bambina. Non sopportava il pensiero che Maribeth sarebbe tornata a casa sua. Era successo tutto così rapidamente. In parte quello era un momento felice, ma era anche molto doloroso.

Sua madre era raggiante come non mai, Maribeth calma e tranquilla. Dopo la nascita della bambina aveva parlato a lungo con Liz e John. Loro le avevano spiegato che avrebbero capito se ci avesse ripensato. Ma lei fu irremovibile. Le dispiaceva rinunciare alla bambina, ma si rendeva conto che era la cosa giusta da fare. Il giorno dopo, John telefonò al suo avvocato e mise in moto gli ingranaggi per l'adozione.

Tre giorni dopo la nascita di Kate, Maribeth firmò le carte per l'adozione. Abbracciò forte Liz e poi chiese all'infermiera di non portarle la bambina quel giorno. Voleva abituarsi al dolore di averla persa.

Tommy rimase con lei quella sera. Era stranamente calma, ma non abbastanza da nascondere la propria tristezza. Entrambi avrebbero voluto che le cose fossero andate diversamente. Ma Maribeth non aveva avuto alternative. Aveva fatto la scelta giusta, soprattutto per la bambina.

«La prossima volta sarà diverso, te lo giuro», promise Tommy baciandola. Ne avevano passate tante insieme ed entrambi sapevano che fra di loro si era creato un legame indissolubile. Ma Maribeth aveva bisogno di tempo per riprendersi. Lei e la bambina vennero dimesse dall'ospedale il primo dell'anno e a prenderle andò tutta la famiglia Whittaker al completo.

Liz portò in braccio la bambina fino alla macchina, mentre John continuava a scattare fotografie. Trascorsero un tranquillo pomeriggio in casa, e ogni volta che la bambina piangeva, era Liz ad alzarsi. Maribeth cercava di non sentire, ormai non era più lei sua madre. Doveva sforzarsi di non affezionarsi alla piccola. Ci sarebbe sempre stato un posto nel suo cuore per Kate, ma non le avrebbe mai fatto da mamma. Non ci sarebbe stata lei se avesse avuto paura del buio, non l'avrebbe assistita lei per un raffreddore, né le avrebbe letto le favole. Se le loro vite non si fossero separate, al massimo potevano diventare amiche, niente di più. Ormai Liz si era già calata nel suo ruolo di madre.

Quella sera, mentre cullava la bambina, John le osservò entrambe. «L'ami già, vero?» Liz annuì felice, ancora incredula che avesse acconsentito. «Possiamo anche dire addio a due anni di sonno.»

«Sarà un bene per te», lo stuzzicò e lui attraversò la stanza per baciarla. La bambina li aveva riavvicinati ancora di più. Aveva ridato loro la speranza, ricordando loro quanto fosse più dolce la vita quando si condivideva qualcosa.

L'arrivo di Kate aveva riavvicinato anche Tommy e Maribeth. Adesso le sembrava di avere ancora più bisogno di lui. Non riusciva a immaginare quello che avrebbe provato quando se ne sarebbe andata. Si sentiva vulnerabile, come se non potesse affrontare il mondo senza di lui. L'idea di tornare a casa la terrorizzava. Continuava a rimandare la telefonata ai genitori per dire loro che era nata la bambina. Non se la sentiva ancora di tornare a casa.

«Vuoi che li chiami io?» chiese Liz due giorni dopo il loro rientro dall'ospedale. «Non voglio farti fretta, ma penso che tua madre voglia sapere come stai. Sarà preoccupata.»

«Perché?» replicò Maribeth infelice. Aveva riflettuto molto nell'ultima settimana, soprattutto sui propri genitori. «Che differenza fa? Perché dovrebbe preoccuparsi adesso quando papà le ha impedito di parlare con me quasi per un anno? Non era qui quando avevo bisogno di lei. C'eri tu.» I suoi sentimenti verso i genitori erano cambiati, solo Noelle aveva ancora un posto speciale nel cuore di Maribeth.

«Non devi biasimare tua madre», disse Liz, rimettendo la bambina nella culla. Le aveva appena dato da mangiare. «Non è una donna forte.» Liz aveva capito più di quanto potesse immaginare. La madre di Maribeth era totalmente succuba del marito. «Non si rende neanche conto di averti persa.»

«Hai parlato con lei?» chiese Maribeth, guardandola con espressione confusa. Come faceva Liz a sapere tanto su di lei? Liz esitò per un lungo momento prima di rispondere, poi decise che era meglio essere franchi.

«John e io siamo andati a trovarli dopo il giorno del Ringraziamento. Sentivamo di dovertelo. Allora non sapevamo che avresti deciso di darci la bambina, ma io volevo sapere che tipo di famiglia fosse la tua. Dovevo accertarmi che non ci fossero problemi prima che tu tornassi a casa. Comunque, voglio che tu sappia che qui sei sempre la benvenuta. I tuoi genitori ti vogliono bene a modo loro, Maribeth, ma tuo padre è una persona molto limitata. Veramente non capisce perché tu debba avere un'istruzione. Sono andata per parlargli di questo. Volevo assicurarmi che ti lasciasse andare all'università. Ti mancano solo pochi mesi al diploma ed è ora che tu faccia domanda. Con la tua intelligenza, devi a te stessa un'istruzione.»

«E mio padre cos'ha detto?» Non riusciva ancora a credere che Liz avesse incontrato i suoi genitori. Si erano fatti duecentocinquanta miglia per conoscere quei genitori che avevano completamente rifiutato la loro figlia.

«Ha detto che se va bene per tua madre stare a casa e prendersi cura dei figli, va bene anche per te», rispose in tutta sincerità. Non le disse però che aveva aggiunto anche: «Se sarà ancora in grado di trovarsi un marito». «Non riesce a capire la differenza, né si rende conto di quale rara gemma sei tu.» Sorrise alla ragazza che le aveva dato tanto. Avrebbe voluto contraccambiarla in ogni modo. Ma lei e John avevano già discusso di questo. «Tuo padre è convinto che ti abbiamo messo noi in testa l'idea di andare all'università. Francamente spero che tu ci vada, altrimenti ne sarei molto delusa.» Fece una breve pausa e in quell'attimo entrò John nella stanza. «C'è un'altra cosa di cui vogliamo parlarti. Io e John abbiamo istituito un fondo per garantire un'istruzione a Tommy e ad Annie. Dovremo fare la stessa cosa con Kate, ma per lei c'è ancora tempo. Così, abbiamo deciso di dare a te il denaro che abbiamo messo da parte per Annie, Maribeth. Quindi puoi andare all'università. Qui o ovunque ti pare.»

Maribeth era sbalordita. «Io e tuo padre ne abbiamo discusso», continuò John, «e abbiamo concordato che per adesso torni a casa e finisci la scuola, poi potrai andare dove vuoi. Potresti venire a stare con noi.» Lanciò un'occhiata a Liz e lei annuì. Avevano già deciso tutti e tre che Maribeth sarebbe sempre stata per Kate un'amica di famiglia e non sua madre.

Magari un giorno, nel caso avesse voluto sapere la verità, gliel'avrebbero detta. Ma nel frattempo non c'era alcun motivo per cui dovesse saperla. «Ora sai di avere l'università garantita, Maribeth. Il resto dipende da te. So che non sarà facile per te a casa, tuo padre è una persona difficile, ma ho motivo di credere che abbia riflettuto un po', ha capito che tutti commettiamo degli errori. Non posso garantirti che dimenticherà, ma penso che gli farà piacere riaverti a casa. Magari riuscirete ad appianare le cose prima che tu vada all'università.»

«Odio solo il pensiero di tornare a casa», confessò lei. Nel frattempo arrivò Tommy e si sedette accanto a lei prendendole la mano. Anche lui non sopportava che se ne andasse, le aveva già promesso che sarebbe andato a trovarla più spesso possibile, anche se erano molto distanti. Ma entrambi sapevano che sei mesi non duravano per sempre. A sedici anni il tempo era illimitato.

«Non ti costringiamo a tornare», spiegò Liz, «ma penso che dovresti farlo per un po', almeno per amore di tua madre e per chiarirti le idee.» Poi aggiunse qualcosa che aveva promesso a John di non dire. «Però non devi restare lì. Finiranno per seppellirti viva se glielo permetti.» Maribeth sorrise all'immagine precisa. Stare con i suoi genitori era come vivere in una tomba.

«Ci proveranno. Ma adesso non potranno fare un gran che, grazie a voi.» Abbracciò Liz. Ancora non riusciva a credere che avessero fatto tanto per lei. In quell'attimo la bambina si svegliò e cominciò a piangere. Maribeth guardò Liz che la sollevava dalla culla. Dopo averla coccolata un po' la diede a Tommy. Ogni tanto se la passavano come una bambolina, erano tutti stregati da lei. Era esattamente quello che voleva. E osservandoli, Maribeth seppe che Kate avrebbe avuto una vita meravigliosa.

Tommy la tenne per un po' e poi la tese a Maribeth. Lei esitò per un momento, poi cambiò idea e la prese in braccio. La piccola cercò istintivamente il suo seno. Erano pieni di latte ma la sua bambina non avrebbe mai potuto nutrirsene. Provò una tale tristezza che la restituì a Tommy. La faceva ancora soffrire starle così vicino. Un giorno senz'altro sarebbe stato più facile. Kate sarebbe stata più grande e lei avrebbe avuto una vita sua.

«Stasera telefono ai miei genitori», annunciò. Sapeva che era arrivato il momento di tornare a casa. Doveva fare pace con i suoi genitori e poi sarebbe stata libera di condurre la vita che voleva. Ma quando telefonò sentì che nulla era cambiato. Suo padre era rude come sempre e per prima cosa le domandò se se ne era «sbarazzato».

«Ho avuto una bambina, papà», replicò lei freddamente.

«Non mi interessa. L'hai data via?» domandò in tono secco. Maribeth si chiese come avesse mai fatto a volergli bene.

«È stata adottata da alcuni miei amici», rispose con voce tremante, stringendo la mano di Tommy. Per lui non aveva segreti, inoltre in quel momento aveva bisogno più che mai del suo sostegno. «Torno a casa fra qualche giorno.» L'idea le era così insopportabile. Non voleva lasciare Tommy e la sua famiglia. Cercò di farsi coraggio dicendosi che non sarebbe stato per molto. Poi suo padre la sorprese.

«Io e tua madre verremo a prenderti», replicò con voce burbera, lasciandola di stucco. Perché si prendeva tanto disturbo? Non poteva immaginare che i Whittaker avevano insistito su questo punto. Secondo loro non poteva tornare a casa da sola in autobus dopo aver rinunciato al suo bambino. E per una volta sua madre aveva tenuto testa al marito. «Veniamo il prossimo fine settimana, se va tutto bene.»

«Viene anche Noelle?» domandò speranzosa.

«Vedremo.»

«Posso parlare con la mamma?» Non la salutò neanche. Un attimo dopo sentì sua madre che piangeva al telefono. Le chiese se stava bene, com'era andato il parto, se la bambina le somigliava.

«È bellissima, mamma», rispose, sentendo le lacrime che le scorrevano lungo le guance. Tommy gliele asciugò con delicatezza. «È davvero graziosa.» Madre e figlia piansero per un po', poi fu la volta di Noelle. La sua sorellina moriva dalla voglia di parlare con lei. Le raccontò che aveva iniziato la scuola superiore e che non vedeva l'ora che Maribeth tornasse a casa. «Be', farai meglio a comportarti bene. Ti terrò d'occhio», l'ammonì, felice di parlare di nuovo con lei. Forse Liz aveva ragione, aveva bisogno di vederli, anche se sapeva che la vita in casa dei suoi genitori sarebbe stata difficile. Infine riappese e informò Tommy che sarebbero venuti a prenderla il fine settimana successivo.

I giorni seguenti passarono come un lampo. Liz aveva chiesto un permesso al lavoro per poter seguire la bambina e, fra nutrirla, lavarla e tutto il resto, sembrava non trovare un minuto per se stessa. Maribeth si sentiva stanca solo a guardarla.

«Io non potrei farlo, Liz», confessò, stupita di quanto desse da fare un neonato.

«Sì, se dovessi farlo», replicò Liz. «Quando avrai dei figli tuoi, lo farai», le assicurò. «Quando sarà il momento giusto e avrai trovato il marito giusto, allora sarai pronta.»

«Adesso di certo non lo sono.» Forse se il bambino fosse stato di Tommy sarebbe stato differente. Ma con la figlia di Paul non se la sentiva, le sarebbe sembrato strano, magari anche sbagliato. Si chiese se ce l'avrebbe mai fatta. Ma non era il momento di pensarci. Ora doveva andarsene. Quella era la parte più difficile. Il pensiero di lasciare Tommy le era insopportabile, e anche lasciare John e Liz era quasi altrettanto doloroso, per non dire della bambina.

Piangeva in continuazione, quasi sempre per un nonnulla. Dopo la scuola Tommy la portava fuori. Andavano a fare lunghe passeggiate o al lago, e una volta scoppiarono a ridere ricordando quando l'aveva spinta in acqua, scoprendo così che era incinta. Andarono al cimitero a prendere l'albero di Natale di Annie. Qualunque cosa facessero, cercavano di inciderlo nella loro memoria per sempre.

«Tornerò, lo sai», gli assicurò. Tommy avrebbe dato qualunque cosa per spostare l'orologio in avanti o indietro, pur di non affrontare quell'angosciante presente.

«Verrò a cercarti, se non lo fai. Non è finita, Maribeth. Fra noi non sarà mai finita.» Ne erano entrambi pienamente convinti. Il loro amore sarebbe stato un ponte fra il passato e il futuro. Adesso dovevano pensare a crescere. «Non voglio che tu parta», ripeté.

«Non lo voglio neanch'io», sussurrò lei. «Mi iscriverò all'università qui.» Non era ancora sicura di voler stare così vicino alla bambina, ma non se la sentiva neanche di perdere Tommy. Era difficile immaginare quello che riservava loro il futuro, per il momento sapevano quello che la vita aveva dato loro, ed era già tanto.

«Verrò a trovarti», promise Tommy.

«Anch'io», disse lei, ricacciando indietro le lacrime per la centesima volta.

Ma il fatidico giorno arrivò in un baleno. I suoi genitori giunsero su una macchina nuova. C'era anche Noelle. Le due sorelle si abbracciarono, contente di essere di nuovo insieme. Molte cose erano cambiate, ma non per quanto riguardava il loro rapporto.

I Whittaker li invitarono per pranzo ma loro dissero di non potersi fermare. Negli occhi di Margaret si leggeva tutto il dispiacere per non essere stata in grado di dare a sua figlia ciò di cui aveva bisogno. Non aveva avuto coraggio e adesso si vergognava che qualcun altro l'avesse fatto al posto suo.

«Stai bene?» le domandò incerta, quasi avesse paura di toccarla.

«Sto bene, mamma.» Maribeth era splendida e sembrava più grande della sua età. Dimostrava diciotto anni più che sedici. Era cresciuta. Non era più una ragazzina, era una madre. «E tu come stai?» le domandò. Sua madre scoppiò in lacrime, era un momento emozionante. Le chiese se poteva vedere la bambina. Appena la vide si mise di nuovo a piangere. Disse che era la copia di Maribeth quand'era piccola.

Caricarono le cose di Maribeth in macchina. Quando tornò in casa, andò nella stanza di Liz e prese in braccio Kate che ancora dormiva, ignara che una persona importante stava per uscire dalla sua vita. Maribeth sapeva che nella vita non c'erano garanzie, solo promesse e speranze.

«Adesso ti lascio», sussurrò a quell'angioletto. «Non dimenticare mai quanto ti voglio bene.» Come se avesse sentito le parole di Maribeth, la piccola aprì gli occhi. «Non sarò più la tua mamma quando tornerò... non sono la tua mamma neanche adesso... fai la brava... abbi cura di Tommy.» Poteva dire tutto quello che voleva sulle motivazioni che l'avevano portata a darla in adozione, ma in fondo al suo cuore sapeva che quella sarebbe stata la sua bambina per sempre. «Ti vorrò sempre bene», le mormorò contro i soffici capelli. Poi la rimise giù, guardandola per un'ultima volta. Sapeva che non l'avrebbe più vista così. Era il loro ultimo incontro come madre e figlia. «Ti voglio bene», ripeté e voltandosi andò a sbattere contro Tommy. Lui l'aveva osservata per tutto il tempo piangendo silenziosamente per lei.

«Non devi darla via», disse attraverso le lacrime. «Io volevo sposarti. E lo voglio ancora.»

«Anch'io. Ti amo. Ma è meglio così, lo sai anche tu. Per loro è un bene... noi abbiamo tutta la vita davanti.» Lo abbracciò con forza. «Oh Dio, come ti amo. Amo anche lei, ma loro meritano un po' di felicità. E poi che cosa potrei offrire a Kate?»

«Sei una persona meravigliosa», asserì, desiderando poterla proteggere da qualunque sofferenza.

«Anche tu», replicò lei. Poi si avviarono pian piano fuori della stanza. Fu una vera tortura uscire di casa con lui. Liz e John l'abbracciarono piangendo, le fecero promettere di telefonare spesso e di andarli a trovare. A lei sarebbe piaciuto, ma non voleva dare l'impressione di voler far troppo parte della vita di Kate. Però non poteva rinunciare a loro. Aveva bisogno di loro più di quanto potessero immaginare. Inoltre voleva ancora costruire un futuro con Tommy.

«Ti amo», urlò quasi Tommy. Capiva tutti i suoi dubbi, tutte le sue paure, ma non era disposto a rinunciare a lei e per Maribeth era confortante sapere questo. Aveva la certezza che la voleva e che poteva sempre contare su di lui. Ma se c'era qualcosa che avevano imparato, era che il futuro non dava certezze. Niente di ciò che avevano desiderato o programmato era andato come si aspettavano. Non si erano aspettati che Annie se ne andasse così presto e così rapidamente, che in breve tempo Maribeth comparisse nella loro vita portando loro in dono Kate. L'unica certezza che avevano era che non bisognava mai attendersi troppo.

«Voglio tanto bene a tutti voi», disse Maribeth, incapace di sciogliersi dai loro abbracci. Poi sentì una mano che si posava delicatamente sul suo braccio. Era quella di suo padre.

«Andiamo, Maribeth. Torniamo a casa», disse con le lacrime agli occhi. «Ci sei mancata.» Poi l'aiutò a salire in macchina. Forse non era l'orco che ricordava, ma solo un uomo con le sue debolezze. Forse in un certo senso erano tutti cresciuti.

Tommy e i suoi genitori seguirono con lo sguardo la macchina finché non scomparve. Fino all'ultimo avevano sperato che tornasse indietro, ma forse la vita sarebbe stata di nuovo generosa con loro e gliel'avrebbe riportata. Erano grati per averla conosciuta, avevano imparato di nuovo ad amare e a vivere. Lei li aveva riportati alla vita e loro le avevano dato un futuro.

«Vi amo», sussurrò Maribeth, guardandoli dal lunotto della macchina del padre. Li salutò finché poté e loro fecero altrettanto. Poi rientrarono in casa per andare dal dono che aveva lasciato loro.

FINE

## L’autrice

Danielle Steel è la più popolare scrittrice americana contemporanea. I suoi romanzi, pubblicati in 47 paesi e in 28 lingue, hanno venduto finora più di 360 milioni di copie, e hanno ispirato seguitissimi film per la Tv come *Gioielli*, che ha avuto due nomination al Golden Globe.

Nata a New York – il padre era un ricco uomo d’affari tedesco e la madre una gentildonna portoghese –, trascorre la sua adolescenza tra la Francia e gli Stati Uniti, frequentando le migliori scuole europee e completando la sua educazione alla New York University, dove si laurea in letteratura italiana e francese.

Dopo un iniziale interesse per le pubbliche relazioni e la moda – frequenta infatti la Parson School of Design creando collezioni di abiti anni Trenta e Quaranta –, decide di dedicarsi alla narrativa, diventando un fenomeno editoriale che si rinnova di anno in anno.

La sua instancabile passione per la scrittura, unita a una grinta che le permette di lavorare anche venti ore al giorno, non rappresentano comunque una priorità nella vita di Danielle Steel. Il terzo marito e i nove figli, la sua attività come testimonial dell’American Human Association e della Commissione nazionale per la prevenzione degli abusi sui minori ne fanno un’attenta testimone di quella società che così mirabilmente viene descritta nei suoi romanzi.

## I libri di Danielle Steel

***Fine dell'estate***
*La vita di Deanna sembra perfetta, con un marito affascinante e di successo e una splendida casa; ma durante l'estate scopre l'amore, e a settembre...*

***Palomino***
*Come i cavalli dal pelo color avorio, Samantha è soprannominata Palomino. Dalla scintillante New York a un ranch della California, dove l'aspetta l'incontro decisivo.*

***Una perfetta sconosciuta***
*Da una profonda conoscitrice dell'animo femminile, la vicenda di una giovane donna in conflitto tra la lealtà nei confronti del marito paralizzato e il suo diritto alla felicità.*

***Stagione di passione***
*Un'ex modella, madre di un bambino, scrive per gioco un romanzo e diventa una nota scrittrice. Ma un angoscioso passato la isola finché un uomo riempirà la sua solitudine.*

***Una volta nella vita***
*Mentre Daphne giace in un letto d'ospedale dopo un incidente, tormentata dai ricordi di un doloroso passato, l'amico di sempre le rivela il suo amore.*

***Un amore così raro***
*L'amore ha segnato la breve, tragica esistenza della principessa di San Tibaldo. Ma la capacità di vivere intensamente sentimenti ed emozioni si trasmette alle due figlie...*

***Due mondi due amori***
*Il cuore di Gillian, una donna bella e affermata, è diviso fra due uomini, ugualmente importanti. Un'altra splendida storia d'amore dalla scrittrice più letta d'America.*

***Incontri***
*Due vite divise tra passione e dovere. Durante la seconda guerra mondiale, su un transatlantico nasce un amore intenso e travolgente che sfiderà il tempo.*

***La tenuta***
*Un ricco proprietario costruisce una residenza per la famiglia. Ma la casa è destinata a ospitare l'infelicità sino all'arrivo di una donna guidata dalla forza del sentimento.*

***Ritratto di famiglia***
*Le vicissitudini di una famiglia eccezionale sullo sfondo di Hollywood. I genitori e i cinque figli, ognuno alla ricerca di un'identità e della propria strada.*

***Svolte***
*La meravigliosa storia di un uomo e di una donna che lottano a lungo per stare insieme, per amarsi giorno dopo giorno nonostante le avversità.*

***Promessa d'amore***
*Kezia è ricca e viziata. Un inquietante avventuriero accende in lei la fiamma della passione, ma quell'alba d'amore rischia di essere inghiottita dal buio.*

***Menzogne***
*La menzogna è il prezzo che devono pagare per il successo cinque attori convocati per un importante serial televisivo. Un romanzo avvincente e sofisticato.*

***Ora e per sempre***
*Giovani e affascinanti, Jessica e Ian sono una coppia perfetta. Ma un momento di debolezza di lui, che gli causa un'accusa di stupro, incrina la fiducia reciproca...*

***L'anello***
*La moglie di un banchiere berlinese, innamoratasi, con tragiche conseguenze, di un ebreo, lascia alla figlia un anello che darà alla ragazza la forza di lottare per la sua vita.*

***Giramondo***
*Nei primi anni Trenta, il desiderio di viaggiare porta Audrey in Europa, dove conosce un uomo. Ma la sete di avventura che li accomuna separa i due amanti.*

***Amarsi***
*Figlia di uno scrittore, Bettina è destinata a un brillante avvenire. Ma la morte del padre porta amarezze e delusioni. E da quel momento il suo destino cambia...*

***Amare ancora***
*Isabella e Amedeo, proprietari di un atelier a Roma, sono una coppia affiatata. Ma lui scompare e Isabella deve trasferirsi a New York. Quando tutto sembra perduto...*

***Cose belle***
*La toccante storia di un uomo al crocevia dell'esistenza. Scapolo impenitente, finalmente si innamora, ma il destino ha in serbo per lui una prova estremamente difficile.*

***Il cerchio della vita***
*La storia americana degli ultimi quarant'anni s'intreccia con le tormentate vicende di Tana, una donna determinata che chiuderà il cerchio della vita con un sorriso.*

***Il caleidoscopio***
*Tre sorelle separate da bambine e un uomo deciso a trovarle e a riunirle dopo trent'anni. Ricco di pathos, azione, umanità, uno tra i migliori romanzi dell'autrice.*

***Zoya***
*Scampata alla rivoluzione bolscevica, Zoya, fiera e bellissima cugina dello zar, fugge a Parigi. Il suo talento nella danza classica la porterà lontano...*

***Star***
*Le vite di Crystal e di Spencer sembrano destinate a dividersi per sempre, ma gli ostacoli che si frappongono al loro amore non riusciranno a spegnerlo.*

***Daddy-Babbo***
*Dopo diciotto anni di matrimonio, Oliver viene abbandonato dalla moglie Sarah. Uno splendido romanzo che esplora, con grande maestria, l'universo dei sentimenti umani.*

***Messaggio dal Vietnam***
*Un'intrepida giornalista americana finisce nell'inferno di Saigon per amore. Avventura, passione e morte sullo sfondo della tragedia della guerra.*

***Batte il cuore***
*Bill e Adrian, entrambi con un matrimonio fallito alle spalle, s'incontrano ed è subito amore. Nessuno dei due s'aspettava un tale vortice di emozioni contrastanti...*

***Nessun amore più grande***
*Nella Belle Epoque, una tragica notte sul* Titanic *segna il destino di molte vite e la giovane Edwina vede sfumare il suo futuro. Un romanzo trascinante.*

***Gioielli***
*L'appassionante saga di una famiglia di gioiellieri americani nel periodo a cavallo della seconda guerra mondiale. Una storia ricca di momenti emozionanti.*

***Le sorprese del destino***
*La felicità di tre coppie è oscurata dallo spettro dell'infertilità. Un romanzo intenso che riesce a far vibrare le corde più profonde dei cuori femminili.*

***Scomparso***
*Marielle sposa il ricco Malcolm, nascondendogli i segreti del proprio passato. Nasce Teddy, uno splendido bambino che un giorno viene rapito...*

***Scontro fatale***
*Un piccolo inganno, una ragazzata, e una famiglia felice è distrutta: una donna si ritrova sola nella tragedia, ma l'amore rinascerà dalle ceneri. Una storia emozionante.*

***Cielo aperto***
*Nello scenario suggestivo dell'America tra le due guerre, una donna insegue un sogno di libertà e la passione della sua vita in una meravigliosa, romantica avventura.*

***Fulmini***
*Sotto il peso di un tumore l'esistenza felice di Alexandra inizia a vacillare: la coppia, il lavoro... ma dopo il tunnel l'aspetta una nuova vita.*

***La promessa***
*Sfigurata da un incidente alla vigilia del matrimonio, Nancy scompare per non rovinare la vita del futuro marito. Ma ha scambiato con lui una promessa indimenticabile...*

***Cinque giorni a Parigi***
*In una cornice romantica un uomo e una donna dell'alta società americana s'incontrano per caso e si amano di una passione che travalica il tempo.*

***Brilla una stella***
*Il ritratto, dolce e drammatico assieme, del secondogenito dell'autrice, un ragazzo straordinario e geniale la cui vita si è tragicamente spezzata all'età di diciannove anni.*

***Perfidia***
*Grace, modella, nasconde un passato di violenze, culminato in un tragico episodio. Prigioniera dei ricordi, trova la serenità accanto a un uomo, ma...*

***Silenzio e onore***
*Estate 1941: Hiroko, giovane giapponese, si stabilisce in California, ospite di parenti. Ma lo scoppio del conflitto travolge la sua vita e il sentimento profondo che la lega a Peter...*

***Il ranch***
*Finiti gli studi, tre amiche si perdono di vista per ritrovarsi anni dopo a trascorrere una vacanza in un lussuoso ranch del Wyoming. È l'occasione per svelare antichi segreti...*

***Un dono speciale***
*Quando, all'improvviso, Amanda perde il marito, il mondo le crolla addosso, ma l'invito della figlia a trascorrere il Natale in famiglia darà una svolta alla sua esistenza.*

***Il fantasma***
*Una vacanza in un castello del New England, abitato dal fantasma di una donna passionale, cambierà la vita dell'architetto Waterston, in crisi per la fine del suo matrimonio.*

***La lunga strada verso casa***
*Un'infanzia segnata dalla violenza ha portato Gabriella a rifugiarsi in un convento a New York. Ma la voglia di tornare a sorridere al mondo sarà più forte dei ricordi...*

***Immagine allo specchio***
*Uno straordinario romanzo che esplora il legame indissolubile fra due sorelle gemelle, identiche fuori ma diversissime dentro.*

***Dolceamaro***
*India Taylor, famosa fotografa, rinuncia alla professione per dedicarsi alla famiglia. Ma quando i figli crescono e l'unione coniugale entra in crisi, la fotografia le ridà speranza.*

***Forze irresistibili***
*Meredith e Steve, dopo quindici anni, sono ancora innamorati come il primo giorno, ma il destino è in agguato e Meredith, per lavoro, lascia New York e parte per la California.*

***Le nozze***
*I preparativi per le nozze della figlia primogenita di un'agiata coppia di Hollywood vengono segnati da una serie di drammi, che sconvolgono il nucleo famigliare...*

***La casa di Hope Street***
*Liz e Jack sono un'invidiata coppia di avvocati, felici nella professione come nella vita privata. Ma una tragedia li colpisce e Liz dovrà trovare da sola la forza di continuare.*

***Il viaggio***
*Il matrimonio di Maddy e Jack sembra una fiaba; ma quando la donna rivendica il diritto di decidere per sé l'incubo di violenze domestiche della sua infanzia ritorna...*

***Granny Dan - La ballerina dello zar***
*Donna straordinaria e dalla vita avventurosa, la giovane Danina entrò nel 1902 alla scuola di ballo di San Pietroburgo diventando la danzatrice prediletta dello zar.*

***Aquila solitaria***
*Nata alla vigilia dell'attacco a Pearl Harbor, la passione travolgente fra Kate e Joe supera le difficoltà del conflitto. Ma il grande amore dell'uomo per il volo non si spegne...*

***Atto di fede***
*Dopo un'infanzia da favola la vita di Marie-Ange è stravolta da un tragico incidente. Il matrimonio con Bernard sembra ridarle la serenità, ma c'è un'ombra nel suo passato...*

***Un uomo quasi perfetto***
*Abbandonata dal marito Stephanie si sforza di reagire e, quando incontra l'affascinante Peter, allaccia con lui una relazione. In partenza, l'uomo le promette una sorpresa al suo rientro.*

***Il bacio***
*Isabelle, sposata a un uomo famoso ma arido, intrattiene con Bill un'innocente amicizia a distanza. Ma quando due si ritrovano a Londra un lungo, interminabile bacio cambierà le loro esistenze.*

***Il Cottage***
*Cooper Winslow, gloria di Hollywood senza ingaggi da anni, è sul lastrico. Costretto ad affittare una parte dell'amatissimo Cottage, sontuosissima dimora, aprirà le porte alla vita vera.*

***Tramonto a Saint-Tropez***
*Quando tre affiatatissime coppie di amici decidono di trascorrere insieme le vacanze, non possono immaginare che nel giro di pochi mesi le loro esistenze saranno completamente stravolte.*

***Una preghiera esaudita***
*Faith è in apparenza una donna fortunata. In realtà il suo matrimonio è una prigione dorata. Ma quando ritrova Brad, un amico d'infanzia, una nuova complicità le scalderà il cuore...*

Collana «Superbestseller»

*Romanzi*

786. D. Steel, *Cinque giorni a Parigi*
787. R. Cook, *Cromosoma 6*
788. M. Binchy, *Il lago di cristallo*
790. I. Johansen, *L'ombra negli occhi*
791. G. Pansa, *La bambina dalle mani sporche*
793. S. Sheldon, *Una donna non dimentica*
795. B. Taylor Bradford, *Un segreto è per sempre*
796. S. Casati Modignani, *Lezione di tango*
798. J. Green, *Non tutti gli uomini preferiscono le altre*
802. L. Spencer, *Un'estate per cambiare*
803. N.A. Collins, E.E. Kramer, M.H. Greenberg (a cura di), *Dark Love*
804. P. Margolin, *La testimone*
805. T. Hoag, *Il buio del cuore*
806. S. Khashoggi, *Il miraggio dell'amore*
807. S. Beauman, *La colomba dalle ali spezzate*
808. D. Koontz, *La notte del killer*
809. L. Sanders, *L'ultimo rischio*
811. O. Goldsmith, *Donne sull'orlo del successo*
812. S. Lord, *Una sorella per nemica*
813. S. King, *Desperation*
814. R. Bachman (S. King), *I vendicatori*
815. S. King, *Riding the Bullet - Passaggio per il nulla*
816. M. Binchy, *Il nuovo domani*
817. S. Isaacs, *La favola è finita - Lily White*
818. M. West, *Eminenza*
819. D. Steel, *Perfidia*
820. L.J. Rowland, *Shinjū*
821. E. Segal, *Un solo grande amore*
822. J. Graham, *Come vento sulla prateria*
823. S. Brown, *Il giorno del peccato*
824. S. King, *Mucchio d'ossa*
825. D. Steel, *Silenzio e onore*
826. S. Pottinger, *Taglio netto*
827. N. Thayer, *Più forte del cuore*
828. M. Higgins Clark, *Sarai solo mia*
829. J. Higgins, *Il volo delle aquile*
830. A.V. Roberts, *Il segreto di Liam*
832. D. Koontz, *L'uomo che amava le tenebre*
833. W. Diehl, *Lo spettacolo del male*
834. J. Mitchard, *Profondo come il mare*
835. R. Cook, *Sindrome fatale*
836. G. Magrini, *Sottile incantesimo - Magique*
837. P. Margolin, *Sospetti*
838. P.A. Whitney, *Una donna senza passato*
841. S. Sheldon, *Dietro lo specchio*
842. D. Steel, *Il ranch*
843. G. Pansa, *Ti condurrò fuori dalla notte*
844. S. Coonts, *Tornano gli incursori*
845. J. Michael, *Un gesto d'amore*
846. R.J. Waller, *Valzer lento a Cedar Bend*
847. J.R. Garber, *Vertigine fatale*
848. L. Spencer, *Le promesse del cielo*
849. B. Plain, *La giostra d'argento*
850. SARK, *Dolcissime donne selvagge*
851. D. Koontz, *In fondo alla notte*
852. J. Archer, *Quarto potere*
853. M. Halter, *Intrigo a Gerusalemme*
854. R.J. Waller, *I ponti di Madison County*
855. B. Taylor Bradford, *Un sogno tutto nuovo*
856. M. Palmer, *Terapia totale*
857. D. Bellomo, *La settima onda*
858. J. Fletcher & D. Bain, *La Signora in Giallo - Martini & follia*
859. J. Kellerman, *Solo nella notte*
861. C. Arnothy, *Sotto il cielo dell'Africa*
862. J. Kellerman, *Lo schermo buio*
863. O. Goldsmith, *Una mamma da sposare*
865. L. Scott, *Fino a prova contraria*
866. D. Steel, *La lunga strada verso casa*
867. D. Steel, *Il fantasma*
868. S. Brown, *Il segreto di una donna*

869. J. Mitchard, *Il coraggio dell'innocenza*
870. C. Andrews, *Stato di salute*
871. M. Higgins Clark, *Ci incontreremo ancora*
872. J. Higgins, *L'anno della tigre*
873. J. Lindsey, *Dimmi che mi ami*
874. G. Magrini, *Come un diamante*
876. R. Cook, *Vector - Minaccia mortale*
877. M. Haran, *Una storia di famiglia*
878. J. McNaught, *Quando i sogni si avverano*
879. T. Hoag, *Giustizia negata*
880. M. Blake, *La danza dell'ultimo bisonte*
881. S. Coonts, *Destini di guerra*
883. S. King, *Insomnia*
885. I. Johansen, *Doppio volto*
886. B. Kingsolver, *Gli occhi negli alberi*
887. D. Koontz, *Tracce nel buio*
888. N. Sparks, *Le parole che non ti ho detto*
889. M. Binchy, *Ritorno a Tara Road*
890. A. Mark, *Le ragioni del cuore*
891. G. Pansa, *Il bambino che guardava le donne*
892. J. Michael, *Un certo sorriso*
893. S. Casati Modignani, *Vaniglia e cioccolato*
894. S. King, *Rose Madder*
895. B. Plain, *Il silenzio di una donna*
896. B. Bickmore, *La prima stella della sera*
897. O. Goldsmith, *I tre gusti della vendetta*
898. M. Gayle, *Avviso di chiamata*
899. L. Scott, *Giustizia sommaria*
900. D. Steel, *Un dono speciale*
901. R. Bachman (S. King), *L'uomo in fuga*
902. P. Margolin, *L'ultimo innocente*
903. S. Finnamore, *Prove tecniche di matrimonio*
904. B. Taylor Bradford, *Il potere di una donna*
905. K.C. McKinnon, *Le candele brillavano a Bay Street*
906. A. Vachss, *La seduzione del male*
907. B. Erskine, *La notte è un luogo solitario*
908. J. Lent, *Vento d'autunno*
909. J. Sandford, *Il punto debole*
910. D. Koontz, *Sopravvissuto*
911. M. Higgins Clark, *Accadde tutto in una notte*
912. A. Liu, *La casa delle colline dorate*
913. M. Palmer, *Cause naturali*
914. J. Fletcher & D. Bain, *La Signora in Giallo - Manhattan & omicidi*
915. J. Shields, *La mangiatrice di fichi*
916. J. Kellerman, *Buon viaggio bastardo*
917. D. Steel, *Dolceamaro*
918. R. Bachman (S. King), *La lunga marcia*
919. C. Lim, *Lacrime di cristallo*
920. S. Pottinger, *A mente fredda*
921. F. Bardelli, *Ancora un tango*
922. J. Higgins, *Attacco al presidente*
923. B. Plain, *Un incontro, una svolta*
924. J. Archer, *L'undicesimo comandamento*
925. D. Bellomo, *L'ultima notte sul Normandie*
926. S. King, *La bambina che amava Tom Gordon*
927. M. Haran, *Qualcosa di mio*
928. R. Cook, *Invasion*
929. D. Kennedy, *Un amore senza fine*
930. J. Mitchard, *La relatività dell'amore*
931. J. McNaught, *Sussurri nella notte*
933. S. Coonts, *Cuba*
934. S. Sheldon, *L'amore non si arrende*
936. S. King, *Cuori in Atlantide*
937. N. Sparks, *Un cuore in silenzio*
938. M. Higgins Clark, *Prima di dirti addio*
939. B. Taylor Bradford, *L'uomo giusto*
940. D. Koontz, *Mezzanotte*
941. A. Trigiani, *Una stagione d'amore a Big Stone Gap*
942. S. Beauman, *Il segreto di Rebecca*
943. S. Brown, *Alibi di una notte*
944. C. Wilkins, *Il momento perfetto*
945. M. Binchy, *Come un dolce ben riuscito*
946. A. Linklater, *Il codice dell'amore*
947. M. Palmer, *Il paziente*
950. D. Steel, *Immagine allo specchio*
951. I. Johansen, *Occhi innocenti*
952. B. Bickmore, *Finalmente a casa*

953. L. Scottoline, *Il momento della verità*
954. P. Margolin, *La morte non ha fretta*
955. M. Allan Collins, *Era mio padre*
956. S. Coonts, *Hong Kong*
957. B. Kingsolver, *Una magnifica estate*
958. D. Steel, *Le nozze*
959. T. Holland, *Il custode del tempo*
960. M. Higgins Clark e C. Higgins Clark, *L'appuntamento mancato*
961. J. Sandford, *Preda facile*
962. G. Magrini, *Il falò delle bugie*
963. J. Fletcher & D. Bain, *La Signora in Giallo - Omicidi & fantasmi*
965. D. Koontz, *Falsa memoria*
966. D. Steel, *Forze irresistibili*
967. J. Kellerman, *Una vittima scomoda*
968. S. King e P. Straub, *La casa del buio*
969. M. Higgins Clark, *Sapevo tutto di lei*
970. J. Higgins, *Vendetta privata*
971. J. Fletcher & D. Bain, *La Signora in Giallo - Rum & delitti*
972. R. Cook, *Shock*
973. P. Margolin, *Prova d'accusa*
974. B. Plain, *Un colpo di fortuna*
977. S. King, *L'acchiappasogni*
978. S. Casati Modignani, *Vicolo della Duchesca*
979. M. Tornar, *Niente più che l'amore*
980. B. Taylor Bradford, *Amore lontano*
981. J. Reardon, *Il diario di Ellen Rimbauer*
982. O. Goldsmith, *Nemici per amore*
983. J. Lindsey, *Il primo bacio*
984. T. Matsuoka, *Nube di passeri*
985. F. Sherwood, *Il Vicolo d'oro*
986. V.A. Chandra, *Missione Kashmir*
987. J. Stanton Hitchcock, *Sussurri e crimini*
988. M. Andrews, *La felicità che cercavo*
989. P. Cogan, *La bussola del cuore*
990. D. Koontz, *Il cattivo fratello*
991. L. Scottoline, *Legittima vendetta*
992. S. Brown, *Gioco pericoloso*
993. D. Steel, *Aquila solitaria*
994. B. Kingsolver, *L'albero dei fagioli*
996. J. Graham, *La stagione dei fiori selvatici*
997. M. Higgins Clark, *Dove sono i bambini?*
999. D. Steel, *Granny Dan - La ballerina dello zar*
1000. S. Casati Modignani, *6 Aprile '96*
1001. J. Kellerman, *Istantanee di morte*
1002. J. Higgins, *L'infiltrato*
1003. J. Fletcher & D. Bain, *La Signora in Giallo - Assassinio a bordo*
1004. I. Black, *Il predatore*
1005. S. Grea, *Saigon, addio*
1006. C. Higgins Clark, *Quattro diamanti per un delitto*
1007. R. Cook, *Esperimento*
1008. P. Cogan, *Il tempo delle due lune*
1009. L. Rice, *Incontro alle stelle*
1010. A. Liu, *Il posto delle lanterne colorate*
1011. D. Kennedy, *Storia di noi due*
1012. M. Binchy, *La ricetta di un sogno*
1013. N. Sparks, *I passi dell'amore*
1014. D. Steel, *La casa di Hope Street*
1015. O. Goldsmith, *La moglie di mio marito*
1016. J. Clark, *Figlia dell'oceano bianco*
1017. A. Soussan, *Il mistero del candelabro*
1018. D. Koontz, *L'ultima porta del cielo*
1019. B. Taylor Bradford, *Un posto per me nel tuo cuore*
1020. M. Lawson, *Il sentiero per Crow Lake*
1021. B. Plain, *Una finestra sul domani*
1022. D. Steel, *Un uomo quasi perfetto*
1023. T. Hoag, *La prova del fuoco*
1024. L. Scottoline, *Colpevole o innocente*
1025. J. Mitchard, *Forte come la vita*
1026. M. Higgins Clark, C. Higgins Clark, *Ti ho guardato dormire*
1027. J. Fletcher & D. Bain, *La Signora in Giallo - Gin & pugnali*
1028. S. King, *Tutto è fatidico*
1029. D. Steel, *Atto di fede*
1030. L. Schwartz, *Il cammino di Angels Crest*
1031. J. Siegel, *Ultima corsa*
1032. J. Kellerman, *Cuore freddo*
1033. I. Black, *Il fotografo*
1050. D. Steel, *Brilla una stella*

*Finito di stampare nel febbraio 2006*
*presso la Mondadori Printing S.p.A.*
*Stabilimento N.S.M. di Cles (TN)*
*Printed in Italy*

Gentile lettore,

la ringraziamo per aver scelto uno dei romanzi della ricca collana Superbestseller.

Per poter soddisfare sempre meglio le sue esigenze e i suoi gusti, le chiediamo di voler gentilmente compilare il seguente questionario. Se ci fornirà anche il suo indirizzo, le invieremo le informazioni relative alle nuove pubblicazioni del gruppo Sperling & Kupfer e alle iniziative speciali rivolte ai nostri lettori. Se invece preferisce registrarsi sul nostro sito www.sperling.it, riceverà nella sua casella e-mail la nostra newsletter informativa.

Ho trovato questo questionario nel volume dal titolo

..............................................................................................................

Ho acquistato questo volume

☐ in libreria ☐ in edicola ☐ al supermercato

Numero libri acquistati in un anno: ..............................................

Il mio autore preferito è: ..........................................................

Il mio genere preferito è

☐ Narrativa ☐ Narrativa per ragazzi
☐ Thriller ☐ Saggistica
☐ Narrativa al femminile ☐ Business

INFORMAZIONI ANAGRAFICHE

Età: Sesso: ☐ M ☐ F

Professione: ..............................................................................

FACOLTATIVO

Nome ..........................................................................................
Cognome .....................................................................................
Via ........................................................................ n. ..........................
Città .............................. Provincia .......... CAP ..........................
E-mail ........................................................................................

*Informativa ai sensi dell'art. 13 D. Lgs n. 196/2003*
I suoi dati saranno trattati da Sperling & Kupfer Editori S.p.A. e dalle società con essa in rapporto di controllo e collegamento ai sensi dell'art. 2359 cod. civ. – titolari del trattamento – per evadere la sua richiesta di invio di materiale d'informazione libraria delle titolari e più in generale per finalità di marketing, attività promozionali, offerte commerciali e per indagini di mercato da parte delle stesse titolari.
Nome, cognome, indirizzo sono indispensabili per il suddetto fine. Il suo indirizzo di posta elettronica è necessario solo se desidera ricevere via mail i suddetti materiali.
Inoltre, previo suo consenso, i suoi dati potranno, altresì, essere comunicati a soggetti operanti nei settori editoriale, largo consumo e distribuzione, vendita a distanza, arredamento, telecomunicazioni, farmaceutico, finanziario, assicurativo, automobilistico, e a enti pubblici e Onlus, per propri utilizzi aventi le suddette medesime finalità.
Responsabile del trattamento è il Responsabile Dati presso Sperling & Kupfer Editori S.p.A. L'elenco completo e aggiornato delle società in rapporto di controllo e collegamento ai sensi dell'art. 2359 cod. civ. con Sperling & Kupfer Editori S.p.A., delle aziende terze a cui i dati possono essere comunicati e dei responsabili è disponibile al seguente indirizzo e-mail: privacy@mondadori.com.
I suoi dati saranno resi disponibili agli incaricati preposti alle operazioni di trattamento finalizzate all'elaborazione e gestione dei dati.
Ai sensi dell'art. 7 D. Lgs. n. 196/2003, potrà esercitare i relativi diritti, fra cui consultare, modificare e cancellare i suoi dati o opporsi al loro trattamento scrivendo a Sperling & Kupfer Editori S.p.A. Ufficio Promozione - Via Durazzo 4 - 20134 Milano.
Acconsente che i suoi dati siano comunicati ai suddetti soggetti terzi e da questi utilizzati per le finalità e secondo le modalità illustrate nell'informativa? sì ☐ no ☐

La preghiamo di tagliare lungo la linea tratteggiata e di inviare in busta chiusa e affrancata a:

Sperling & Kupfer Editori S.p.A. Ufficio Promozione
Via Durazzo 4 - 20134 Milano

Prova d'acquisto
88-8274-372
2006